날마다 시작

날마다 시작

초판 1쇄 인쇄 · 2024년 10월 4일
초판 1쇄 발행 · 2024년 10월 9일

지은이 · 서용좌
펴낸이 · 한봉숙
펴낸곳 · 푸른사상사

주간 · 맹문재 | 편집 · 지순이 | 교정 · 김수란, 노현정 | 마케팅 · 한정규
등록 · 1999년 7월 8일 제2-2876호
주소 · 경기도 파주시 회동길 337-16 푸른사상사
전화 · 031) 955-9111(2) | 팩스 · 031) 955-9114
이메일 · prun21c@hanmail.net
홈페이지 · http://www.prun21c.com

ISBN 979-11-308-2176-4   03810
값 18,500원

62
푸른사상
소설선

날마다 시작

서용좌
장편소설

푸른사상
PRUNSASANG

창작 노트

나는 하이에나가 아니라 표범이고 싶다. ─ 평생을 다른 나라 다른 사람들의 소설들에 파묻혀 살다 보면 하이에나로 변해가는 환상에 두려울 때가 있다. 다른 나라 다른 사람들의 소설들을 파먹느라 자판 위를 달리는 손가락들이 하이에나의 발가락처럼 넷씩으로 변하고, 꼬리에 수북이 털이 돋는 느낌에 소스라친다.

그런 순간이면 〈새 글〉을 열어서 내 글을 쓴다, 갑자기 아주 서툴게. 나의 심장에서 이웃들의 심장에서 일렁이는 소리에 가만히 귀 기울인다. 왜 우리는 저 혼자서 제 삶을 생경해하는 것일까. 가을 비 차갑게 내리면 더욱.

─ 단편「건들장마」,『한국소설』64호, 2004. 11.

20년 전의 글입니다. 그때 단편 작품을 '창작 노트'와 함께 보내라는 청탁이 있었습니다. 지금 읽어보니 언감생심 표범이 되련다는 말은 어느 노랫말에서 귀에 익힌 단어였나 봅니다. 표자를 꿈에도 꿈꾼 적이 없었기에, 이제 와 그런 단어도 부끄럽습니다. 그리고 때는 가을이었나 봅니다.

비는 겨울에도 또 봄이 되어도 내내 내립니다. 우리는 늘 내리는 비를 맞고 삽니다. 비는 핑계입니다. 핑계까지 소용없습니다. 그냥 글을 씁니다. 비가 내리는 날에도, 갠 날에도 그냥 글을 씁니다. 누군가의 입을 빌려 글을 씁니다. 순간들에 집중하여, 어쩌면 영원으로 들어갈까 싶은 순간들에.

날마다 시작하고 날마다 미완성인 인생, 영원히 미완성인 인생에는 플롯이 없다. ─ 그런 마음으로 쓰는 글이다 보니 소설에서 플롯을 기피하게 되고, 발단에서 결말에 이르는 구조를 외면하게 되어 소설쓰기의 공식에도 미치지 못합니다. 그러는 사이 내 손을 떠난 글들에 부끄러움은 더해만 갑니다. 쓰지 않을 수 없는 강박일까요, 아예 멈출 수는 없었습니다. 부족함을 잘 알지만, 고민을 해도 달리 더 어쩔 수도 없기에, 부족한 대로 글을 내보냅니다. 더 잘 할 수 없음을 고백하는 것은 용기가 아니라 겸손일까 합니다.

이 자리를 빌려 감사 말씀을 더하렵니다. 작품 발표를 지원해준 광주광역시, 푸른사상사 식구들, 정겹게 시식(?)에 동참해준 제자 신성

엽, 그리고 다른 시공간에 살면서도 오랜 시간 원고들을 같이 읽으며 뜨겁게 응원해준 밴쿠버의 제자 서정희(Denise Suh)에게 크나큰 감사를 표합니다. 날로 새로운 선후배 작가님들, 지인들, 오랜 친구들, 제자들, 더 오랜 형제자매, 친척들, 무심한 이 사람과 몸과 맘으로 닿아 있는 모두에게도 감사드립니다. 또한 늘 무한 믿음을 보내주는 우리 큰애와 그 가족, 정성 가득한 표지화며 무엇이든 살펴주는 우리 둘째와 그 가족, 그리고 멀리서 조용한 미소를 보내는 그들의 아버지에게 하늘만큼 땅만큼 사랑을 보냅니다.

2024년 가을
서용좌

차례

날마다 시작

날마다 새롭게 시작하라.
묵은 수렁에서 거듭거듭
털고 일어서라.
법정스님

날마다 시작이야, 은아, 다시 시작이다. 힘내, 아자!

일곱 번째 시작이다. 대부분 그렇듯이 아파트다. 차에서 내려 12월의 매서운 바람을 느끼며 단지 내를 둘러본다. 전체적으로는 낡은 느낌이지만 바깥 인상이 깨끗한 편이다. 동과 호수를 확인하면서 아파트 현관으로 들어서는 순간 안온한 기운이 돈다. 엘리베이터 또는 계단을 오르면 작은 대문이 기다리리라. 초인종을 누르면 어떤 사람들과 만날까. 오늘도 우리 집을 나서기 전부터 스케줄을 확인했다. 내가 대단한 인물이라서가 아니다. 그 반대, 일자리가 자주 바뀌고 또는 여럿이라서 그렇다. 하지만 투잡은 아닌 것이, 한 가지 일인데 근무 시간과 일자리가 달라서다. 일자리에 따라서 우리는 다른 이름으로 불린다. 지금처럼 복지센터 소속으로 방문요양 서비스를 맡으면 지 선생님이 되고, 요양병원에서 근무를 하게 되면 지 여사님이 된다. 직업군의 이름은 요양보호사, 나는 요양보호사이다.

나를 설명해야 할까, 입을 열자면 아마도 그렇겠다. 지은이예요, 그렇게 내 이름을 말하면 처음 듣는 사람들은 대개 조금 이상해한다. 어렸을 때는, 특히 학교에서는 꽤 성가셨다. 책가위에다 내 이름 지은이 석 자를 쓰고 나서 책을 열어보면, 책마다 진짜 지은이가 있다는 사실에 나도 혼란스러웠다. 지금이야 유튜브가 책들을 온통 삼켜버린 세상이라서 지은이가 어떤 뜻인지 아무도 별반 상관하지 않는다. 지은이라는 뜻으로 쓸 곳에도 언제부턴가는 저자나 작가라고 하니까, 뭐. 물론 내 이름이 지은이인 것은 내 탓이 아니다. 우리 부모님도 영이와 순이 아래 또 낳은 딸을 은이라 이름 지었을 뿐으로, 내가 태어났을 1966년 당시에 우리 부모님이 지은이가 책이나 노랫말을 짓는 사람을 일컫는다는 것을 의식했을 턱이 없다. 자라면서 여전히 어린 내가 이상하게 여겼던 것은, 왜 농사짓는 사람은 지은이라 하지 않는가, 그런 정도였다. 밥 짓고, 옷 짓고, 약 짓고……, 여기저기 지은이가 더 많은데.

엄마, 나는 왜 지은이야?

뭔 말? 은이니까 지은이자.

아니, 아빠처럼 내 이름을 짓든가, 엄마처럼 밥을 짓든가……. 난

짓는 게 없잖아요.

무슨 소리다냐, 은이 니는 미소만 지으면 되지야, 복도 짓고!

그렇게 나는 미소를 지으면서 살아간다. 복은 모르겠다.

다시 오늘이다. 오늘 처음 방문하는 집에는 조금 어색한 일이 기다리고 있다. 보통 때라면 우리 복지센터의 과장이나 담당 복지사가 함께 방문하여 나를 소개해줄 것이다. 어쩌다 오늘은 이 집에 혼자 오게 되었다. 혼자 들어가서 자기소개를 한다? 오랜 직장생활을 해왔지만 그건 좀 쑥스럽다. 누군가 소개를 해주면 편하다. 어르신, 안녕하세요? 이쪽은 지 아무개 선생님이세요! 어때요, 새 선생님 좋으시지요? 이제 날마다 댁을 방문해서 어르신을 도와드릴 거예요! ─ 지 선생님, 앞으로 어르신 잘 돌봐드리세요! 이렇게 말함으로써 요양보호사를 절대로 아줌마라 부르지 말고 선생님이라고 부르라는 다짐도 시켜둔다.

그런데 오늘은 일이 꼬였다. 사회복지사 정 대리가 하필 연가를 낸 날이라서 차 과장이 동행키로 했었는데 그것이 틀어진 것이다. 나는 벌써 출발해서 가고 있는데 전화가 울렸다. 운전 중이라 스피커폰으로 받았다. 어쩌나! 아무캐도 지 선생 혼자 가줘야겠네! 나 사고 났어여. ─ 엥, 다친 거예요? ─ 아니, 아녀. 살짝인데 시끄럽네여. 미안해여, 그 집 오늘 꼭 가야 해여! 복지센터를 나서며 차를 후진해 돌리려다가 화단 턱에 걸렸는데, 급히 뺀다는 것이 들어오던 작은 트럭과

스쳐서 실랑이가 벌어졌단다. 그렇다고 일주일째 방문 서비스가 끊긴 집이라서 미루기는 미안한 일이라고, 오늘 복지센터에서 새 선생님이랑 방문한다고 알려놓았으니 기다리고 있을 것이고, 아무튼 그냥 혼자서 방문하랬다. 나 또한 이만한 일로 마음먹은 스케줄을 바꾸긴 싫었다. 자라서는 거의 꾸준히 직업을 가지고 살아온 나로서, 무엇이든 처음 하는 일이 한두 번이었을까. 이쯤은 약과다, 하고 마음을 추슬렀다.

대문 앞이다. 아파트는 어디나 역시 작은 문이다. 건물 중에서 가장 초라한 곳이기도 하다. 이 대문에는 교회나 성당 표시 대신, 입춘대길 그리고 또 하나 사자성어가 붙어 있다. 입춘이 언제 적인데! 입춘은 보통 2월 4일이다. 한 해가 다 가서 낼모레면 동지이고 다시 새해의 입춘이 다가올 시절인데, 봄여름 가을 지나도록 여태껏 입춘대길이란다. 이 새로 만날 어르신이 고리타분한 노인일까, 슬그머니 걱정이 올라온다. 그런데 아무튼 와버렸다. 초인종을 찾는다.

초인종으로 가르는 세상은 많이 다르다. 내가 일을 망치고 나온 여섯 번째 집이 눈에 선하다. 그 어르신은 혼자 사는 할머니였다. 방문 요양 서비스를 받는, 곧 우리 요양보호사들의 돌봄을 받는 대상은 할아버지들보다는 할머니들이 대부분이다. 남자는 아내가 있을수록 여자는 남편이 없을수록 장수한다더니. 하긴 이 말도 참 우습다. 앞뒤가 이렇게 맞지 않는 말이면 창과 방패라는 모순인가. 신상정보를 요약하자면, 70대로 시영아파트에 거주하는 독거노인 할머니 – 거기까지는 우리 복지센터 담당에서는 흔한 조건이었다. 이처럼 보호자가 없는 경우도 흔하고, 어떠한 염려도 없었다. 그것보다 실은 신체적 조건이 문제다. 처음 소개받을 때 다행하게도 치매는 아니라 했다. 거동도 휠체어에 의존하는 정도는 아니었다. 딱 하나 걸리는 것이 있었다면 전임들이 오래가지 못하고 쉬이 그만두곤 했다는 점이었다. 할머니인데 뭐 어떠랴, 그렇게 시작했는데 곧 심상치 않은 상황에 빠지게 되었다.

나는 나름대로 이 일에 자신이 있는 편이다. 우선 간호사 출신이라는 자부심이 있다. 정확히는 간호조무사다. 간호전문대에 합격을 해놓고도 사정은 도저히 안 되고, 간호사는 되고 싶고. 나 같은 간호사 지망생은 간호학원을 거쳐서 간호조무사가 된다. 전문대를 마치고 간호사가 된다 해도 간호대학 졸업생과는 병원에서 처우가 다르다는 것은 나중에야 알았다. 무엇보다 승진이 없다. 수술실에 오래 근무를 해봐도 마찬가지, 수간호사가 되는 일은 일어나지 않는다. 간호조무사는 더 말할 필요가 없다. 소규모 개인병원에서 자잘한 온갖 일을 하거나, 큰 병원에 가면 평생 3교대 근무다. 그러다 보니 만 나이로 50이 되었을 때, 아니 그전부터, 남편 말이, 50까지만 일하고 그다음엔 좀 쉬고 살라 했었다.

남편을 만난 것은 1986년, 내 나이 스물한 살, 난생처음으로 어엿한 직장인으로서 산부인과병원에서 일하기 시작한 때였다. 그때는 병원의 규모에는 관심도 없었는데 지금 생각하면 참 작은 병원이었다. 얼마 지나지 않아서 원무과에 새로 직원이 왔는데, 이 조그만 병원에서는 원무과 직원이면 상관이었다. 더구나 임상병리를 겸하는 것을 알고는 은근 존경스럽기까지 했다. 공식 명칭으로 임상병리사이니까 그것도 간호조무사보다는 한 단계 위다. 게다가 첫눈에 그 야무진 인상에 믿음이 갔다. 곧 소문에 의하면 출근 전에 새벽에 가락시장에 가서 한 타임 일을 하고 온다고 했다. 그냥이 아니라 정말 존경스러웠다. 표정이나 동작에서는 지치거나 그런 기색은 1도 없었다. 날씬한 몸매도 근사했고, 가뿐한 걸음걸이도 멋있었다. 나이도 적당히 위로 보였다. 오빠라고 부르는 사이가 될 수 있을까, 괜히 설렜다. 무엇보다도 확실한 생활력 때문에 나를 나의 미래를 걸어도 될 것이라는 신뢰감이 생겼다.

내가 생각하는 일등 남편감은 첫째도 생활력, 둘째도 생활력이 탁월해야 했다. 아버지가 느닷없이 암 진단을 받고 투병하시다가 돌아가셨을 때, 순하디순한 어머니는 물론 우리 형제들 모두 뭔가에 한 대 얻어맞은 멍청한 몰골들이었다. 밥은 그냥 넉넉했었고, 한 말씀 하시던 아버지의 자리도 있었고, 무엇보다 남일면 은행리는 집성촌이었기에 그런대로 도움은 있었다. 하지만 갑작스레 변화된 생활전선에서 강하지 못한 어머니는 농사를 다 내주었고, 당연히 소출은 확

줄었고, 우리에게 세상은 바뀌어 있었다. 아니, 그보다 이전에, 어머니가 우울한 얼굴로 아버지한테 어렵게 어렵게 진통제를 놓아드릴 즈음부터는 평화로웠던 어린 시절은 사라지고 없었다.

고향 청원에서도 남일면 쪽은 중등학교가 아예 없었다. 지금은 고향도 청주시가 되었지만, 당시로는 어렵사리 청주의 여고를 졸업한 나는 서울로 향했다. 낮에는 여러 가지 알바를 하면서 야간에는 간호전문대학 진학을 꿈꿨다. 나는 무엇보다 주사를 잘 놓고 싶었다. 아버지가 조금 더 살아 계셨다면…… 기꺼이 주사를 놓아드리고 싶었다. 만일 어머니가 아프시게 된다면 놀라지 않고 겁먹지 않고 주사를 잘 놓아드리고 싶었다. 간호사는 희망사항이었을 뿐, 나의 현실은 불가능으로 점철되었다. 대학 등록금을 마련할 길은 까마득했다. 그렇다면 일단 간호학원에 다니자! 겁 없이 절친을 따라 미리 서울에 살고 있던 친구 언니만을 달랑 믿고 상경한 여자애로서는 1년짜리 간호학원 다니기도 쉽지 않았다. 교육비만 대려도 힘들어 죽겠는데, 실습 기간 중에도 학원비를 몽땅 내야 하다니! 무엇보다도 다섯 시 반이면 시작하는 수업시간에 맞추기가 쉽지 않았다. 그렇게 빨리 끝나는 알바가 있는가 말이다. 주말은 그래서 쉴 틈이 없이 일과를 짜서 일했다. 그렇게 해서 드디어 간호조무사란 이름으로 병원에 근무하는 꿈을 이룬 때였다. 그 남자를 만난 것은 내 인생의 푸른 신호등인 것 같았다.

그가 내 마음에 쏙 들어온 것은 그 사람이랑은 상관없는 일이었다. 가만 보니 그는 여리여리하고 나비같이 사뿐사뿐 걸어 다니는, 말 그 대로 여자애 같은 여자애들 취향인 듯했다. 접수부 김 양의 뼈다귀 같은 가느다란 손가락을 쳐다보면서 슬쩍슬쩍 말을 건네곤 했다. 자 꾸 그쪽으로 귀를 쫑긋거리게 되는 내가 불쌍했다. 내 손을 내 몸을 살펴보았다. 나는 살랑거리는 맵시랑은 거리가 멀었다. 우선 나는 손도 크고 키도 컸다. 키가 크다고 해서 다 날씬한 것도 아닐 테고, 나는 아닌 쪽에 속했다. 식구들 대부분 크고 건장한 우리 집에선 누 가 그리 몸매에 신경을 쓰고 그러지 않았었다. 이제 와서 어쩐다? 갑 자기 다이어트를 시작할 수도 없었다. 어느 세월에?

살다 보면 예상치 못한 반전이 있다. 벙어리 냉가슴인가 하면서 내 가 속을 태우고 있을 때 어느 순간 그가 나를 보기 시작했더란다. 내 가 무심코 명절에 고향에 다녀오면서 보따리에 날라온 음식들을 병 원에 가져가서 나누어 먹었을 때, 나중에 그의 말로는 그것이 가장 예뻤다고 했다. 아, 어머니 – 울 엄마는 애들이 집에 들르면 말 대신 무엇이든 싸주는 옛날 엄마였다. 하나둘 집을 떠나 각 살림을 시작할 때도 묵묵히 보시기만 했고, 다니러 가도 특별히 반기지도 않았다. 그런데 손에는 꼭 무언가를 들려주었다.

내가 예뻤다고? 예뻐? 이 여자 살림 잘하겠다, 생각했을지. 하지 만 그도 점치는 데는 틀렸다. 내가 알뜰주부들처럼 살림 예쁘게 하 는 짓은 잘 못 하니까. 하지만 크게는 그의 생각이 옳았다. 젊다 못

해 어린(?) 나이에도 벌써 노후 준비하자는 그의 말을 신앙처럼 믿고 살 것을 알아챘으니까. 실제로 나는 소비라거나 하는 단어를 아예 몰랐고, 사치라거나 그런 욕구도 텅 비어 있었다.

그랬다. 우리는 시퍼렇게 젊었던 첫 순간부터 노후를 향해서 살아 왔다. 곧바로 신혼 때부터였다. 서둘지는 않았지만 곧 아이가 생겼 고, 출산을 앞둔 설렘 속에는 걱정이 섞였다. 출산휴가를 두 달이나 받을 수 있었지만, 받아놓은 날은 빨리도 닥쳤다. 어떻게 해, 어떻게 나가? — 은이 씨, 오늘보다는 내일이 중하지, 맘 강하게 먹어! — 그 래도 6개월은 젖을 먹여야……. — 마찬가지야, 어차피 뗄 건데. 아기 를 위해서 무엇이 현명한가 몰라서 그러나? 우린 빈손이야, 잊었어? 눈 딱 감고 미래를 기약해야 한다며 다독거리는 남편의 선택을 믿어 야 했다. 사실 우리의 상황을 워딩 그대로 써보자면 이렇다. '우린 양 가에서 0원도 도움 받지 않았어요! 0원도!' 지금에 와서도 나는 거의 자랑스레 그리 말한다. 괜스레 떳떳하기까지 한 표정으로. 서러움 의 기억을 얼굴에 달고 살 필요는 없는 것이니까.

독하게 마음먹은 우리에게 맞벌이라는 단어는 호사 중의 호사였 다. 한 사람이 투잡이라는 말도 싱겁디싱거운 보통의 단어였다. 그 의 집안에는 아들들이 우리 집에는 딸들이 많은 것 빼고는 한 치도 다르지 않게 양쪽 집안의 형편이 비슷했다. 그의 형제자매들도 각자 알아서 자신의 길을 개척하는 풍토였더란다. 이상한 평등이지만, 평

등에는 불평이 따르지 않는다. 그렇게 우리는 달려왔다. 지금에 와서는 3층 건물이 있고, 작은 아파트도 있고, 또 가까운 시골에 몇백 평 밭이 딸린 농갓집이 있다. 나를 거절한 여섯 번째 '할머니 어르신' 보다는 내 노후가 더 확실하게 준비되어 있다.

아차, 막상 대문 앞에 서니 슬그머니 걱정이 인다. 이 집에 다녔던 요양보호사는 왜 그만두었다 했더라? 이 집의 펑크는 수급자 어르신이 낸 것이 아니라 우리 측에서 그만둔 경우라 했다. 그것도 갑자기. 얼핏 듣기로 장애아동 돌봄으로 바꾸었다고 했는데, 이곳이 아주 만족스러운 환경이었으면 그만두었을 리가 없지 않았겠나 하는 데에 생각이 미친다. 뒷북처럼 이제야.

보통은 새로운 '자리'가 생기면 문자가 뜬다. 100명도 넘는, 120쯤 이라던가, 우리 복지센터 직원들에게 공동으로 단체문자가 뜬다. 간단히 띄운 조건을 보고 관심이 있으면 지원하는 방식이다. 그러니까 이 앞 근무자는 장애아동 돌봄이 뜨자 그쪽으로 옮겼다 했다. 왜 그렇게 갑자기? 정말 이 집에 문제는 없었을까? 전임자가 자발적으로 그만둔 것이 아무래도 걸린다. 실은 근무시간도 딱 들어맞지는 않아서 좀 그렇다. 이 집은 서비스를 1시 반에 시작해주기 원한다고 떴는데, 반 시간 정도가 애매하다. 오전 일을 마치면 12시니까 1시 정도라야 간단한 점심과 이동 시간을 따져서 알맞은 시간이다. 거기다가

거리상으로 날마다의 기름 값을 고려해야 할 판에, 그러니까 잘 생각해보면 이것저것 맞지 않는데 왜 덜컥 맡아보겠다고 나섰을까. 독거노인이 아니라 보호자가 있다고 했으니, 그것도 어떨지 모르겠다. 첫 방문에서 100퍼센트 성사는 아닐 수 있다. 조건을 따져보고, 영 아니면 말 수도 있다. 지금처럼 오전만 일해도 월 60시간 조건은 채우니까 직장보험은 우선 유지될 것이고.

초인종보다 번호키가 먼저 눈에 들어온다. 80대 어르신이라던데 번호키를? 차 과장이 알려준 전화번호 끝자리로 키를 눌러볼까? 아니다, 처음 방문인데 조신하게 초인종을 눌러야지. 어라, 초인종이 둘이다. 틀리지 않고 초인종을 누르고 싶다. 아직 일을 맡는다는 확정도 되지 않았으므로, 일이 되려면 초인종부터 제대로 누르고 싶다. 왜 초인종이 둘일까?

사실 내가 요양보호사 일을 시작한 지 4년이 되어가는데, 바로 앞 여섯 번째에는 시작부터 터덕거렸었다. 초인종을 누른 순간부터 좋지 않았던 일이 마음에 걸린다. 그때는 정 대리랑 함께 갔었는데, 초인종을 아무리 눌러도 대답이 없자 정 대리가 대문을 세게 두드렸다. 사실 정 대리로서는 우리 요양보호사들이 바뀐다 해도 한 달에 두 번씩 관리 및 점검을 다니던 집이었으니까 크게 생소한 일은 아니었을 것이다. 그런데 그것이 화근이 되었다.

오메, 요 사람들, 대문을 아작 낼랑가. 벤소도 지대로 못 가게 하네 이. 근디 누구다냐, 요참에는? 이렇게 첫 만남의 순간부터 까칠하던 6번 어르신은 – 이렇게 불러도 되려나. 실명보다는 아무래도 낫지 않을까 – 매사에 조금 심하긴 했다. 의심 많고 적대적인 것이 세상 에서 인생에서 넉넉히 보상받지 못한 노인들의 특성이라 쳐도 유난 했다.

요양보호사로서 일하면서 내가 요양병원 근무보다는 방문요양 서 비스를 택한 것은 크게는 전일 근무보다는 파트타임 일을 원했기 때 문이었다. 속내는 그러나 바닥에 깔리고 싶지 않아서다. 간호조무사 로 근무하던 젊은 시절에 내 나름 미소를 유지하던 얼굴을 하고서도 갑을병정 끊임없는 상하관계에 질렸던 터라, 다시 요양병원에 가서 일하면서 여사님이라 불리며 맨 밑바닥에 죽치고 싶지는 않다. 거기 요양병원에서는 여사님이 최하 직급이다. 육ㅇ수 여사님 그렇게 부 를 때의 여사하고는 하늘 땅 차원이 다르다. 불리는 이름이 같은 것 은 아무 소용없는 일이다.

방문요양 서비스는 일대일 관계이기 때문에, 또 대개는 물심양면 으로 어느 쪽으로든 취약한 노인들을 상대하기 때문에 심리적 어려 움이 크지 않다. 자녀들이 없지 않은데도 혼자 그렇게 외로이 살아가 며, 정말 우리들의 도움이 절실히 필요해 보이기도 한다. 말동무도 없이 입술이 말라붙어가는 노인들은 어쩌면 태곳적부터 무표정이었을 얼굴을 하고 있다가도, 내가 큰 소리로 무언가를 떠들썩하게 이야기해주면 가끔은 배시시 미소를 띠기도 한다. 기저귀 실수라도 해놓고는 새색시처럼 고개를 숙이기도 하고. 이런 이들 속에서 지내다 보면, 살면서 보람이랄까, 보람은 대단한 것이 아님을 느끼며 뭉클해지는 순간들이 있다.

일은 그러나 늘 예상을 빗나간다. 갑은 어딘가에서 불쑥 나타난다. 여섯 번째 어르신이 그랬다.

여그를 좀 딱거조바, 쩌그 거그는 또, 거그랑 딱거주랑게!

워째 멋이던가 뿌옇고만! 노인네라고 도통 안 뵈는 줄 아남여!

나 젊었을 적으는……, 이런 것은 입에 달고 사는 화두다.

어르신, 저, 백내장 검사를 한번 받아보심…….

내가 시방도 바늘귀도 뀌는데 먼 병원이여! 돈도 쎄았는갑다!

남의 말은 아예 듣지를 않는다. 그러기를 반복하더니, 한 달도 채되지 않은 어느 날 드디어 노인이 복지센터에다 전화를 걸었다. 나들으라고 면전에서 걸었다.

거그, 센타지라. 보쇼이, 나 참 요상해서 못 살것소.

어르신, 왜 또 그러세요……. 저쪽에서는 그런 소리로 응대를 할 것이다.

아니, 긍께, 쓰레기봉토 안 있소, 거, 우덜헌티 나놔주는 거 말요. 아, 긍께 그것이 언 날 봉께 팍 졸아져부렀당께.

어르신, 왜 또 그러세요……. 저쪽에서는 여전히 그러고 있을 것이다.

아따, 요참 여자가 이상허게 꼭 큰 가방을 가지고 다닝께 글제. 안 의심스럽소이. 어짠다고 가방을 고롷게 큰 놈을 갖고 댕긴다요. 글고 쓰레기봉토는 졸아져불고. 아, 몇 장 없당께. 다 없어져부렀는디 워쩔거?

알 만하다. 배급으로 나오는 관급 쓰레기봉투도 손도 안 대고 알 뜰하게 모은다. 어떻게 가능하냐고? 혼자 사는 내가 그 큰 봉토를 쓸 일이 어디 있간디! 그러면서 나더러, 그러니까 요양보호사더러 자잘한 쓰레기들을 나오는 대로 가지고 나가서 버리고 오란다. 어디에? 기가 찰 노릇이다. 쓰레기장에 가면 이미 쓰레기를 담아 버려놓은 관급 봉투들이 수북하게 있으니까, 그것을 쪼끔 열어서 헤집고 '요까짓 것' 쑤셔 넣으면 된다고 우긴다. 실제로 막무가내다. 그렇게 모은 봉투를 손자인가 손녀에게 주련다고. 애들이 오는 것을 보진 못했다. 겨우 3주째였으니까. 아니, 요양보호사가 없는 주말에 다녀갈지도 모른다. 그 애들 주려고 모아둔 봉투가 없어졌다고 성화였다.

어르신, 여기다가는요, 제가 추위를 타니까 스웨터 넣어가지고 다니잖아요. 지금 입고 있는 이 스웨터요, 아시면서! 저 여기 것 봉투는 쓰라고 해도 못 써요. 우리 동네는 이 동네랑 구가 다르니까 여기 쓰레기봉투를 저 주셔도 쓸 수가 없다구요.

멋이 그래, 봉토면 봉토제. 글먼 내 것 봉토가 어디로 가부렀냐, 그 말이제.

우리 동네랑 같으면 저희 것 가져다 드리고 싶네요.

어먼 소리 말고 내 것 봉토나 내놔보랑께. 집이 갖고 가도 못 쓴담서.

그것이 금요일이었다. 그 다음 주중에도 실랑이는 계속되었다. 복지센터에 들르면 차 과장이 살살 미소로 나를 달랜다. 그런 식으로 계속 선생님들이 바뀌니까 어쩌겠어용! 속 넓은 지 선생이 들은 둥 만 둥 참아주세요!

사람들은 내 속내도 모르면서 내게 속이 넓다느니 그런 말들을 한다. 듣기 좋으라는 말일 게다. 어쨌거나 나는 사람들의 불평에는 신경 무디게 지낼 수 있다. 큰 문제만 없으면 특히 직업과 관련해서는 참는 자가 이기는 자다. 참으면 월급이 꼬박꼬박 모인다. 그렇게 살았다. 아니, 기본적으로 세상의 돈을 내 돈이 되게 하려면서 참을성도 없이 될 일인가. 그 정도가 내가 일할 때 사람을 대하는 태도다.

이 일을 하면서는 내 간호조무사 경험이 도움이 되기도 한다. 생과 사를 가르는 수술실 근무도 견뎌냈고, 온갖 오물들을 맞닥뜨리는 과정도 찡그리지 않고 해낼 수 있었다. 그래, 이 일이 병원 내에서 가장 깨끗한 작업이다. 이 작업이 없이는 병원이 오물들로 넘쳐날 것이니까. 이 더러운 똥오줌과 피범벅 처리가 병원을 세상을 깨끗하게 하는 일차적인 일이다. 나는 세상에서 세균과 병 따위를 없애는 정화 작업의 최전선에 있는 전사다. 이 작업으로 나는 월급을 받고, 내 노후는 보장될 것이다. 괜찮은 생각이었다. 그렇게 버티어왔다.

　요양보호사 일은 수술실 근무에 비하면 거저먹기다. 시급 10,500원을 채워 정확히 계산해준다. 어쨌거나 최저임금보다는 많고, 일하는 시간 그동안만큼은 돈을 쓰지도 않을 것이니 두 배로 절약이 된다. 버는 것과 안 쓰는 것을 더하면 갑절의 가치가 된다. 고무줄 같은 신경 줄을 조금 무딘 쪽으로 단련하며 참으면…….

　그래도 통하지 않는 때가 닥쳤다. 노인은 하루도 빼지 않고 복지센터에다 전화를 해댔다. 센터에서는 시영아파트 어르신들을 놓치고 싶어 하지 않는다. 가까운 위치 때문에 총체적으로 서비스 비용이 절약되고, 무엇보다 큰 불만 사항들이 없는 편이다. 자신들이나 또 주변 사람들도 장기요양보험이니 하는 공적인 사실들에 관해 원론적으로 아는 사람이 드물어 불평불만이 적다. 일단 혜택을, 문자 그대로 보살핌을 받는다는 느낌들을 가지고 살기 때문이다. 자질구레한 불평은 오히려 어리광이다. 나 좀 봐주라니까, 심심허다고! 나 죽겠서! 근디 나 요라다 죽는당가? 징허네이, 요라고 못 걸으믄 걍 죽게 놔두제이! 여그, 여그 좀 잡으랑께! 그렇게 저렇게 실랑이를 하면서 세월이 간다. 그런데 쓰레기봉투 민원은 끈질겼다. 나는 시쳇말로 잘렸다. 엊그제 11월 말, 하필이면 음력으로 쇠는 생일 하루 전날이었다.

직장에서 '짤렸다'는 생각에 웃음이 났다. 모처럼 외식을 하는 생일, 마침 주말이라서 딸아이도 왔었다. 분위기 때문에 해고당한 이야기는 감췄다.

왜, 식욕 떨어지는 일 있어? 식당 잘못 골랐나? 딸아, 우리 둘이 엄마 것 다 먹자!

속 모르는 남편은 펄펄 날지 않는 나를 의아해하며 놀렸다. 젓가락 부딪는 소리 사이로 닷새를 계속해서 혼자 내지르던 노인의 성난 목소리가 날아다녔다. 즈그 집에서는 안 춥당가. 질 가상으로 댕길라먼 얼매나 더 추울겨! 집에서부텀 옷을 입고 댕기제, 멋 허러 옷을 들고 다닌다는 거여. 멋 헌디 울 집에 들어와 갖고사 세타를 입는당가!

사실 복지센터에서도 내가 옷을 많이 껴입는 것을 보고 웃는 사람들도 있었다. 마른 체격도 아니면서 한심하다는 투다. 요새 사람들은 너 나 할 것 없이 말라깽이를 이상형으로 삼는데, 교육 있는 날 모두 함께 밥을 먹다 보면 내가 제일 잘 먹는다. 뭐야, 지 선생은 애기들같이 먹네, 애들 반찬도 좋아하고! – 아니, 저는 그냥 무엇이든지 잘 먹어요. 살 좀 빼야 할까요? – 알긴 아시네. 해도 지 선생 귀여워요, 먹는 것도 애들 같고, 인상도 애들 같고, 하하. – 애들 같아 뭐 하게요! 나도 덩달아 웃고 만다. 멋지다 그런 말은 언감생심 기대도 하지 않지만, 그래도 어른한테 애들 같다니! 뭐, 어쩔 수 없기는 하다. 여리여리한 여자애들 때문에 속앓이를 했던 것도 옛날 옛적 일이다. 예쁘면 뭣 해! 나는 제법 하얀 피부에 비뚠 데 없이 좌우대칭은 된다.

열심히 살았고, 아니, 열심히 일했고, 열심히 절약했고, 지금은 마음 편하게 살아가고 있으니, 이만하면 되었다. 게다가 우리에게는 아직도 계획이 있다. 당연히 재테크와 관련된 일이다. 그것을 위해서 아직은 일을 더 계속할 것이다. 해야 한다. 하고 싶다.

착실한 재테크는 세상 살아가는 기본이다. 그렇게 알고 살아왔다. 돈 관리는 둘이 따로 하지만 투자 때는 함께 한다. 결혼 초에는 다른 커플들처럼 내가 돈 관리를 도맡기 시작했었지만, 오래가지 못했다. 그이의 월급을 챙겨서 적금 부으러 가던 날, 바로 그날 아침 버스에서 가방을 찢기고 돈을 통째로 털렸다. 평생 단 한 번도 찢기지 않았던 가방이 월급이 통째로 들어 있던 그 순간에 찢기다니. 그 일은 훔쳐간 그들에게는 마법이었고, 나에게는 우리에게는 재앙이었다. 그는 그것을 용서하기 힘들었을 것이다. 얼마나 많은 땀방울로 다져진 돈인가 말이다. 그 순간, 그 이후로 나는 돈 관리자 자리에서 데꺽 잘렸다. 결과적으로는 잘된 일이다 싶기도 하다. 그이가 나보다 관리에서나 투자에서 월등하니까. 어느 집이고 아내들이 돈 관리를 하는 현실에 비춰보면 자존심이 묵사발 될까 봐 남들에게 티는 안 낸다. 누가 하면 어떤가, 결과가 좋으면 좋은 것이다. 한 푼도 허투루 쓰는 법이 없는 남편은 정말 대단한 사람이다. 당연히 노담인데, 담배는 바로 돈을 말아서 태우는 것이라 생각해서 손을 대본 적도 없을 것이다. 둘이서 내기를 하면, 글쎄, 누가 더 절약의 천재인가 모를 일이다. 아니, 내가 밀리려나? 그만큼 신뢰를 하기 때문에 매사에 그이의 제안이나 결정을 따르게 된다.

　성남의 끝자락 미금이라는 곳 청ㅇ마을 주공 42제곱미터 아파트
에 입주하던 날 – 1995년, 그때도 오늘처럼 매섭게 추운 12월이었
다. 우리는 울었다. 대충 정리하고 딸아이 재워놓고 둘이서 입주 파
티를 하자고 마주 앉아서……, 짠! 하고 잔을 부딪는 대신 그만 울음
보를 터뜨렸다. 내가 먼저였나? 모르겠다. 둘이 다 울었다. 울다가
웃었다. 반지하 – 반지하에서 갓난아이를 품고 누워 있는 순간, 그
것을 표현할 단어는 없다. 그런 우리에게 이 공간 전체가 우리 것이
라는 사실이 믿기지 않았다. 더 작은 36제곱미터도 아니고 42제곱미
터 아파트라니. 대출을 끼었다지만 우리 집이다. 요새 와서는 '영끌'
이란 말이 유행인데, 그런 말이 생겨나기 전에도 우린 그만큼 다 했
다. 그랬다. 영혼까지 끌어 모아서 내 집을 샀다. 둘이 벌고 절약을
하며 살 테니까 까짓 대출쯤은 문제없었다. 울다 웃다를 반복했다.
이렇게 짧은(?) 시간에 내 집을 마련하다니. 아까워서 발을 크게 떼놓
지 못했다. 몸무게가 한쪽으로 잘못 실려서 바닥이 무너질세라.

　꿈결 같은 세월이었다. 어느새 초등학교에 들어간 딸아이는 말 그
대로 똑똑하고 키도 크고 공부도 제법 했다. 부러울 게 없었다. 머리
카락은 나를 닮아서 검고 머리숱도 많았다. 머리를 묶어주면서 예쁜
머리핀을 꽂아주면서 생각했다, 나 어린 시절보다는 더 행복하게 해
주어야지. 아니, 이맘 땐 나도 거칠 것 없이 부족함 모르고 자랐었지.

아무튼 뒷받침을 더 잘 해주려면 돈도 모아야 하지만 무엇보다 부모가 오래오래 건강하게 살아 있어야 된다. 아버지가 일찍 아프시다가 돌아가신 것 말고는 내 어린 시절이 불행했다는 생각은 없다. 어머니는 책 속에 나오는 어머니처럼 온순하고 또 온순해서 우리들에게 따뜻했다. 내 검은 숱 많은 머리를 감겨주시곤 했는데, 이상하게도 젖은 채 안겼던 기억이 생생하다. 비눗물 때문에 울고 싶었던 눈이 스르르 감기곤 했다. 내 단정한 단발머리는 언제부턴가 약간 곱슬하게 변했지만 그래도 늘 단정한 머리다. 비라도 오는 날이면 곱슬이 더 나타나서, 사람들은 파마 값도 안 들겠다면서 부러워한다. 하지만 난 하늘하늘한 노란 생머리가 예쁘다고 생각한다. 사알짝 흔들어서 뒤로 넘기며……. 하긴 그런 인상은 나랑은 어울리지 않는다. 처녀 적에도 안 어울렸다. 은아, 튼실한 몸과 맘으로 날마다 파이팅!

어느 평범한 날이었다. 그이가 뜬금없이 고향으로 내려가자고 했다. 고향이라고? 그러고 보니까 그의 고향은 남쪽이었다. 애, 조심해. 걔 라도표야! 연애, 거기까지만! 서울 여자애들이 라도표라고 시집가기를 기피했던 전라도 남자였다. 나도 고향 청주에서나 더구나 서울에서 사는 동안에 특별히 전라도에 대해서 선입견을 가지지는 않았지만, 전라도는 전라도였다. 하지만 오빠가, 그가, 결혼 이야기를 꺼냈을 때는 시댁이 전라도인가 어딘가는 안중에 없었다. 외국인이어도, 어쩌면 외계인이어도 좋았을 것이다. 막상 '시집가는 날' 시댁 동네 사람들에 둘러싸여서 놀랐던 가슴은 순간이었기 때문에 곧 잊혀졌다. 신랑은 전라도 출신(!)일 뿐으로, 서울 사람이었다. 아들로는 둘째였고 형제들이 많았으므로 집안을 책임질 군번도 사정도 아니었다.

이제 와서 고향으로 간다고? 참으로 낯선, 한 번도 예상하지 못했던 일이었다. 그의 고향인 보성 봉ㅇ리, 선씨들만 모여 사는 동네, 하나둘 떠나고 백 가호도 안 되는 마을로 가자고? 내 고향 청주 남일면 우리 마을도 시골이긴 했지만, 전혀 다른 느낌의 시골인 시댁 마을은 그동안 잠깐씩 들르긴 했었다. 하지만 아주 살 터전으로 받아들이라니, 날벼락이었다. 그는 당시에 공무원이 되어 있었으니까 걱정 없지만, 내가 취업할 수 있는 병원이 있을까? 설마 차밭 농사를? 무슨 말로, 어떤 말로 반대를 하지? 갑자기 눈앞이 깜깜했다. 내가 이 세월 살면서 남편 의견에 반대 한 번 안 하고 살았었나? 새삼 그것도 놀라웠다. 며칠을 끙끙 앓았다. 언제나처럼 아무 말 않고 생글거리며 따라 나설 일이 절대로 아니었다. 병원 핑계가 그나마 통할 것 같았다. 내 직장은 어쩔…….

그러다가 걱정은 전쟁 없이 사라졌다. 내 속으로는 반대 의견을 들고 나서기가 전쟁 준비만큼 힘든 터였다. 그런데 그이가 우선은 이곳 광주로 내려오자고 말했다. 고향까지 차로 한 시간 남짓 거리랬다. 휴, 나는 늘 운이 좋았다. 이곳에는 그이의 동창생이며 선후배들이 이렇게 저렇게 자리 잡고 살고 있었다. 나는 쉬지 못하는 습관에 잠시 알바도 했었지만, 곧 병원에 취직했다. 마침 건강검진을 집중적으로 하는 병원이었고, 광주 전남 여타 지역으로 건강검진 버스를 운영하는 팀에 들어갔다. 퇴근이 조금 늦을 때는 있어도 낮 근무였다. 나로서는 잘 된 일이었다. 그렇게 이곳 대도시 생활은 안정되어 갔다. 전학 온 딸아이도 서울 말씨로 친구들의 엄청난 관심을 받으며 신이 나는 듯했다. 그 나름대로 성적도 상위권을 유지하면서 예쁘게 자라고 있었다. 아이가 내 키만큼 자라는 건 정말 시간문제였다. 아슬아슬하게도 아예 고향으로 내려가자는 말은 더는 없었다.

그러자 저녁 쉬는 시간이 뭔가 아까워졌고, 나는 야간대학에 진학을 감행했다. 간호학과는 이과라서 현실적으로 어려운 벽이 있었고, 차선으로 사회복지과에 '등록'을 했다. 간호전문대학에 간절히 등록하고자 했었던 옛 그 느낌이 살아나면서 가슴이 쿵쾅거렸다. 게다가 4년제 대학이었다. 사실 마음 끝 간 데 깊은 속에는 그만큼 깊은 미련이 남아 있기도 했었다.

야간대학에서 만나는 사람들은 거의 이런저런 이력들을 가지고서 늦게 대학에 오는 경우가 많아서 친구처럼 가까워진 동료 학생들도 생겼다. 그때는 2008년부터인가 시작된 노인장기요양보험제도가 이슈가 되어서인지 사회복지과 학생 중에는 노인복지관이나 장애돌봄센터 같은 것을 운영할 마음으로 와 있는 사람도 있었다. 나중에 들으니 실제로 소규모 센터를 운영하는 이도 있다고 했다. 비슷하게는 유아교육과를 해서 어린이집을 차린 이도 있었다. 하나같이 열심히 사는 사람들이었다.

그런데 이 복지센터에서 일을 하면서는 다른 종류의 사람들도 만났다. 나이들은 대부분 나보다 많지만 좀 철이 없다고 할까. 일은 싫고 돈은 벌어야 해서 우울해하는 사람들 말이다.

나 같으면 못 산다 하지, 지 선생! 뭣 하러 그렇게 살어!

뭐가 어떤데요?

아니, 이깟 일 고만 좀 하고 쉴 일이지, 뭐가 아쉬워 그래요. 월세 받아서 쓰니 좀 좋겠어. 그냥 쉬라고 잡아 앉히지, 남편도 참. 짠돌이 게지.

아아니, 남편 탓 아니에요. 젊겠다, 두 손 두 발 성한데 어떻게 놀아요?

남편이 벌어다 주지, 월세 나오지. 그럼 매일 사우나도 가고, 산악회, 거긴 주 1회니 바람 쐴 만한데, 으샤! 그때가 그립다, 나는.

그런 건 취미 없어요!

그럼 일하는 게 취미다요? 세상에 일이 취미인 사람 어딨다고!

힘든 일도 아니고, 살림에 도움도 되고.

못 말려, 바보같이!

내가 사는 방식이 바보 같은가? 그런 점이 없지 않더라도, 다른 사람들의 평가에는 별 관심이 없다. 남들이 칭찬을 하든 그게 아니든 나는 그냥 그대로일 테니까. 나이든 동료가 바보 같다고 흉을 보건 말건 무슨 상관인가. 어느 의심 많은 할머니가 나를 잘랐거나 칭찬했거나 나는 나다. 더구나 어제는 어제다. 일곱 번째 어르신님, 어서 나오세요!

아차, 초인종이 두 개! 어느 것을 누른다? 폭발물을 몇 초 안에 해체해야 하는 톰 크루즈가 나오는 액션영화 장면이 떠오른다. 마지막 남은 두 개의 전선 중에서 어느 것을 자를까, 배우의 손이 떨린다. 똑딱똑딱 초시계가 흐른다. 잘못 자르면 자신을 포함해서 사방이 날아갈 것이다. 그런 기분이다. 이 아슬아슬함 땜에 남편이 톰 크루즈를 영화를 또 보고 또 보고 하나.

가만, 바른 초인종을 찾는 데에 힌트는 크기가 아니겠다. 위치가 문제다. 처음부터 제자리에 있었던 초인종은 고장이 났고, 그래서 새로 달아놓은 것은 좀 엉뚱한 자리에 붙어 있겠다. 옳거니, 요 하얀 녀석인 게로구나. 괜스레 옷깃을 한 번 더 만져본다. 새로운 시작이다. 좋은 첫인상이 필요해! 초인종을 보면 늘 젖꼭지 생각이 나지만, 검지 끝에는 딱딱한 플라스틱 감촉이 느껴진다.

오늘

사람은 평생 장님이다.
괴테

오늘 첫 번째 시험은 초인종이었다. 둘 중에서 하나를 고른다는 것은 1/2 확률인데, 시작부터 뭔가 틀리면 어쩌나 하는 염려는 기우였다. 띵 똥 한 번에 재빠른 답이 온다. 예에, 하는 소리와 부드러운 발자국 소리가 함께 다가온다. 대문이 열리면서 나타난 얼굴은 – 누굴까? 돌봄 어르신은 80대 남자라던데, 그러니까 보호자인 모양이다.

어서 오세요! 혼자 오시는 거죠?

아, 네. 오늘 저 혼자 오게 되었어요.

아무려나, 어서 오세요. 아파트 쉽게 찾으셨지요?

네, 뭐.

첫 인상은 푸른 나무들로 계절을 잊게 하는 집이었다. 넓지도 않은 거실인데 한쪽으로 베란다로 통하는 유리창 쪽으로는 크고 작은 화분들이 즐비했다.

밖에선 얼겠지, 12월이니까. 그런데 환자도 있다면서 무슨 화분들을. 하긴 강아지나 고양이들이 있는 것보단 훨 낫지.

그러고는 흔한 아파트 풍경이었다. 텔레비전, 소파 그리고 탁자. 좁은 거실에 탁자는 크고 탁자 위에는 뭔가 수북하다. 신문 잡지들이며 먹을 것들……. 소파에 비스듬히 누워 있는 사람이 내가 돌볼 어르신일 게다. 소파에 누운 채, 낮인데, 그래서 아픈 거로구나, 생각을 하는데, 사람이 들락거려도 반응이 없다.

저, 그런데 태그는 어디다가, 출근부 말예요.

일단 집에 들어왔으므로 출근부에 태그를 해야 시간이 기록될 테니까 그것부터 물었다. 보호자, 그러니까 주인 할머니가 가리키는 곳은 신발장이었다. 다시 현관으로 나가 신발장 문을 열어서 안쪽을 봐야 했다. 뭐야, 날마다 신발장을 열어야 한다고? 하필 신발장을! 그냥 보이는 곳에다 붙여놓는 것이 보통인데, 이딴 걸 뭘 숨겨! 얼핏 보게 된 신발장 속은 신발이며 우산 등으로 구분되어 그런대로 잘 정돈된 편이었다.

올라오세요. 오늘 이 양반 꿈쩍을 안 하네요. 점심 다 식는데도.

그러고 보니 식탁이 차려진 채다.

특별히 아프신 거예요?

아뇨. 뭐랄까, 무반응이 특징이지요. 원래도 말이 적은 사람인데, 최근에는 아예 입을 닫고 사네요. 하고 싶은 말은 겨우 눈으로 해요.

눈으로 말을 해요?

예, 그런 셈이에요. 뭔가 필요하면 그쪽을 처다봐요. 그럼 냉큼 집어다 주면 또 말없이 받아들고. 그러니까 탁자 위 신문을 처다보면 신문을, 리모컨을 보면 리모컨을 집어달라는 것이고, 저쪽으로 멀리 냉장고를 처다보면 물을 먹고 싶다는 식이지요.

갑자기 말문이 막힌다. 이 집 보호자는 내 이름이 뭐냐, 오기로 확정한 것이냐 등을 묻지도 않고, 내가 오는 것을 기정사실로 받아들이는 듯 편안하게 말을 하고 있다.

그런데 예상 외로 젊은 분이 오셨네요.

제가 젊다고요? 저 5학년인데요.

어, 훨씬 더 젊어 보여요. 풋풋한 소년처럼. 또 오십 대면 젊지요, 우리 눈엔 젊다 못해 애들이죠. 사실 우린 지난번 선생님보다 더 나이 든 분을 부탁했었거든요.

나이 든 사람을요? 다들 젊을수록 좋아하시는데……. 그럼 제가 너무 젊어서, 아닌가요?

그런 뜻이 아니라, 저이가 지난번 김 선생님을, 아시죠? 같은 센터이시니까, 김 선생님 말을 시큰둥해하면서 들으려고도 안 했거든요. 애 무척 많이 쓰셨어도 그랬어요. 그런데 전부터 계시던 우리 아주머니랑은 편히 지냈거든요, 그 양반은 칠십 넘은 분. 그래서 먼젓번 김 선생님이 너무 젊어서 어색해하는가, 그랬거든요.

과장님은 나이 이야기는 안 하셨는데요. 난 좀 시큰둥하게 말했다.

그랬는데요, 진짜 젊은 분이 오니까 집안이 갑자기 팔팔 살아나는 것 같은데요.

그러니까 내가 기대한 것보다 많이 젊은데, 그런데도 통과인 모양이다. 그거야 나쁠 것 없다. 그런데 조건을 미리 꼼꼼히 해두어야 한다.

저, 그런데 여기 서비스 와달라는 시간이…….

아, 시간 말이군요. 시간이 왜요?

저랑은 딱 맞지는 않은데, 차 과장님이 일단 가보라고 해서요. 저는 1시에 오는 것이라야 맞거든요.

1시라야 된다고요? 그럼 1시 반이면 못 오시나요? 그런 거예요?

그게 좀, 중간에 시간이 많이 떠서요.

어쩌나. 1시부터면 4시에 끝날 것이고, 내가 가끔 4시 좀 지나서 집에 오게 되니까 4시 반까지는 봐주셔야 하는데. 참, 선생님 이름이 지은이 씨라고? 차 과장님이 전화했어요. 지 선생님은 추가 시간은 안 하실 거라고도.

네, 저는 해당 서비스 시간만 봐드리고요. 그런데 저는 1시부터 4시면 좋겠는데요. 점심시간에 집에 들어갔다가 오기는 너무 멀고, 시간이 어중간하게 남아서요.

……。

저쪽에서 말을 쉰다. 생각이 길어지나 보다.

시간이 정 맞지 않으면, 아무튼 오늘은 제가 일단 왔으니까 세 시간 해드리고 갈 거고요.

아니, 잠깐만. 아예 오실 생각으로 오신 것 아녜요? 뭐, 1시 반부터면 못 할 수도 있다고요? 그럼 서로 15분씩 양보하면 어때요? 1시 15분부터, 난 혹시나 늦어도 4시 15분엔 돌아오고.

이번에는 내가 잠시 말문이 막혔다. 내 인상이 괜찮았나? 나이도 희망했던 것보다 너무 젊지만 좋다고 하고, 시간을 살짝 조정하면서까지 나더러 오라는 거네. 그럼 확실히 해둘 것들은 확실히 해두자.

그리고요, 제가 해드리는 것들 서비스 범위는요…….

예, 알고 있어요. 환자 아닌 가족을 위한 생활 지원은 금물이죠. 해주실 것은 환자의 식사, 약 챙기기, 환자 방 청소, 씻기, 옷 챙겨주기, 운동 시켜주기, 산책, 병원에 갈 때 동행하는 것 등등. 지난번 선생님한테 잘 들었지요. 저기 파일 안에도 다 적혀 있고요. 한 가지, 부엌에서는 점심 설거지 하나 지 선생님한테 부탁할게요, 씻을 그릇이 2인분이기는 해도 환자 식사 준비 대신이라 생각하시고.

그거야……. 말로는 그냥 우물거렸지만 머릿속으로는 환자 밥 챙겨 먹이는 것 ― 만들고 먹이고 설거지하고 ― 그것과 2인분 설거지만 하는 것의 노동량을 측정해야 할 텐데 하면서도, 그냥 계산을 하지 않기로 했다. 어차피 세 시간 내에서 할 거니까.

것보다 문제는, 뭐냐면 우리 양반이 말을 잘 안 들어요. 누가 뭐라고 해도 신청도 안 한다니까요. 그게 좀 힘드실 거예요.

네에, 그거야 우리 일이니까…….

그럼 되었네요. 1시 15분에 오시는 걸로.

우물쭈물 일은 결정이 났다. 오전 집에서 여기까지 이동 시간은 30분도 채 걸리지 않는데, 남는 시간이 정말 어중간하다. 그런데 그건 아니라고 똑 부러지게 말 못 하고 엉거주춤 15분으로 결정을 하다니. 이 보호자는 일을 너무 쉽게 결정한다. 내가 그만 그 페이스에 밀렸다.

이쪽으로 와보세요. 여기 안방이 환자가 쓰는 방. 여기 욕실 쓰고. 그런데 주로 거실에 저러고 있지요. 그런데 지금도 자고 있는 것은 아니거든요. 우선 점심 먹을 수 있게 해야겠어요. 이쪽으로 오세요!

여기요, 일어나보세요. 오늘 새로 지 선생님이 왔어요. 힘없고 처지니까 말동무 해드릴 거예요. 손잡고 산책도 하고. 나는 비틀거리잖아요! 어디, 일어나보세요!

눈치를 보니 내 차례다.

어르신, 안녕하세요! 저 지은이라고 하는데요. 오늘부터 어르신 돌봐드리러 왔답니다. 어르신, 일어나보세요. 점심시간이 늦었거든요.

…….

사람을 빤히 쳐다보는 눈매가 촉촉하다. 계속 감고 있어서 물기인가? 아니, 80대라고 했는데 소년 같은 눈망울이네. 백발의 소년이네.

어르신, 저는 지은이고요. 이제 일어나셔요, 식사하시게요. 식사하시고 나서…….

뭐? 지 – 은 – 이? 지은이라고? 책을 썼다고? 지은이라면 내가 지은인데, 이게 대체?

입을 연 것은 반가우나, 하필이면 내 이름이 귀에 걸렸나 보다. 인사가 엉뚱한 방향으로 튀어버렸다. 어르신이 벌떡 일어나더니 탁자에서 신문이며 책들을 주섬주섬 치우면서 무엇인가를 찾는다.

아니, 내 책이, 책이 어디로 갔나.

무슨 상황인가. 무슨 책을 찾을까. 부엌 쪽에서는 내색이 없다.

엄마아, 준이 엄마, 내 책이!

갑자기 목소리를 높여 아내를 찾는 모양인데, 그런데도 보호자는 무반응이다.

아니, 어르신, 찾으시는 건 나중에 하시고요. 우선, 인사드릴게요. 처음 뵙겠습니다. 제 이름이 지은이라고요. 이름이 지은이.

아하, 지가 은이라고. 지씨라. 어디 지씬가?

충주 지씨예요. 어르신은 이름이, 성함이 어떻게 되세요?

나, 나는……, 에이, 애들이 어른 함자를 묻나. 내가 내 이름을 모를까 봐?

아유, 어르신, 죄송해요. 어서 일어나셔요. 식사시간이에요.

그렇게 해서 점심 식탁에 모여 앉는 데까지 또 10여 분이 흘렀다. 그 상황에 더해서 손을 씻고 오느라고 그런 것이다. 노인들이 화장실에만 가면 10분은 기본인 경우도 많은데, 이 어르신도 그런 건가 보다. 대소변 문제는 없나? 화장실 쪽으로 따라가면서 직업적인 걱정이 섞인다. 그사이 냄비들이 가스레인지 위로 다시 왔다 갔다 하는 모양이었다. 밥과 국이 올라온 뒤에도 한참을 레인지 앞에 서 있던 보호자가 숭늉과 누룽지를 내온다.

뭐야, 숭늉을 먹는 집도 있어? 의외이기도 하고, 이러다가 정말 된통으로 힘든 집에 걸린 거나 아닌가 하는 불안도 스멀거렸다. 그래도 환자가 밥 먹는 일부터 돕는 것이 나의 일이다 생각하고 식탁 옆에 서 있었더니, 환자 곁에 내 자리를 만들어준다.

지 선생님, 이쪽으로 앉으세요.

아, 네.

보통은 1시 반까지는 밥상이 끝나거든요. 오늘은 늑장을 부려서.

상관없어요. 옆에 있어볼게요. 근데 이렇게나 골고루 차리셨네요.

뭘 먹을지 몰라서요. 아무튼 이제 말 좀 걸어보세요! 그것이 문제랍니다. 말을 들어야 뭘 골고루 먹게 하지요.

맞다, 내 차례다. 내가 말할.

어르신, 맛있는 것 많이 차려주셨네요. 여기 동치미, 이 국물부터.

내 목소리는 원래 큰 편이다. 또 여기 사람들과는 다르게 서울 말투를 쓴다. 그래서일까? 말을 듣지를 않는다던 어르신이 뜻밖에 반응을 보였다. 비뚤게 앉은 자세도 '달래서' 바로잡았는데, 먹는 일에 조금은 문제가 있어 보였다. 이것 드셔보세요, 그러면 그것을 그릇째로 다 비우려고 한다. 저것 드셔보세요, 그러면 그것을 또 그릇째로 다 비우려고 한다. 아, 얼핏 보기에는 정상인데 인지 문제가 있기는 있구나.

아주 엉뚱하게, 혼자 단출하다 못해 초라한 밥상 앞에 앉아 있을 어머니가 아른거린다. 일하는 중에 다른 쪽으로 빠지는 일은 드문데 스스로 갑작스럽다. 어머니는 아예 밥상을 차리지도 않는 끼니가 많을 것이다. 나는 어머니의 밥상을 챙기는 대신에 일이랍시고 생면부지 '어르신'의 밥 시중을 들고 있다.

내갈비도 덜 먹었는데 또 도가니탕을 보냈디야. 그렇게 보내쌓면 뭘 햐. 느그덜이나 노나 먹지야. 느그 아부지가 계심사…….

홈쇼핑에서 탕을 좀 사서 보내드렸더니 전화를 하셨다. 어머니는 맛있는 것을 앞에 두고서 아버지 생각을 하신 거다. 그러고서 냉장고에 그냥 쌓아둔다. 누가 집에 찾아가서 함께 굽거나 끓이거나 해서 드려야 드신다. '내'갈비라고 하시는 것은 LA를 '내'라고 읽으시기 때문이다. 에이 자 위쪽이 넓게 쓰여서 그리 보이기도 한다. 아무려면. 드시기만 한다면. 그런데 아버지 말씀 꺼내시는 것이 수상타. 아버지가 고기 종류를 좋아하신 것은 맞지만, 돌아가신 것이 대체 언제 적 이야기인가 말이다. 아버지는 아직도 살아 계신다. 장롱 속에서 모자로도 살아 있고, 화장대 서랍 속에도 살아 있다. 이 참빗이야……. 여전히 아버지를 집 안 어딘가에 숨겨놓고 사시는 통에, 우린 어머니 앞에 가면 조심해야 한다. 아버지가 언제 되살아나서 우리랑 섞여 앉아 계실지 모르는 일이니까.

점심은 드셨을까. 요즈음 엄마한테는 언니가 챙겨 보내는 뉴케어가 답인가 보다. 연명은 되실 테니까. 아버지부터 우리 형제자매들, 그러니까 온통 거구들인 지씨들에 비하면 어머니는 원래 작은 체격이다. 나이 드시면서는 더더욱 작아져서 아기 같다. 아기 같은 어머니는 추워서 방문일랑 열지도 않고 방 안에서 무얼 하실까. 전화라도 할 형제자매도 없으시다. 손위 외삼촌 한 분은 돌아가셨고, 다른 식구들은……. 어머니는 문경 외가 말씀을 극히 삼간다. 문경을 떠난 것이 하도 오래전 일일 뿐 아니라, 생각을 떠올리는 것만으로도 공포에 잠기신다. 문경의 채씨 세거지의 비극, 아니 참상, 아니 학살은 – 멍해 있는 사이 점심이 대충 끝난다.

점심 뒤처리를 끝내는 동안 – 오늘은 첫날이라고 함께, 주로 주인이 치웠는데 – 어르신은 다시 거실로 나가서 소파에 '제자리' 하고 있었다.

커피 하죠? 점심 후엔 일단 피곤을 덜기 위해서 한 모금. 잠깐 이리 오세요.

저는 가지고 왔는데요. 두 잔째 커피를 따르던 보호자의 말을 내가 막으며 에코백에서 보온병을 꺼내왔다.

예? 커피를 가지고 다녀요? 우리 집에 오면서 커피를 들고 왔다고 요? 앉은 자리에 풀도 안 나겠어요.

아니, 돌봄 다니다 보면 커피를 전혀 안 드시는 어르신들이 많아 요. 또 제가 원래…….

원래고 뭐고, 집에 커피 둘 다 있어요, 아메리카노도 양촌리도.

양촌리요?

우린 그리 말해요, 밀크설탕커피를. 왜 옛날 농촌 드라마에서 달달 하게 마시던, 거기가 양촌리였나, 몰라요, 그냥 우리 노인네들은 양 촌리 커피라 그래요. 아무렇거나, 오늘은 우선 이 양반 병력을 보실 래요? 가만, 건강 메모 – 맨 앞에는 평생 큰병 앓은 내력이고 그다음 으로는 올해 이 요상한 발병부터 간간이 메모해둔 것들.

아무렇지도 않게 핸드폰을 내민다. 노트를 쓰나 보다.

그러니까 지병이 조금은, 아, 네. 약간의 인지 문제. 그거야 보통 그러시죠, 연세가. 가만, 환시와 악몽이 문제라고요?

엠알아이며 브레인페트까지 다 검사했어요. 환시라는 것 첨엔 무 섭더라고요.

그러게요. 그러게 환자지요.

악몽이라는 것도, 악몽과 현실을 혼동할까 하는 것, 심한 착각, 착 시 그런 거죠. 가끔씩 엉뚱한 질문에 내가 놀라곤 해요.

어떤…….

우리 지금 둘이만 있는, 둘이만 사는 거 맞나? 이러는 거예요. 누군가랑 셋이서, 어떤 때는 여럿이서 함께 살고 있다고 믿고 있어요. 의사 선생님 말로는 실제로 보여서 그렇다니, 좀 무서울 때가.

그러시겠네요. 그런데 좋아지거나 그러시진 않죠.

담당의사 말로는 좋아지는 일은 기대하기 어렵고 이 상태를 유지하는 것, 더 나빠지지 않는 것이 목표라고 그래요.

그럼 처음보다 더 나빠지진 않으신…….

내가 아나요, 병원에서도 검사를 해서 수치가 나와야 알던데요, 뭐. 아무튼 오늘은 어떻게 해서든지 말을 좀 시켜보세요. 쇠뿔도 단김에 빼랬다고, 1라운드가 중요할 것 같네요.

청소나 정리는…….

그런 건 내가 잘해요. 하루쯤 안 해도 일없고요. 저이 먹는 것, 말하는 것, 움직이는 것, 그것들이 전부죠. 어서요.

등을 떠밀리다시피 거실로 나온다. 뒤따라 나오던 보호자는 다시 한번 우리를 소개한다. 상황을 확실하게 해두려는 것 같다.

저기요, ─ 남편한테 저기요? ─ 조금만 앉아서 쉬다가 누우세요! 오늘 지 선생님, 여기 지 선생님 만나서 반갑지요? 우리 애들 또래 같아요. 먼 데 사는 딸이 왔구나, 그리 생각하세요! 자, 지 선생님!

공이 내게로 넘어왔다.

어르신, 오늘 저 만나서 기쁘시죠?

대뜸 내 말이 애교 같았는지 어리둥절한 표정을 하던 보호자는 곧 자리를 뜬다. 큰일이다. 첫 번째 펀치에서 성공해야 할 텐데……. 은 아, 힘내자! 할 수 있어!

어르신, 저는요, 제 아부지 또래 어르신들 뵈면 너무 좋아요. 아부지가 멀리멀리 계시니까 대신 이렇게 어르신들 보면 마음이 따뜻해져요.

…….

어르신은 취미가 화초 기르는 거죠, 맞죠? 우리 시골집에는 화초가 따로 없었지요. 저는요, 이런 대도시 말고요, 아주아주 시골에서 자랐어요. 면소재지도 아니고, 더 시골. 마당에 감나무 대추나무 과일나무들이 많았지요. 모두 먹을 것들, 그리고 저절로 피는 풀꽃들요.

빤히 쳐다보기만 할 뿐 입은 꽉 다문 상태다. 내 이야기로는 안 되겠구나!

어르신, 아파트에서 어떻게 이렇게 큰 나무를 키우셨을까? 이 나무들 이름이 뭐예요? 어머나, 선인장들도 이렇게나 많이.

사실 거실 마루 거의 절반을 스티로폼 박스들에 얹힌 화분들이 차지하고 있다. 이름 모를 선인장들도 하나하나 정성들여 키운 것 같다.

어르신, 그런데 이것들 이름 좀 가르쳐주실래요? 제가 처음 본 것들이라서 궁금하거든요. 요것들은 다육이라죠? 다육이라도 따로 이름이 있다던데. 이 키다리, 아니 이렇게 잎들 무성한 것도 있네요. 이 솜털만 많은 꼬맹이 선인장들, 이것들은 또……

아, 이런 선인장들 처음 보나? 뭐가 그리 궁금하나?

옳거니. 선인장에서 끌려왔다. 계속 선인장으로 가보자.

이렇게 어찌 보면 못생긴 것들인데 귀하게 귀하게 키우시네요.

갑자기 눈을 들어 이리저리 돌린다. 사람을 찾는가 보다. 보호자는 어느새 사라지고 없다. 아까 방문 소리가 나더니 어느 방에 들어가 있는지 아무 기척이 없다. 어르신이 턱을 들어 부엌 쪽을 가리킨다. 보호자를 오라는 건지, 보호자를 가리키는 건 맞는 것 같은데 뜻을 모르겠다.

보호자분요? 안 보이시는데요. 왜요?

저 사람 거요.

아니, 여기서 주인이 따로요?

그것만 중하게 보듬는다 말이요.

보듬어요? 선인장을?

아, 보듬어 키우다시피 한단 말이지. 물어봐요. 밖에도 끔찍이 챙기는 것들 있어.

베란다 쪽으로 턱을 들면서 말한다. 옳거니, 화초들에 관해서 이견이 있구나. 호불호가 다르다 이 말이겠다.

밖에 또 화분들 많아요? 그러네요. 밖에도 많으네요. 그럼 어르신은 어떤 것들을 좋아하시나요? 밖에 내다보고 올게요. 같이 보실래요?

아이쿠, 성공이다. 화초를 뭐라 가르쳐줄 게 있는지 부스스 일어난다.

이쪽으로, 네, 자, 가시게요.

정말 베란다에는 놀라울 정도로 크게 자란 선인장들이 고개를 꺾고 있었다. 천장에 닿지 않으려고 몸을 웅크리고 자란 것들이다. 불쌍타. 이 추위에 너른 창이 반쯤 열려 있는데도 베란다 볕이 좋은 듯했다. 아예 온실처럼 푸른 잎들이 무성하다. 넝쿨로 자라는 것들도 여럿 걸려 있다.

우와, 선인장들, 이건 소철인가, 아예 꽃집 같은데요. 어르신은 어떤 걸 젤 좋아하세요?

해피트리, 요거 해피트리야.

아, 그런 이름도 있었군요. 해피……. 그럼 이 엄청 큰 나무는요? 나뭇가지 요거 젤 큰 거는 제 팔 길이만 하네요. 고무나문가요?

맞아, 요거 잎 끊어지면 그 자리에서 하얀 고무액이 흘러요. 눈물같이 뚝뚝.

눈물같이요? 어머나, 시를 쓰시는 분 같아요.

시를?

예, 시인 같아요.

시만 쓰면 다냐, 살림이 기우는데…….

네?

몰라요, 다 잊었어요. 나는 다 잊었어요. 저 사람 보는 시집에…….

입을 다시 꼭 다문다.

어르신, 어르신?

다 잊었어, 다.

그것뿐이었다. 눈을 다시 반쯤 감더니 그런 채로 소파로 향한다. 등의자에 부딪지 않게 하려면 손을 잡아야 했다.

잠시 말문을 잇지 못하고 정적이 감돌았다. 사뿐 발자국 소리와 함께 보호자가 나타났다. 뭐라고 부르지? 잠깐 고민이 되었다. 울 어머니 또래까지는 아니고 더 젊어 보이는데, 어머님이랄 수도 없고. 보호자님이라고 하자니 너무 딱딱하고. 이래서 독거노인 돌봄이 속 편한 것이구나. 이게 뒷북이다, 그런 생각을 이제야 하다니. 돌봄 대상과 단둘이가 아니라 보호자와 삼각관계가 되는 것이로구나. 삼각관계라는 것이 연애에만 있는 것이 아니구나. 돌봄 시간 내내 보호자가 함께 지켜보고 있을 것이라는 데에 생각이 미치자 불편감이 확 밀려왔다. 지금이라도 말아? 집을 나서면서, 아니 나서기 전 5분 전에 조용히 말하면 된다. 곰곰 생각해보았는데요, 저한테는 시간이 아무래도 맞지 않아서요. 이렇게 말하면 감정 섞이지 않은 허물없는 이유가 되어줄 것이다. 일단은 호칭 없이 말만 하자.

어르신이 다시 주무시려나 봐요. 정말 말씀 없으시네요. 시만 쓰면 다냐, 어쩌고 하시는데 무슨 말씀이셨을까요? 어르신 시인이세요?

…….

아무 대꾸 없는 것이 노부부가 똑같네, 뭐. 어처구니가 없기도 하다. 사람이 말을 하는데 무슨 반응이 저러나. 보호자는 말은 없이 무슨 주머니 같은 것을 들고 부엌으로 간다. 잠잘 것 같다는데 부엌엘? 정적이 괴롭다. 부엌에 따라 들어가 보니 구석에 있는 전자레인지에 그것을 돌리고 있다. 구수한 향기가 피어난다. 꺼내 온 것을 보니 핫팩이다.

낮잠 청하니까 발 따뜻하게 해주려고요.

아, 네, 핫팩 냄새가 좋으네요. 뭐예요?

현미 자루예요. 몇 년 쓰면 알게 모르게 점점 타버려서 바꿔줘야 해요. 한 번 바꿔 넣었어요. 언니가 만들어준 건데 안심이죠. 전기팩은 온도 조절 잘못 하면 큰일 나겠더라고요.

아, 그래요. 그러네요. 냄새도 너무 좋아서 저절로 잠이 올 것 같네요.

정말 그랬다, 잠에 취할 것 같은 느낌이다. 이 따뜻함! 향기!

서울의 겨울은 정말 추웠다. 벌써 30여 년 전, 서울살이 첫 해, 봄여름은 눈코 뜰 새 없이 지나갔고 갑자기 겨울이 닥쳤다. 갓 상경한 젊은 애들을 위한 방은 하나같이 딱 한 뼘 마루, 얄따란 방문, 그러고는 방이었다. 반대쪽 창은 거의 봉창이었지만 바람은 방바닥까지 내려 꽂혔다. 시골 고향을, 따뜻한 아랫목을, 더 따뜻한 엄마 품을 떠올리면 저절로 눈물이 났다. 눈물이 나면 눈까지 얼굴까지 얼어붙을 것 같았다.

우리가 결혼을 했을 때, 그해 겨울에는 따뜻한 몸이 옆에 있었다. 아, 사람도 따뜻하구나. 엄마가 아니어도 따뜻하구나. 처음에는 나보다 더 따뜻한 몸이 내 차가운 몸을 차갑게 느낄 것이라는 생각은 전혀 하지 못했다. 어느 날이었을까. 애기 기저귀가 모자라서 자다가 밤 빨래를 하고 이불 속으로 들어갔을 때, 잠들어 있던 그이가 내 손에 깜짝 놀라 움찔했을 때서야 깨달았다. 내 손이 차가울 때마다 얼마나 차가웠을까. 깨달음이란 언제나 늦게 온다. 그 뒤로는 그이가 내 손을 잡아줄 때라도 손이 자꾸 움츠러들었다. 방 안을 따뜻하게 해놓고 살기 위해서 열심히 살아온 것이 맞다. 보일러 더 올릴까? ─ 뭣 하러, 충분하잖아! 정 추우면 옷을 더 입지! 혹시 이런 대답이 두려워서 추위를 그냥 견뎠다. 지금은 보일러 더 올릴까 물어보지 않고 더 올린다. 춥지 않아도, 춥기 싫어서, 추웠던 날들 생각을 하지 않기 위해서. 어디에서나 따뜻해야 몸이 풀리고 마음이 풀린다. 이 집은 일단 따뜻하다. 그것은 합격점이다!

지 선생님, 잠이 온다고요?

아아니요!

핫팩 같은 것, 이이는 전엔 뜨거운 걸 젤 싫어하더니. 나이 들면서 바뀌네요, 사람이. 시만 쓰면 다냐, 그랬다면, 그거 「넋두리」란 시예요. 젊어서 술 마냥 마시고 다닐 때면 내가 웃겨주곤 했었죠. 그땐 못 들은 척하더니만 그걸 어찌 기억하나. *시만 쓰면 다냐, / 살림이 기우는데 / 시만 쓰면 다냐 / 공자 말씀에 토나 달고 앉아서 / 술잔에 코를 박고 졸기나 하고,* 그런 비슷한 시요. 최근 들어 그 소리 해본 적 없는데 왜 갑자기 생각났을까? 그런데 사람이요, 많이 변해요. 먹는 것도 완전 달라져서, 게다 새우다 먹는 시늉만 겨우 했던 것들도 지금은 좋아할 정도이고. 평생을 살고도 속마음은커녕 좋아하는 음식도 짐작을 잘 못 하겠어요. 지 선생님은 어떻게 생각해요? 사람이 한결같던가요?

사람이 한결같은 존재인가, 나이 들어 또는 어떤 상황에서 성품이 바뀌기 마련인가. 생각해본 일이 없었던 것 같다. 사람을 통째로 연구할 일 있나. 무슨 뜻으로 말하는 걸까. 인지 문제가 생겨서 사람이 달라진다는 말을 하려는 걸까. 대꾸는 해야 했다.

별로 생각해보지 않았는데요. 그래도 사람이 변하는 거라서, 애들 두고도 이혼도 하고.

갑자기 내 말이 왜 이혼으로 튀는지 나도 모를 일이었다. 내 인생에 이혼은 찾아볼 수 없는 단어이다. 공자 왈 맹자 왈은 아니라 해도 시골 정서라는 것이 유교식 불교식 섞인 것이라서, 한번 맺어진 인연은 하늘에서 내린 것이라는 인식이 확고했다. 요란하게 연애하다가 결혼은 달리 하는 일들도 가까운 주변에는 없었다. 그런 내 입에서 느닷없는 이혼 소리가 튀어 나오다니.

아니 제 말은요, 연애결혼 해놓고도 싸우기도 하고 혹시 이혼도 하고 그러는 걸 보면요.

그렇게 말하면서 정순이 생각이 났다. 일하다가 만난 친구인데, 동갑이라서 친구하는 사이다. 세상에나, 시어머니 중풍 간호를 8년씩이나 해낸 착한 정순이. 그때는 요양병원이 흔치도 않았고, 입원한다 해도 병원비가 만만치 않았다. 뇌졸중이 중풍으로 끝나면 온전히 가족의 몫이었다. 그랬던 정순이 이혼을 했다. 이혼을 당했다. 일찍 정년을 했던 남편이 단란주점 여자한테 빠졌더란다. 어찌 보면 뻔하고 흔한 스토리인데, 그런 일이 정말로 눈앞에 있다는 사실에 놀랐다. 양심은 있었던지 당시 1억 5천쯤 하는 너른 집을 팔아서 5천인가를 아내에게 위자료로 줬다는 소문이었는데, 쌤통, 지금 시가로는 15억도 더 간다 했다. 더구나 친구는 노총각 동창생을 만나서 재혼도 했으니 덜 불쌍하다. 그래도 흠은 흠이다, 이것이 나 꼴통의 생각이다.

우리는, 나는 이혼을 생각해본 적이 없는가. 이상하게도 그이에 대한 내 감정은 여전히 처음의 설렘에서 크게 변색되지 않았다. 불만이 있어도, 내가 싫어하는 일을 그이가 하더라도, 내가 싫은 일을 내게 하게 하더라도, 결국 다 이해해버리고 마는 나는 바보 멍청이인가.

그래도 천성이라는 것도 있고, 글쎄요.

나는 아무래도 흑백으로 나누어서 답하는 데에 익숙하지 못하다. 딱 잘라서 이것은 옳고 저것은 그르다 하고 정해본 일이 드물다. 어딘가로 쏠리면 그냥 하고, 아니다 싶으면 안 한다. 그뿐이다. 정식으로 이유를 대면서 이 일은 해야 하니까 한다라거나, 하지 말아야 해서 하지 않는다, 그런 식이 아니다. 하든지 하지 말든지 두 개의 선택지 앞에서 선택해야 하면 단순하게 선택하는 것이다. 둘 다를 가질 수 없다면 둘 다를 가지려고 무리를 말고 하나를 포기하고 하나를 선택하는 것이 당연하다. 흑백을 알아서가 아니라 그냥 하나라면 하나다.

귀에 익은 멜로디, 핸드폰 벨소리가 울린다. 내 것이다. 죄송해요, 라고 하면서 얼른 집어 들었다. 속으로는 다행이다 싶었다. 일단 어색한 대화에서 빠져나왔으니까.

응, 데레사 언니. 나 일하고 있어서. 아니, 괜찮아요. 좀 있다 저녁에 내가 전화할게, 으응. 서둘러 전화를 끊었다.

세례명인가 보다. 엿듣게 되네요, 들리니까. 지 선생님 혹시 가톨릭이세요?

아, 네. 집안이 다. 얼른 알아들으시는 것 보니까, 여기 어르신들도 혹시?

아녀요. 사람은 평생 장님이라는데, 신앙이라도 있담 나으련만.

장님요? 평생?

유명한 구절이에요. 뭘 모르고 살아가니까 장님이라는 거겠죠, 매번 모르니까.

그럼 신자가 되는 편이. 저도 열심 신자는 못 되지만요.

글쎄요. 모든 존재하는 것들은 어디에서 와서 어디로 가는가 – 그런 의문을 신앙 속에서 해결한다고 하지만.

네, 그거! 바로 구원을 위해서라고.

글쎄요. 삶의 궁극적인 의미를 찾아 헤매는 인간에게 풍요로운 빛 같은 것을 주신다고, 하느님의 존재란 그런 것이라고, 들어는 보았지만, 들어오지 않아서요. 이해력이 없는 거죠. 신자가 되니까 파라클리토 성령을 보내주시던가요? 성령이 먼저 오셔야 신자가 되는 건가요?

파라클리토 성령도 아세요? 저야…… 저는 믿나이다, 저희는 믿나이다, 무조건 그렇게 시작하다 보면.

지 선생님, 면전에서 좀 그렇지만, 밝고 긍정적인 분위기 참 좋아요. 거기다가 신앙까지 지녔다니 복 받은 사람이네요.

제가 복을? 복을요? 웬 복?

전복이죠! 저녁에 먹을 전복! 농담이에요. 지 선생님은 5학년이라면서 전혀 그리 안 보여요. 해맑고 건강한, 몸과 맘 둘 다 건강한 사람 인상이라서 너무 좋았어요. 잘 살아왔다는 증거 아니겠어요?

내가 잘 살아온 것 같다고? 내가? 얼마나 맘 추슬러가며 일하고 모으고 일하고 모으면서 살아왔는데. 큰일이네. 어색하긴 해도 듣기 좋은 말들이라서 이 집을 거절하면서 나갈 이유가 적어진다. 나를 붙잡으려고 괜히 하는 말은 아니겠지. 이 할머니, 엉큼해 보이지는 않는다. 그동안 환자 돌봄에 힘들어 죽겠다는 너스레도 없고, 무리하게 이것저것 부탁할 사람으로 보이지도 않는다. 어쩐다?

보호자는 순간 어르신을 들여다본다. 아무런 소리도 없었는데 그냥 살핀다. 살짝 건드리면서 깨운다.

보세요! 여기 지 선생님이랑 사귀어봐야지요. 무슨 말이든 해봐요. 심심하면 지 선생님이 우리 집에 안 올지도 몰라요.

협박 아닌 협박이다. 그런데 그 말에 움찔 반응을 보인다. 어르신이 몸을 일으킨다.

아, 다행이네. 지 선생님, 이쪽으로, 여기 함께 이야기도 나누고 그러세요. 우리 둘만 있으면 할 말을 다 해버려서 새로 할 말들이 없어 정말 심심해요.

정말 내 차례다.

어르신, 네, 그렇게 앉아서 기지개도 켜시고, 자리에서 운동도 하시고 그러게요. 자, 우선 두 손을 쥐었다 폈다! 이렇게요. 팔도 흔들어보시고, 어깨도 들썩! 제가 처음이라서 잘 몰라 그러는데요, 걸음은 잘 걸으시는지. 자, 일어나서 조금 걸어보실래요?

보호자가 어리둥절해하는 사이, 어르신이 일어나 앉았다. 어깨도 들썩들썩 해 보인다. 옳지, 반응이 너무 없었더라면 사실 할 일이 없으니 어색할 노릇이다.

자, 이렇게요! 으샤, 으샤! 그런데 혹시 밖에 나가보실 생각 없으세요? 오늘 바람도 별로 없고요, 지금 햇볕이 너무 좋아요. 조금 있음 해가 사라지잖아요.

어르신이 두리번거린다. 보호자를 찾는다. 보호자는 어느새 코트를 가지고 나온다. 체크 머플러도 함께다. 더러 산책을 나가곤 했는지, 천천히 겉옷을 입고, 장갑도 끼고 마스크까지 챙긴다. 아내가 머플러를 고쳐 매준다. 예쁘게 매만져주기를 기대하는 소녀처럼 얌전하게 내맡긴다.

마스크까지 중무장이시네요, 요기 아파트 마당만 갈 텐데.

아, 황사를 싫어해서 마스크를 꼭 끼고 나가신대요. 겨울엔 따뜻해서 좋으니 일석이조죠, 그렇지요?

할머니도 겉옷을 챙겨 입고 나선다. 자, 그럼, 오늘은 셋이서 함께 산책을 나서죠.

자, 그럼, 오늘은 셋이서 함께.

어르신이 똑같은 말을 반복한다. 갑자기 즐거운 기운이 감돈다.

대문을 열자 찬 기운이 확 밀려든다. 좁은 대문을 앞서거니 뒤서거니 엉켜서 나서면서 나는 이들과 함께 다시 이 집 안으로 들어오는 상상을 한다. 어쩌면 내일도 그 다음 날도, 이들과 함께 이 대문을 드나들 것 같은 예감이다. 어떤 의미에서는 벌써 이 집 안에 들어와버린 느낌이었다.

봄, 사순 시기

감정이 종교의 **근본적인** 기관이라면
신의 **본질**은 감정의 **본질** 이외의 것을
표현하지 않는다.
포이어바흐, 『기독교의 본질』에서

봄은 지레 겁먹은 듯 소리 없이 와 있었다. 봄이라고 들킬세라. 그
도 그럴 것이, 봄눈 녹는 물소리며 아지랑이 일렁이는 계절이 봄이라
면, 2020년의 봄은 봄도 아니었다. 사람들 마음은 꽁꽁 얼어붙은 채
겨울 언저리에서 멎어버렸다. 절기로는 우수도 경칩도 지났지만, 사
람들은 놀란 개구리처럼 말 그대로 칩거에 들어갔다. 외출이 정 필요
하더라도 움츠러들 대로 움츠러든 어깨로 바닥을 향한 자세로 코앞
만 보고 걸었다. 좌우 곁눈질을 하면서, 어느 때보다 이상한 동질감
을 느끼는 기분이었다. 다 같이 발가벗고 공평하게 위험에 노출된 상
태로.

사순 시기도 사순 시기가 아니었다. 쌩쌩한 겨울이 녹고 봄이 파릇

파릇 자태를 드러내는 그 40일 동안이 연중 내가 가장 좋아하는 계절이다. 그런데 올해는 첫날부터 재앙이 생겼다. 하필 재의 수요일 미사가 금지되다니!

재의 수요일 미사 또한 내가 가장 좋아하는 미사이다. 1년 동안 십자고상에 걸어두었던 편백의 성지는 불태워져서 재가 되고, 신부님은 '하느님…… 저희 머리에 얹으려는 이 재에 강복하소서. 저희가 바로 재임을 알고 먼지로 돌아가리라는 것을 알고 있사오니……'라고 기도하시고는 재를 이마에 찍어주신다. '사람아, 사람아, 너는 먼지이니, 먼지로 돌아갈 것을 생각하여라.' – 신부님의 목소리는 성당의 높은 천장을 넘어 하늘까지 퍼져나간다. 내 머릿속에서는 '나는 먼지에서 왔고 먼지로 돌아갈 것이다'라는 의식으로 구체화된다. 곧 '너는 흙에서 나왔으니 흙으로 돌아갈 때까지……'(창세 3,19)라는 가르침을 일깨우신다. 흙은 내 어린 시절부터 나를 에워싼 환경이었다. 그래서인지 한 세월 지난 대도시 생활에도 주말이면 농막이 딸린 작은 농지에 가서 흙을 만지는 일이 좋다.

재의 수요일 미사가 있을 그날이 2월 26일, 그날 아침 1,146명의 확진자가 나왔다는 발표가 있었다. 그중 사망자가 11명이나 되었다. 대구 하나의 도시에서만 700명 정도라니 눈이 휘둥그레진다. 전염성이 무섭다고, 일본, 홍콩, 베트남, 싱가포르 등, 한국인의 입국을 금하는 나라가 속출했다. 그런데 발생지라는 중국의 우한에서 교민들이 들어오고 있었다. 좋은 나라다.

코로나? 그 역병의 이름이 그랬다. 처음에는 웃었다. 그것은 완전 유명한 멕시코산 맥주 이름이다. 아사히, 칭타오 등 수입 맥주들이 들어올 때, 레몬이랑 끼어서 마신다는 코로나 맥주 이야기를 들은 적이 있다. 워낙 애국자(?)인 남편은 수입 맥주 하나 사는 것도 큰일 날 일이라서, '우리 라거'면 됐지, 하고 만다. 그래서 그 맛은 보지 못했지만, 코로나가 맥주인 것은 안다. 그런데 코로나19라는 바이러스가 이 봄을 완전히 집어삼켰다. 코로나라는 발음 그 자체만으로 충분히 공포를 일으켰다. 이를테면 아직도 코로나 맥주를 마시는 사람이 설마 있을까?

사실, 처음 들어본 이름의 이 전염병은 사소한 보도로 몸을 드러냈었다. 마침 설날이 1월 25일 토요일이어서 대체연휴까지 줄줄이 쉰다고 설레던 때였다. 인천공항에서 기이하면서도 애매한 정보가 나왔지만, 다들 스치듯 지나가는 뉴스인 줄 알았다. 이착륙 대형사고나 쿠알라룸푸르 공항 독살 사건쯤 되어야 눈에 띄는 세상이니까. 그런데 곧 그 기이한 낯선 것의 정체는 걷잡을 수도 설명할 수도 없는 공포의 씨앗으로 드러났다.

교황님마저 감기 때문에 사순 피정에 불참하신다는 뉴스가 떴다. 괜스레 불안했다. 교황님은 청년 때 폐를 심하게 앓아서 일부를 잘라냈다고 들은 것 같았다. 때가 때이니만큼 뒤숭숭한 소문도 있었다. 모든 일상이 멈춰 선 가운데, 성당은 멀기만 했다. 일찌감치 이번 사순 시기의 행동 지침으로 나왔던 탄소 금식도 생각처럼 쉽지만은 않았다. 기후 회복을 위한 40일의 실천 운동이라 했다. '아무것도 사지 않기', '플라스틱 등 일회용 제품 안 쓰기', '전등 끄고 기도의 불 켜기', '종이 금식', '고기 금식' 등이다. 그러니까 수요일엔 아무것도 사지 않고, 목요일엔 전구 한 개 빼기, 다음 날엔 금요일이니까 금육을 실행하면 된다. 아, 어려운 금육! 본당 신부님께서 언젠가 하신 말씀이 잊히지 않는다. 소고기 1파운드는 곡물 7파운드, 돼지고기는 곡물 3파운드로 만들어진다고. 세계의 곡물 1/3이 육류 생산에 소비되고 있으니, 굶주리는 사람들에게 필요한 곡물들을 나중에 부자들이 먹을 소, 돼지, 닭들이 다 먹어치우고 있는 것이라고. 나는 부자는 아니지만 고기를 좋아하는 편이라서, 그런 말씀이 생각나면 늘 거북해진다. 신부님도 아마 사실 사람이라면 대부분이 육식을 좋아할 것이라 이해하시겠지, 혼자 변명도 하면서. 그래도 신부님 말씀은 신부님 말씀이다. 신부님은 날마다 한 가지씩 실천할 일을 생각하기가 힘들면 일주일 단위로 해보라고도 하셨다. 첫째 주는 아무것도 사지 않기……, 그런데 벌써 여기에서 걸렸다. 말이 쉽지, 한 주간 아무것도 사지 않기는 어렵다. 언택트라는 단어가 화두에 오르면서 쇼핑이나 시장 보기가 어려워진 것과 반비례로 인터넷쇼핑이 너무 쉬운 일상이 되었다. 손가락 하나로 세상 모두를 살 수 있게 되었다. 사는 것이 사~는 것이다. 나는 물론 그 정도는 아니다. 나는 절약의 달인이다.

하루하루를 조심조심 살아 넘긴다. 그리고 안도의 숨을 쉰다. 이 시절에 다 같이 무서워하고 힘들어한다고 해도, '다'라는 말에는 언제나 구멍이 있다. 이런 시대에도 확실히 더 힘든 사람들이 있고, 더러는 누가 들을세라 볼세라 남몰래 속으로 웃는 사람들이 있을 것이다. 코로나 맥주가 망하면 다른 맥주는 살아나고, 또 쉬운 말로 마스크 회사다 택배 회사다 그런 곳은 예외 아닌가. 어쨌거나 이런 때에는 대박보다는 쪽박이 더 많기 마련이다. 나도, 우리 요양보호사들도, 더 힘든 축에 속한다. 방문요양 서비스의 경우에 대중교통을 이용하는 동료들은 일자리가 끊긴 데가 생겨나기 시작했다. 어디서 감염될지 모르는 터에 버스 타고 전철 타고 여기저기 일 다니는 우리들을 수급자 입장에서 위험한 눈으로 보기 때문이다. 나는 그런 문제에서는 조금 낫다. 모닝이라도 내 몫의 차를 가진 것이 얼마나 다행인가. 매사에 아끼고 또 아끼는 남편을 인색하다고 할 수도 있지만, 내게 일찌감치 차를 사준 것을 보면 딱히 그렇지도 않다. 에이, 그것은 잘 모르겠다. 간단히 말할 성질의 것은 아니다.

그런데 일정에 약간의 차질이 생겼다. 오전에 1년 조금 넘게 다녔던 방문요양 수급자 어르신이 병원에 입원을 하게 되었다. 고령이긴 해도 크게 놀랄 일은 아니었다. 고관절 부상이었으니까, 무엇보다 전염병과는 무관했으니까. 나는 일단 오전을 쉬게 되었다. 입원 일정이 길어질 것 같으면 다른 자리를 찾아야 한다. 4대보험을 복지관이나 센터에서 해결해주는 조건만 채우는 것은 어찌 된다 해도 당연히 눈치가 보인다. 두 타임씩을 해야 전체 고용인 숫자가 줄어들 것이니까.

중요한 사실은 또 있다. 수급자가 입원을 하게 되면 그 순간 방문요양 서비스를 딱 끊어야 한다. 실은 어떤 요양보호사가 병원에 입원한 수급자를 돌봐드리다가 혼쭐이 났었다는 이야기가 떠돈다. 그것이 부정수급으로 간주되었고, 그동안 받았던 급여의 몇 배를 벌금으로 냈다던가, 그런 내용이었다. 무지가 용맹이 아니라 모르면 당한다. 조심해야 한다.

아무튼 처음에 그 노할머니가 입원한 동안에는 조금 쉬는 것이야 별일 아니니까 싶어서 오전 일자리를 알아보지 않고 기다렸다. 오랜만에 시간 여유가 생기니까 느긋하기도 했다. 남편이 절대로 안 보는 채널에서 트로트 재방송들도 보았다. 텔레비전에서는 놀랍게도 '기생충'이 징그러운 단어가 아니라 환희와 축복의 단어가 되어서 떠들썩대고 있었다. 그러저러 게으름을 부리다가 집에서 느긋하게 점심을 챙겨 먹고 오후 방문요양 집에 시간 맞춰 도착하면 되니까 오히려 편했다. 입원 며칠 후에는 노할머니 면회도 다녀왔는데, 예상대로 병원이 온통 코로나 방역이라고 어수선했다. 그러다가 생각보다 입원 기간이 늘어났지만, 다른 자리를 찾아보기가 어쩐지 망설여졌다. 이렇게 뒤숭숭한 시절에는 두 집을 방문 다니는 것보다는 한 집만 맡는 것이 안전할 것 같은 느낌도 있었다. 요양병원 근무를 택하지 않았던 것도 새삼 다행으로 여겨졌다.

한 달은 족히 쉬었을까. 그때 좋지 않은 소식이 들려왔다. 병원에 계시던 노할머니가 알 수 없는 열감이 고열로 이어져 중환자실로 옮겼다 했다. 불안했다. 그러다가 갑자기 돌아가셨다는 전갈이었다. 마지막까지 코로나19 확진은 아니고, 그냥 신장염인가 무슨 염증이 갑작스런 패혈증으로 이어져 그렇게 되었다 했다. 하긴 나이가 들어서 잠시 병원 신세지다가 떠나는 것은 그럴 법한, 심지어 괜찮은 운명이다.

시골집에 혼자 남은 어머니들은 할머니가 되어도 혼자서 살아간다. 그것도 건강할 때 말이다. 밤새 안녕인 것이 노년의 삶이라서 쓸쓸한 죽음을 맞기도 한다. 그것이 무서워서(?) 또는 건강 때문에 요양원 신세가 많다. 자녀들이 어머니를 아버지를 위해서 함께 살러 오거나 그들의 집으로 모셔가는 일은 드물다. 드물다 못해 엄청난 예외다. 요양원 생활의 실체는 다시 집으로 돌아간다는 기대는 없는 채그저 영원히 갈 날을 기다리는 것이다. 다가올 죽음을 기다리는 시간이라는 의미에서 고려장이나 다름없다. 따뜻한 밥 먹을 수 있고 그나름 깨끗한 침대에서 자는 일만 해결된 고려장. 외적인 평온 상태들은 수면제 덕택이라는 해괴한 풍문들도 떠돈다. 설마 그럴까. 나는 요양원이나 요양병원 근무를 해보지 않아서 정말 모른다.

자신의 집이라 해도 고려장은 마찬가지다. 멋대로 좀 할 수 있는 자유가 있다고 해도, 먹기 싫은 약들을 억지로 먹게 되지는 않는다 해도, 먹는 것이고 이부자리고 부실하기 그지없고, 들여다보는 자식들 없이, 혼자 이럭저럭 끓여 먹다가 간다. 30년 후 내 모습은 어디에 속할까. 아니, 울 어머니는 지금 이 순간 어쩌고 계실까. 빈집에 덩그러니 혼자서 눈을 뜨고 혼자서 눈을 감으신다. 이런저런 병력은 좀 있으시지만 정신이 아직 바르시니, 천만다행이다. 하지만 종일 무슨 생각을 하고 지내실까. 전화는 받으시겠지.

나는 거그 안 갈 텨. 날마다 하느님께 기도혀, 지는 알아서 갈 테니께 아프지만 말게 해주셔유, 그려. 그닝께 거그는 안 갈 텨.
어머니는 무조건 그렇게 말하신다.
누가 어머니를 요양병원에 모신대?
수녀님 내색이 그랴. 어무이 혼차 놔두느니 오디께냐 거그 즈그 동네 가차이 둠사 맘 편타는 겨. 모탱이 돌면 거그라고. 그런 딸도 없긴 혀, 저는 아덜도 읎음서.

수녀님이라면 둘째 딸 말씀이시다. 딸이라도 꼭 수녀님이라 부르신다. 둘째 언니는 왜 수녀가 되었을까. 큰언니와 다르게 둘째 언니는 야무지게 대학에 진학했다. 그때까지는 누구도 둘째 언니가 수녀님이 되리라는 것을 짐작도 못했다. 본인은 예감했을까? 그야 아무도 모른다.
언니가 성소(聖召)라고 설명했을 때에도 나는 잘 알아듣지 못했다.

'하느님의 거룩한 부르심'이라고 풀어 말해줘도 어려웠다. 알 수 없는 어떤 소리가 들렸고, 순간이 아니라 지속적으로, 너는 수녀로서 살라는 메시지였고, 아니, 그런 소리라고 들었고……. 그러면 수녀가 된다. 소리는 어디에서 생겨나서 들려오는가. 귀 밖에서부터인가, 안에서인가, 안이라면 머리에서인가 심장에서인가. 아무튼 어떤 소리에 큰 의미가 들어 있다. 의미가 원래부터 있었는지, 의미를 싣는 것은 듣는 사람인지. 소명(召命)이라는 말이 얼마나 대단한 뜻을 가진 단어인지는 언니가 수녀의 길을 선택할 때서야 느끼게 되었다.

아버지가 몇 년 투병으로 돌아가신 후 남겨진 가족들, 큰 고생을 몰랐던, 준비 없던 어머니와 우리들은 맥없이 남겨졌다. 각자 살아남을 길을 도모해야 했던 시절에, 작은언니는 장학금을 받을 만한 대학을 골라서 진학을 했다. 성당에도 다니기 시작했다. 가끔 보는 작은언니의 얼굴은 일찍 결혼을 해서 어려운 살림에 풀기를 잃은 큰언니와는 다르게 환했다. 눈은 웃음기로 인해서 더 가늘어졌지만 얼굴은 점점 더 예쁘게 빛났다. 큰 눈이 아름답다는 선입견도 틀렸다는 것을 알았다. 작은언니, 연애하는 거야? 내가 물으면 언니는 그냥 웃었다. 그런 질문에 그냥 웃으면 긍정한다는 신호였을 게다.

생기발랄 작은언니와 내가 닮은 것은 긍정 마인드다. 나는 꼭 간호사가 되겠다고 마음먹었다. 나중에 어머니가 아프시면 도움이 되고 싶었다. 하지만 대학에 진학할 엄두가 나지 않았다. 엉뚱하게 친구 따라 상경은 했지만, 언니와는 길이 달라도 한참 달랐다. 알바를 뛰고 뛰어도 간호전문대학에도 들어갈 여건이 되지 않았고, 미리 팍 숨을 죽이고 간호학원으로 간호조무사로 실팍하게 출발했다. 그런 나와는 비교도 안 되게 언니의 꿈은 높아만 보였다. 내가 현실주의자라면 언니는 이상주의자였나? 현실과 이상 차이가 아니라 능력 차이였나? 뭐, 사람은 능력별로 사는 것이니까. 능력에 따라서, 라고 하면서 기분은 좀 꿀꿀하다. 하지만 우리는 그렇게 배우면서 자라났다. 경쟁해서 능력이 좋으면 돈이든 지위든 더 큰 보상을 받는 것이라고. 그것을 스스로 포기한 것은 나다. 대졸 작은언니에게서는 우리 고졸 인생과는 다를 무엇인가가 환하게 빛나 보이는 것 같았다.

그때 언니가 갓 들어간 직장을 덜컥 그만두고 수녀가 되겠다고 폭탄선언을 하는 일이 일어났다. 그 예상 밖의 말은 거의 반란이었다. 태생이 순하디순한 어머니는 하얗게 질렸다. 추석이라서 다 함께 모여 있던 우리들은 어머니가 쓰러지실까 봐서 더 놀랐다. 그런데 곧 몸을 가다듬은 어머니가 말했다.

딸내미털 핵교 댕기는 동안 내내 맘 안 졸인 역사가 읎어. 인저 때려치우면 오째. 늘 그랬으니께. 츠음으루 월급 탔다구 뭐시랑 사 왔을 적으 천상 받아들고 눈물부텀 났지야. 근디 그 모탱이 막 돌고 나서, 그만혀겄다!?

침묵이 흘렀다. 서로의 눈들을 피했다. 어머니가 말을 이었다.

그람 그만혀야지야. 그리혀서 낯색이 이랴?

그러고 보니 언니의 낯빛이 영 아니었다. 윤기는커녕 부석한 느낌에 내가 다 괜히 울컥해졌다. 무슨 맘고생이 있었을까. 결정에 얼마나 어려움이 많았을까. 속없는 나는 한창 연애질에 세상모르고 맘만 두근거리고 살던 때였다. 그렇게 언니는 다른 세상으로, 성스러운 세상으로 갔다. 살아서 천국이나 비슷할 그런 세상으로.

수도자 생활 ─ 그래, 나의 나약함과, 심지어 죄에도 기뻐할 수 있기를 염원하는 거야.

언니가 우물거렸다.

죄까지 기뻐한다…… 고?

내가 잘못을 할 수 있고, 그럼에도 하느님의 사랑을 받아야 할 이유, 사랑을 받을 수 있다는 믿음.

말도 안 돼! 나는 눈을 감아버리고 속으로 저항했다. 저런 궤변이라니!

나의 죄, 그럴 수밖에 없는 나의 나약함을 하느님 안에서 겸손한 마음으로 인정하고, 하느님을 따라가는 길 ─ 그것을 선택한 거야. 은아, 선택의 순간이 온 것이란다.

그러니까 소명은 언니가 수녀가 된 것 같은 일을 말한다. 부르심이란 뜻이란다. 하필이면 죄인을 불러주시는 하느님이라는 뜻은 무엇일까. 수녀님이 된 언니가 말하는 죄의 정체는 내가 어렴풋이 느끼는 그것일까? 갈림길 앞에서의 갈등. 한쪽은 집안 좋은 그리고도 꽤나 똑똑한 사람, 다른 한쪽은 외롭고 빈한한 가정의 로맨티스트. 그 비슷한 구도다. 이것은 순전한 나의 상상이다. 빈곤한 상상력이 만들어낸 도식. 돈 없는 로맨티스트와 돈 많은 모범생을 평형저울에 달면 어떤 결과가 나올까. 단순 무게를 비교하는 것이 아닌 동안에 저울추는 늘 흔들리게 마련이다. 선택이란 하나를 두고 할까 말까를 정할 때에도 힘들다. 하물며 무엇인가 둘을 두고 이것이냐 저것이냐를 선택해야 하는 것은 큰 고통일 것이다.

꿈이란 이루어지지 않을 수도 있구나! 깨어나면 없어지는 꿈과 같은 말이네. 나는 아버지가 돌아가신 뒤에 그때 처음으로 다시 한번 가슴이 아픈 것을 경험했다. 작은언니가, 나랑은 비교할 수 없게 똑 부러진 언니가 무엇인가를 접었거나 무엇엔가 꺾였으리라는 상상으로 가슴이 미어졌다. 물론 순전히 엉뚱한 나 혼자의 상상일 수도 있다.

그때 나는 첫 직장에서의 내 꿈, 가슴 덜컹거리게 한 남자를 오빠라고 부르게 될 일에 몰입하고 있을 때라서, 간절한 꿈은 실현되는 것이라고 믿고 있었다. 하지만 작은언니의 꿈은, 적어도 그때 언니의 얼굴을 빛내던 첫 번째 꿈은 접힌 것일지. 오랜 세월이 지난 지금은 다른 꿈들로 채워졌기를 바란다. 그랬으리라 믿는다. 근년에는 사람들이 으레 수녀님들에게서 기대하는 맑은 윤기까지는 아니지만 정말 평온해 보이는 얼굴을 하고 있다. 의젓한 위엄까지를 갖춘 존경스러운 수녀님이 되어 있다. 우리 가족들이 가톨릭 신자가 되어 신앙 속에서 살아가게 된 것도 수녀님을 통한 부르심이리라. 아버지가 돌아가셨을 때, 고딩 때, 그땐 가족들 아무도 신앙을 모를 때였다. 그저 아버지가 아프셔도 그 고통에도 아무것도 못 하는 어머니를 보면서 간호사가 가장 소중한 사람 같았다. 겨우 간호조무사가 되어서도 그 선택을 후회한 적 없는 걸 보면, 그때가 소명, 부르심이 맞았을까! 내 말은, 사명감이나 의무감, 뭐 책임감 같은 것으로 선택한 직업이 소명일 수도 있겠다 싶었다.

언니는 고귀한 성소에 순종했고, 나는 그저 순진한 소망을 이루었다. 언니를 제치고(?) 결혼에 성공한 내가 그 일로 잘못한 것은 없다. 다만 그것을 차마 소명이라고는 하지 못하겠다. 나의 순진해서 평범한 그 선택이 그 나름 얼마나 큰 고통을 동반하는 길이었는지는 수녀님은 영영 모르리라. 그런 의미에서 경제생활의 고통을 경험하지 않는 수도자들이란 인생을 반밖에 살지 않는 사람들 아닐까. 이런 말 언니가 절대로 듣지는 않을 테니까 혼자서 하는 말이다. 또 우리 어려서 동네 미장가 노총각에게 사람들이 왜 말을 놓았는지 알 것도 같다. 결혼은 환상에서 시작하고 현실로 지속된다. 환상은 짧고 현실은 길다. 긴 현실 속에서 나는 철부지에서 어른으로 자란 것 같다. 우리 수녀님은 자랐을까? 한 번의 절망으로, 큰 좌절로 다 자라버린 것일까? 현실을 미리 다 건너뛰고 현실 밖, 현실 위, 반쯤 천국에서 사는 것일까? 혹시 현실에서 도망쳤다면? 그렇다면 아예 자라지 않은 상태로 몸만 어른이 되고 늙어갈까? 정말 더 순수한 영혼일까?

대학에 가기 전부터도 언니가 성당에 가기를 좋아했지만, 그것은 수녀님에게 가서 피아노를 배우고 오는 정도라고 생각했었다. 정식 레슨이 아니고 그냥 비어 있는 피아노를 치거나 수녀님을 만나서 이야기하고 온다고, 그렇게 말할 때에도 나는 따라가볼 생각은 없었다. 대학에 간 언니는 집에 잘 오지 않았고, 집에 오면 성당에 가 있기를 좋아했다. 결국 언니는 우리가 모르는 잠깐의 흔들림이 있었거나 없었거나, 궁극적으로는 수녀원을 집으로 정했다는 느낌이었다. 내가 결혼을 하고 보니까, 수녀원으로 들어간 것도 결혼과 비슷할지도 모른다는 생각을 한다. 일상의 집에서 다른 일상의 집으로, 이것이 보통의 결혼이라면, 수녀가 되는 일은 일상의 집에서 성스러운 집으로 옮기는 것이리라. 성스러운 집 – 그곳은 어떤 곳일까. 성스럽다는 것은 무엇일까. 생활의 죄를 뒤집어쓴 우리랑은 좋아하는 성가도 다를까?

아차, 엄마가 아무 소리 없으시다!

엄마, 그래 이젠 수녀님 걱정일랑 말아요.

그랴. 우게 딸 둘이 달버도 참 많이 달버. 큰성이사 집이만 오면 안

쓰넌 그럭들도 다 끄잡아내서 치워야. 살림 오지게 살다 봉게 그라겄제만, 사람이 살아서는 곰패기 실문 안 된다 그리 생각을 한다.

엄마, 식사는? 혼자라도 잘 챙겨 드시져?

암만. 아래께 큰성이 다 봐놓고 갔디야. 나 좋아허는 돌가지랑 쥘거리 하나 없이 혀놨어야. 비가 끈쳤나? 나 회관 나가볼 텨. 인저 끊고 들어가, 어여, 출근 아니여?

안죽 아니랑게요.

어머니 말로 대꾸를 하다 보니 와락 어머니가 그리웠다. 건강 챙기시고…… 잘……. 우물쭈물 전화를 끊고는, 나도 모르게 큰언니한테 전화를 한다. 큰언니가 어머니랑 가장 지근에 있다.

큰언니, 나, 은이. 별일 없으시져?

어, 그려. 은아! 느그네도 별일 없지야? 오늘은 너무 일찍 일어났나 벼, 하루가 길어져서 어쩐디야.

무슨 말? 하루가 길어지다니.

남은 하루가 너무 길잖여. 한두 시간 빨리 일어나믄 그랴.

언니는 일부러 어리광부리듯이 사투리를 늘여대었다.

그람 더 주무셔라.

나도 사투리로 답한다.

너 언제부텀 전라도 사람 거진 다 된겨. 전라도 사투리배끼 안 나오잖여.

왜 그래, 큰언니.

승질은, 니가 원체 이뻐서여. 어무이랑은 아렌가 통화하고 인
저…… 니가 혀, 조옴.

자주 해, 한다고. 엄마, 전화로는 괜찮으시던데. 모르지 난.

그려, 자석들은 모르지야. 혀봐.

알았어, 방금 했다니까. 언니. 언니도 매사 조심하고!

그려, 워디든 조심히 댕겨!

일찍 일어나면 하루가 더 길고, 하루가 길수록 더 지루하다고? 어
라, 하루가 길어지면……, 하루가 길면 길수록 노출이 길어진다. 노
출이 길면 길수록 위험도가 올라간다. 늦게 일어나고 일찍 잠들고,
한마디로 덜 살아야 덜 위험하다. 그럼 뭐야, 아주 살지 말아야 가장
위험하지 않다고? 그건 아니다.

오후 일과는 지루하지 않다. 아니, 이상한 말이지만 약간 신이
나는 정도이다. 기분 좋은 일터다. 요양보호사 일을 한 이래 사람들
이 이만큼 나를 좋아해주다니! 말을 잃었다던 수급자 어르신은 살그
머니 옛날이야기를 하기도 한다. 시작하면 목소리가 커지고 한참을
이야기한다. 내가 잘 못 알아듣는 내용이어도 대강 끄덕이며 알아듣
는 양 기다려주면 된다. 가벼운 운동도 곧장 같이 하고, 산책도 날마

다는 아니지만 하는 편이다. 우리가 첫 산책을 나갔던 지난겨울에도 어르신 혼자서 꼭꼭 마스크를 했던 습관이 천만다행이다. 봄이 오기도 전에 마스크는 온 나라 사람들의 필수품이 되었는데, 이 고집스런 어르신에게 그걸 남들 따라서 하게 하려면 너무 힘들었을 뻔했다. 황사를 끔찍이도 싫어해서 마스크를 박스째 사놓았다더니, 정해진 날에만, 그것도 신분증이 있어야 마스크를 사는 배급 세상이 되었어도 이 집은 걱정이 없어 보였다. 아무튼 어르신과 둘이 다 마스크를 쓰고서 산책을 하는 동안에는 별 말을 하지 못한다. 집에 들어와서는 대화가 잘 된다. 청력이 문제되지는 않는 정도다. 그동안 못 알아들은 것은 청력이 아니라 관심을 껐기 때문임을 알았다. 관심을 끄면 청력도 꺼진다, 그런 셈법이다.

보호자는 점심이 끝나고 나면 거의 날마다 외출을 한다. 그러니까 첫날 모두 함께 산책을 나갔던 일은 단 한 번으로 끝났다. 보호자가 함께 있어 좀 불편할까 걱정했던 것과는 전혀 달랐다. 어르신을 혼자 있게 두지 않으려면, 어르신을 나에게 맡겨놓을 때만 나간다는 뜻이다. 당연히 기분이 좋다. 그런데 무슨 외출을 날마다 할까? 하긴 그것까지는 내 알 바가 아니다.

안녕하세요! 내가 번호키를 알아서 누르고 들어가면서 큰 소리로 내뱉는 말이다. 문간에서 출근부 태그 때문에 지체해야 하므로 일단 큰 소리로 인사를 들여보낸다. 예, 어서 오세요. 먼 데서, 그러니까 부엌에서 나는 소리다. 곧 거실로 올라가면서 왼쪽을 본다, 어르신이 누워 있을 곳이다. 첫날과 거의 다름없이 대부분 그 시간까지 누워서 아무 소리를 내지 않는다. 가까이 다가가서 신호를 보내고 부엌으로 향한다. 여기까지는 나도 로봇이나 같다.

점심시간이 차츰 늦어져서 이제는 내가 출근하는 시간이 점심시간이다. 보호자 혼자서는 식탁에까지 오게 하는 것이 점점 힘들다고, 이젠 아예 내가 식탁으로 모셔와 셋이 함께 밥을 먹는다. 그러고서 세 시간, 즐겁게 지내는 편이다. 일인데 즐겁냐고? 일이지만 즐겁다. 집에 혼자 있어도 별일도 없이 무료할 테고, 여기 오면 나를 반기는 노인들 틈에서 즐겁다. 이들에게 내가 힘이 되어, 이들이 나를 의지한다고 느낄 때의 기분, 그것은 세 시간의 수입에 비할 바 아니다. 최저임금보다 조금은 높은 수당에 플러스 알파가 너무 좋다. 돈이 아닌데도 좋다. 이런 느낌은 좀 생소했다.

점심 직후 커피를 마시는 시간 잠깐이거나, 어르신이 낮에도 '졸립다'는 눈빛으로 잠을 청할 때는, 보호자랑 잠깐 어르신 상태에 관한 이야기를 주고받는다. 이 할머니랑 잠시 떠드는 것도 재미있다. 재미있다고? 그렇다. 떠든다고? 떠든다. 내 목소리가 기본적으로 크니까 떠드는 것이고, 또 즐겁게 이런저런 이야기를 나누니까 떠드는 것 맞다.

이 할머니는 요양보호사 일에도 관심을 보인다. 요양보호사 자격증을 따서 직접 하려고 그러나? 설마. 자격증 따시게요? 그리 물어

보지는 않았다. 어쨌거나 다른 동료들의 경험에 대해서도 궁금해한다. 그러면 나는 내가 체험한 일도 다른 동료가 겪은 일처럼 둘러서 이야기를 한다. 그렇게 이야기를 하다 보면 그 일들에 관해서 생각을 하게 되고 판단을 하게 된다. 이 할머니에게는 독특한 점이 있다. 내가 무엇인가에 대해서 생각을 하게 한다. 방문요양 첫날 대뜸 사람이 한결같더냐는 질문을 해서 멈칫 놀라게 했던, 바로 그런 연속이다. 나는 그 뒤로 무심코 사람들을 대하다가도, 이 사람은 한결같은가, 한결같을까, 그런 생각을 하곤 한다.

어느새 사순 시기가 끝나가고 있었다. 내 머릿속이 성가로 가득 차 있을 때, 설거지를 하던 내가 나도 모르게 콧소리로 성가를 불렀나 보다. 성가가 새어 나왔다는 말이 맞겠다. *영원을 생각 않는 인간일진대 제 몸을 죄악에다 묶고 말거늘~*

미미파솔 솔파미 레레미파미레~ 성가인가 봐요. 무슨 가사예요?

뭐예요? 아시는 노래예요? 신자 아니라면서!

간단한 계명이니까, 반복도 되고 해서. 아무튼 가사는 어떤가요?

아, 〈빛의 하느님〉이에요, 저는 3절을 젤 좋아해요. *영원을 생각~ 않는 인간일진대~ 제 몸을 죄악~에다 묶고 말거늘~ 이 영~혼 무거~ 운 짐 벗어~던지고~ 고마운 생명~ 안에 살게 하소서~*

가사가 감동이네요. 겸손한 신자로서…….

그렇지요. 우린 기본적으로 죄인이니까 말씀을 경청하고 말씀에 순종해야죠.

글쎄요. 나도 좋은 말씀들 좋아해요. 카톡카톡, 건강건강, 건강하게 오래 살기, 그런 몸보신 종류 좋은 말씀들이 머리 아프게 넘치는 카톡 세상에서, 신앙 관련 말씀들은 진짜 좋은 말씀들이죠.

어떻게 그런 것들도 와요? 신자도 아니……

친구가요, 신부님들 말씀을 전달해줘요, 거의 매일.

아, 그런 신앙 깊은 친구가 있으시군요. 곧 신자 되시겠네요.

교회랑 성당 합치면 아는 신자들이야 많지요. 좋은 말씀들 풍년이고요. 한번은 그런데 내가 믿지도 않은 신앙을 통째로 의심하게 된 적이 있었어요. 전달, 또 전달된 건데, 그 신부님 본명도 세례명도 기억하고 싶지 않아요.

대체 무슨 말씀이길래.

실제로 있었던 일이라고 그랬는데요, 세상에나, 첫영성체를 준비하는 언니가 너무나 부러웠던 여섯 살짜리 아이의 이야기랬어요. 수녀님이 '넌 나이가 어려서 안 돼!' 이렇게 딱 잘라 말했음 좋았을걸. '첫영성체는 넌 아직 젖니가 있으니까 안 되고, 이 젖니가 다 빠지면 그때 할 수 있단다!'라고 예쁘게 돌려서 말을 했대요. 헌데 그 결과는 너무 끔찍했대요. 애가 집에 가서는 짱돌인가 뭔가로 젖니를 모두 빼버리고 피를 줄줄 흘리면서 수녀님한테 와서 첫영성체를 졸랐다는.

아이쿠머니나.

나는 그때, 어떤 신부님이 쓰셨다는 카톡, 전달이니까요, 그 글머리에 '찬미 예수님'이란 단어도 그날만은 끔찍했어요. 지 선샘, 이빨 이야기는 사실이 아니라 그냥 과장된 이야기겠지요?

…….

신부님은 이 피 흘리는 아이에게 감동해서 첫영성체를 허락하셨대요. 그럴 수도 있겠죠. 규칙보다 더한 사랑으로. 헌데 이 이야기를 길고도 자세하게 써서 일반 신도들에게 전하는 신부님은 뭘까. 잔인함 이라는 단어만 떠올랐어요. 신자들에게 '당신들은 주님을 얼마나 사랑하며, 무엇을 봉헌할 수 있느냐'고 채근하는 말씀이 이어졌다니까요! 신앙을 강화하기 위해서라면, 어린아이의 고통을 이용해도 되는지. 다른 철없는 아이들에게 본받으라는 이야긴지. 아니, 젖니를 깨부수는 멍청한 짓이 칭찬할 일이냐고요! 주님을 사랑하기 위해서라면 무슨 일도 가능하다고? 주님을 사랑하는 일이라고 생각하면, 어떤 잔인한 일도 해도 된다고? 사람의 생각은 늘 올바른가 말이에요.

쉴 틈도 없이 말하는 할머니 앞에서 나는 아무 말도 잇지 못했다. 혼란스러웠다. 이 말에 공감이 갈 듯하지만, 신부님 말씀이라는데 그걸 비판한다? 신부님은 신부님 아닌가! 신앙적으로나 무엇으로나 공동체 안에서 으뜸이신 신부님들……. 나, 세례교인인 나를 인도하시는 신부님.

세례성사. '나는 성부와 성자와 성령의 이름으로……' 라는 음성과 더불어 이마에 듣던 물기, 아니 그 냉기를 잊을 수 없다. 정신이 난다? 식구들이 여럿이서 세례를 받았고, 각자 선물을 받았다. 나는 분리형 '성가정상'을 선물로 받았다. 성요셉이 서 있고, 성모마리아가 아기예수님을 안고 계시는 조각상이다. 그러니까 10센티미터 조금 더 될까, 그런 키의 성요셉이 따로 분리되는 형상이다. 둘을 분리해 세웠다가 또 앞뒤로 나란히 세워보곤 했다. 나뭇결도 참 좋아서 사랑스러웠다.

어차피 아이와 아버지가 무관하니까 분리된 것이라고!

그때 세례를 받지 않겠다고 하면서도 우리의 세례성사를 보러 왔던 오빠가 불쑥 말했다.

아버지가 아이와 상관이 없어서라고?

없지, 그럼! 예수는 인간 요셉의 자식이 아니라 하느님의 자식이라잖아!

그야…….

오빠가 내뱉은 말에는 진정이 아닌 빈정거림 같은 것이 느껴졌다. 속상하기도 하고 뭐가 뭔지 혼란스러웠다. 정말 성요셉은 아기 예수의 아버지가 아니라는 확실한 증거로서 따로 조각된 것일까. 하긴 성령으로 잉태하시어…….

우리가 어렸을 때는 까치헌티 동생 하나 물어다 달라 혀봐라! 하는 소리도 들었고, 동네 입구의 큰 은행나무 아래에 물 떠놓고 삼신할무

니헌티 아들 하나 점지해주시라 빈다는 이야기도 있었다. 까치도 삼신할머니도 아기를 가져다주는데, 성령으로 잉태하는 일이 불가능할 리가 없다. 우리나라에도 옛날엔 알에서 깨어난 왕도 있었고, 서양 어딘가에는 뱀에게서 태어난 왕도 있었던가, 그냥 이야기였던가. 믿음은 사실보다 더 믿을 만한 것이기도 했다. 믿음 – 성령으로 잉태되시어 골고다에서 우리를 위해서 죽으신 예수님!

　수녀님의 사순은 어떨까. 사생활은 금기어라서 우리는 수녀님의 일상을 모른다. 언니라도 모른다. 다만 수녀님이 권할 때 우리도 따라서 성지순례를 함께 다녀왔더라면…… 하는 생각이 든다. 이렇게 특별히 지루한 사순 시기에는 성지의 추억 속에 잠길 수 있을 것 같아서다. 수녀님은 수많은 순례객들의 발길에 닳을 대로 닳은 돌계단을 올라 주님의 성묘 교회, 거룩한 무덤 성당으로 갔던 감회는 잊을 수 없다고 했다. '나는 그 사람을 알지 못하오!'라고 맹세까지 하면서 예수님을 세 번이나 부인했던 베드로에게 예수님은 부활하셔서 '너는 나를 사랑하느냐?'라고 하셨던 바로 그곳이란다.
　아, 그래, 그거야! '너는 나를 사랑하느냐?' 예수님이 물으신다. 여섯 살 아이에게 물으신 것이다. 아니, 그 여섯 살 아이가 사랑을 보여드린 것이다.

　저기, 그 젖니 이야기를 너무 맘 아프게만 생각지 마세요! 사랑의 표시니까요!

예?

많은 신자들이 그 이야기에 감동하고 예수님을 사랑하는 일에 정진할 수 있잖아요.

예?

내가 한참이나 지나서 느닷없이 말한다고 느끼는지, 이 할머니는 두 번을 짧게 반문하고는 입을 닫았다. 커피만 천천히 홀짝거렸다. 내 말이 이해가 안 되는 모양이었다. 말을 하기 싫든가. 나는 이런 침묵이 참 싫다. 오늘은 기쁘다가 말았다. 틈이 있어야, 한 가닥 올이라도 풀려야 대화가 가능하다. 아니면 말지! 신자가 아닌 사람하고 무슨 신앙 이야기를 해! 누가 시작했었지? 그러고 보니 콧노래 성가 때문이었으니 빌미를 준 것은 나였다. 하지만 말을 꺼낸 것은……. 치이!

신적인 본질이란 우리 인간의 감정의 본질이랍니다. 그 자체로 황홀해지고 스스로에 도취된 감정, 신의 본질이란 감정의 본질을 표현할 뿐이라고요. 의식의 무한성을 의식하는…….

불쑥 입을 열던 보호자는 그대로 멈추고 만다. 나를 바라보지도 않고 일어선다. 혼잣말이었나? 싱겁기는. 대체 뭔 말이야?

서둘러 거실로 나갔다, 머쓱해서다. 어르신은 화장실에 갔는지 보이지 않았다. 혼자 떠들고 있는 텔레비전에는 노란 옷들을 입은 사

람들만 그득했다. 확진자는 1만 명을 훌쩍 넘었고, 사망자가, 세상에
나, 200명이라니. '주님 수난 성금요일'이었다. 사순 시기는 극도의
우울감 속에서 그 끝을 향하고 있었다.

아프지 않은 인생은 없으며, 이 고난과 고통이 저절로 구원과 은총
으로 나아갈 수 없음을 압니다. 다만 우리의 고통이 침묵과 순명의
시간을 지나서 기쁨과 감사의 열매를 맺을 수 있도록 기도드리옵니
다. 신부님의 기도를, 복음 말씀을 되뇌어본다. 하느님께서는 당신
이 가장 귀하게 만드신 인간이 이런 바이러스니 세균이니 하는 미물
에 정복당하도록 버려두지 않으십니다. 중요한 것은, 여러분이 두려
움의 바이러스에게 정복당하지 않아야 합니다. 마음을 굳건한 믿음
으로 무장하십시오. 신앙만이 구원입니다……

맞아, 바이러스 같은 미물이 인류를 멸망시키기야 하겠어? 우리
신부님, 평소에도 과장은 안 하신다! 믿자!

하지만 사망자 숫자는 날로 는다. 세계적으로는 무서우리만치 많
은 숫자다. 사망─자꾸 자주 들으니까 무감각한 그냥 단어로 들린
다. 병원 밑바닥 근무를 오래 했던 직업병인가. 최근의 팬데믹 때문
인가. 하긴 세상이 냉혹해진 때문이다. 냉혹한 죽음이 많아서다.

남편이 엊그젠가 뜬금없이 말했다, 해마다 산업재해 사망이 몇 건
인지 알아? 노동자 이천 명이 파리 목숨이라고. 교통사고 사망도 삼
천 명이 넘을걸.

그땐 아무 대꾸도 하지 않았었는데, 그건 그거고, 이건 이거다 생각했었는데. 가만 생각해보니까 죽음이 보통 단어다. 죽음이 일상이다. 열 개의 생명 끝에는 열 개의 죽음. 그러니까 세상은 생명으로 뒤덮여 있기도 하고 그만한 숫자의 죽음으로 덮여 있기도 하다. 생명을 살짝 걷어내면 죽음인가. 아주 살짝만. 죽음? 갑자기 주위가 서늘해진다.

지 선생! 뭘 보나?

내가 멍 때리고 서 있었나 보다. 안방에서 나오던 어르신이 바짝 내 코앞에 있다.

아, 네, 네에! 양치하셨군요! 어머, 면도도 하셨네요! 에이, 여기 피가 좀 묻어나는데요. 밴드 가져올게요, 이리 오세요. 이리로…….

어디로 향할까 망설이는 어르신을 일단 소파로 이끈다. 약상자가 어딨더라? 연고를 발라? 밴드만 붙여드릴까? 머릿속이 바쁘다.

그렇게 봄날은 간다. 살면서 죽어간다지만, 그동안 나는 잘 살고 있다. 주님 부활 대축일 미사가 코앞이다. 온라인으로 할 것이란다. 주 하느님, 성부의 아드님, 하느님의 어린양, 세상의 죄를 없애시는 주님, 저희에게 자비를 베푸소서……. 죄가 없어지니 사후를 걱정할 필요도 없다. 신의 본질이니 의식의 무한이니, 그런 어려운 말들이 무슨 상관이람.

낮꿈

인간은 살기 위해서가 아니라
살기 '때문에' 산다.
E. 블로흐, 『희망의 원리』에서

낮꿈이란 기이한 말을 처음 들은 것은 그리 덥지도 않은 어느 여름날이었다. 생소한 이름의 병균으로 뒤덮여버린 봄날 하루하루가 초록빛 냄새도 없이 어물쩍 지나가더니, 여름이라 해도 따가운 햇살이 주는 순간의 행복감도 없이 웬 장마만 내내 찔끔거리고 있었다. 거기다가 마스크 속에 얼굴을 묻고 사는 이 요상한 일상은 기온 따라 더 답답하기만 할 때였다.

　서기 2020년 – 팬데믹 세상을 지배하는 신의 이름은 불신이었다. 언제부터인가, 비단 확진자 관련뿐만 아니라 온갖 뉴스들이 참으로 믿기 어려운 공포이거나 난해함 그 자체였다. 사건들은 누가 작성하느냐에 따라서 완전히 다른 내용이 되기도 하고, 무엇보다 서로 진실임을 주장하고 있었다. 태어나서 내가 썩 괜찮은 부류라는 생각은 한

번도 해본 적이 없지만, 지금처럼 내가 바보일까 하는 생각이 든 적도 없었다. 누구는 나 바보에게 이 말을 주입시키고, 다른 누구는 나 바보에게 저 말을 주입시키려는 것 같았다. 환자를, 정확히는 방문요양 수급자를 대하는 직업상의 만남 외에는 다른 모임들이 아예 없으니까, 평소처럼 수다 속에서 어느 정도 생각을 정리해 나갈 기회도 줄고 있었다. 아, 그리운 수다! 일 할 때 일하고, 간단히 모여서 먹고 떠들고 다이어트 산책을 즐기고⋯⋯, 이런 단순무식한 행복감을 송두리째 도둑맞은 느낌이었다.

여름에 들면서 다행히 확진자 숫자는 줄고 있었다. 마스크 착용이 의무화되어서 그럴까. 전쟁 같았던 분위기는 잠시 주춤, 해외에서 들어오는 환자를 빼면 하루 여남은 명 정도에 그쳐서 조금 숨을 돌리고 있었다. 그때 때맞춘 듯 돌발사건이 터졌다. 의협이 파업을 선언하며 의료 4대악 철폐를 주장하자, 나 같은 사람, 간호조무사로 평생을 살아온 사람도 조금은 의아했다. 의료계 밖의 보통 사람들은 더 이해를 못 하는 것 같았다.

그날도 방문요양 서비스 날이었다. 점심이 끝나고 식탁에서 막 커피 잔을 들 때 보호자가 말을 꺼냈다.

지 선생님, 의대 정원 확대를 4대악의 하나라고 하네요. 의사 정원 늘리려는 것이 악이다! 공공 의대 증설도 악법이라! 믿을 수 없는 표현이요. 이 불안불안한 나날, 언제 또 환자 수가 폭발할지 모르는 판에, 의사 인력이 많아지면 수월해질 거 아니요!

글쎄요. 그게 아주 간단한 문제는 아닐 거예요. 일단 의사 숫자가 갑자기 많이 늘게 되면 희소가치가 떨어지고, 나중엔 수입도 보장할 수 없고. 나는 나도 모르게 의료계 편이 된다.

나중이라뇨? 물론 나야 잘은 모르지요, 병원 근무에 관해서는 꽝이니! 근데 기득권자가 신규 의사면허 막는 것은 횡포로밖에 안 보이네.

어찌 보면 나중 생각해서 밥그릇 싸움으로 보이긴 하죠. 경쟁사회니까 어쩌겠어요. 꿈을 이루었는데 명예와 혜택을 나누라고 하니까. 의사면허는 꿈의 상징이죠.

꿈…….

병원 세계에서 봐요, 아, 무서운 사다리예요. 저 같은 간호조무사 입장에서 보면 의사란 못 올라갈 나무였죠. 그래봤자 의사 위에 판검사, 판검사 위에 장사라지만요!

예? 천하장사 그런 것?

아아뇨! 세상을 돈이, 장사들이 좌지우지하잖아요. 유전무죄!

어, 그러네, 기업이 결국 장사니까. 사농공상 – 봉건시대 서열 순서가 완전 뒤집혔네요, 서열이란 아예 없어져야 할 것이지만.

맞아요, 서열은 없어지는 게 아니라 새로 생겨나요. 암튼 의사는 큰 꿈 중의 하나죠!

그렇겠네요. 그런데 그런 건 꿈이 아니고, 꿈나라 꿈이 꿈이죠. 의사 되기 이런 건 낮꿈이라고요, 낮꿈.

거기에서 낮꿈이라는 말이 튀어 나왔다.

낮꿈? 낮꿈이라니요? 무슨 꿈이…….

그때 이 할머니가 소리 없이 자리를 떴다. 말없이 사라지는 것, 특기다. 낮꿈이라는 말, 무슨 말인가? 물어보고 싶었다. 내가 와 있는 동안 외출이 일상인데 나가버리려나? 다행히 이번에는 외출이 아니었다. 어르신이 안방에 그대로 누운 것을 확인하더니 거실로 나가 앉는다. 마른 빨래를 걷어 들고 따라갔다. 빨래는 당연히 어르신 것만 내가 한다. 나는 이야기를 계속하고 싶었다.

저, 그런데, 낮꿈이 뭔데요? 그런 말 첨 들어봤는데요.

낮에 꾸는 꿈요!

낮잠 자다 꾸는 꿈요? 밤잠이건 낮잠이건 꿈은 꿈이죠!

다르죠. 내가 만든 말 아니고요, 독서죠. 아이 참, 옛날에 읽은 책 이야기를 꼭 하게 만드네. 『희망의 원리』라는, 많이 어려운 책이요. 다는 못 읽고 시작하다 말았지요, 것도 옛날에. '더 나은 삶에 관한 꿈'을 낮꿈이라 했을 때, 그땐 감탄 그 자체였어요. 낮꿈 없이는 어느 누구도 살아갈 수 없고, 오직 낮꿈을 통해서만 냉정한 시각을 소유하고, 직접 삶에 뛰어들게 한다고. 자아의 보존을 넘어서 우리의 저열한 사회적 환경에 대한 개혁의 희망이 들어 있다고.

뭐야, 개혁이라니, 설마 운동권 같은 소릴 하네! 말투도 변한다. 이 할머닌 대체 무슨, 뭘 하던 사람일까. 사적인 이야기는 별로 하지 않아서, 큰애 둘째라고 하는 아들, 그리고 대화 중에 여자애 이름도 있는 걸로 봐서 딸 하나 있는가 보다 정도 외에는 아는 건 없다. 사실 이런 한시적인 일자리에서는 그들 가족의 정보가 필요하지도 않다.

젊었을 때니까 감동도 컸죠. 하지만 그건 옛날이야기라니까요, 지금은 완전히 변질되었죠. 사회적 희망보다는 개인의 욕망만 하늘을 찌르는 세상. 우르르 몰려가서 서열 정하고, 이긴 쪽은 우쭐하고 진 쪽은 주눅이 들고……. 이런 세상에서 낮꿈을 꿀 필요가 있나요?

그래도 삶의 목표라고 하는 것이 있어야.

물론 인간에게는 실현하고 싶은 희망이나 이상으로서 꿈이 있죠. 잠자는 동안에 깨어 있을 때와 마찬가지로 여러 가지 사물을 보고 듣는 정신 현상으로서의 꿈 말고요. 하지만 목표라고 하는 꿈요, 그러니까 남들보다 더 잘 사는 꿈요? 글쎄 그건 욕망이라니까요. 내 삶과 세상을 개혁하려는 의지가 담겼던 원래의 희망과는 전혀 다른. 암튼 낮꿈보다는 밤꿈이 꿈이죠. 자연스럽게 꿈을 꾸는 것이니까. 참, 밤중에 꿈 잘 꾸나요? 혹시 돌아가신 분을 꿈에 본다거나.

아주 가끔, 슬쩍요.

아부지가 어른거렸다. 내가 그리워하는 꿈이라면 딱 한 가지다. 아버지를 만나러 가는데 함께 가던 형제자매들이 갑자기 사라져버리고 나 혼자서 뎅그러니 서 있고, 아버지가 멀리에 서 계시는데 얼굴이 안개에 싸인 듯 희미하다. 얼굴이 안 보인다. 그래도 아버지인가. 그래도 아버지이다. 놀라서 깨면 꿈이다. 가끔 그 비슷한 꿈을 꾼다.

큰언니는 내가 임종을 못 해서 마음에 남아 있는 것이라고, 아버지 돌아가신 것이 언제인데, 그만 잊고 털어버리라 하신다. 어머니도 내 꿈 이야기를 언니한테서 들으셨는지, 은이 니가 아부지럴 젤로 좋아혀서 그랴, 그러신다. 아니라고 내숭 뵈지 말어야. 자석이 아부지 좋아혀서 나쁘가니.

밤꿈은 갈망의 표현이라지만 허무맹랑하죠, 때론 놀라운 일도. 내가 다른 생각으로 도망간 뒤에도 보호자는 꿈 이야기를 계속하고 있다. 말을 시작하니까 멈출 줄을 모른다.

난데없이 돌아가신 은사님이 꿈속에 나타나셨어요. 너무 이상한 모양으로. 그래서 꿈이죠, 그냥 꿈.

……

늦가을이면 겉이 단단하게 익은, 완전 늙은 호박 알아요? 보통은 껍질이 누런 색깔인데 이건 어두운 진초록색이라. 그런 호박 속을 파내고 그 껍질로 베트남 사람처럼 큰 모자를 쓴 모습이라니. 깨어나서는 웬일일까 싶었지만, 잠시 고개를 갸우뚱하다 말았어요.

엥? 호박 껍질 모자요? 무슨 동화 속 나라예요?

그러게요. 암튼 다음 날 아침에도 눈을 뜨면서 그 꿈이 어른거렸고, 그래, 돌아가신 분 생각하느니 다른 살아 계신 분 안부나 묻자 싶었죠. 가끔 하듯이 이번에도 전화를 드렸는데 이 은사님이 유별나게 반가워하시며, 어머나, 나도 전화를 해볼까 했네, 난데없는 꿈 땜에, 그러시는 거예요.

텔레파시?

아니, 그게 믿기지도 않았어요. 이분도 내가 꿈에 본 그 은사님 꿈을 꾸셨다니 말이 되나요? 두 분은 남녀도 다르고 나이 차이도 한참 되는, 그냥 냉랭한 동료였을 뿐인데. 암튼, 전화를 끊고도 넘 넘 이상했어요. 제자에게 동료에게 꿈에 나타나시다니, 웬일일까. 그러고 보니 돌아가신 10주기라, 딱 그 달에. 내가 떠난 지 10년이다, 기억하거라, 그런 메시지잖아요.

그런 꿈이, 말도 안 되는 게 진짜 꿈이라는 거군요.

그러죠. 내 인생의 계획과는 아무 상관 없는, 내 의지와도 아무 상관 없는 것. 헌데, 꿈 땜에 돌아가신 날을 기억해냈으니, 그건 어찌된 건가! 과학적으로는, 뭐 정신의학적으로는, 떠나실 때 못 가뵌 것이 마음에 눌려 있다가 10주기에 무의식이 튀어나온 것이라고 하려나.

그렇게 마음에 남은 분이면 장례식엔 왜 못 가셨는데요?

내가 오늘 따라 오지랖이다. 수급자 일이 아닌 보호자의 일에 시시콜콜 뭘 묻고 말고. 하긴 어르신이 낮잠을 자면 딱히 할 일도 없어서 아무 이야기나 하는 거다.

그게, 울 어머니 49재 중이었어요. 죄인이라 다른 초상집엔 못 가죠.

어머나, 그러는 거예요?

그러고 보니 내가 고아가 됐을 때 은사님마저 떠나셨네. 내가 팥으로 메주를 쑨다고 말했어도, 아, 그래, 하셨을, 무작정 믿어주셨던 분인데. 그러기도 어렵긴 하죠, 은사님이라 해도 남인데. 내가 어떤 안 이쁜 짓을 해도 미워하지 않을 사람, 부모님 안 계시면 그런 사람은 세상에 없는 거요.

아니, 남편이랑 가정이…….

우리 이쁜 지 선생님, 순진무구하셔라! 남편이란, 글쎄요, 내가 애써 잘하는 동안, 이쁜 짓을 하는 동안에만 날 이쁘다고 생각하는 존재랍니다.

……?

내가 어리둥절해 있는 사이, 할머니는 자리에서 일어선다. 시장에라도 나갈 폼이다.

피잇, 삼십 년을 넘게도 지금도 설레는 우리 부부간의 사랑을 몰라도 한참 모르시네! 이런 말은 물론 삼킨다. 하기야 칠팔십 대 부부의 삶이라는 것이 그저 그럴 수도 있겠다. 모를 일, 우리도 나이 들면 저리 될까?

낮꿈이란 이상한 단어가 신경이 거슬리는 채로 안방에 들어가 보니 어르신은 새록새록 꿈나라였다. 낮에도 꿈나라다. 웬 잠을 저리 주무실까? 간밤에 꿈꾸느라 못 주무셨나? 아이들도 아닌데 무서운 꿈을 왜 꾸실까? 그렇게 하루하루 시간이 갔다.

여름 내내 지독한 태풍에 늘 반복되는 수재, 수재민들 뉴스다. 어딘가는 둑이 터지고 도심까지 잠겼다. 섬진강 쪽으로 집 지어 갔던 아는 언니는 울상으로 사진을 보내왔다. 한옥 마루가 아슬아슬, 댓돌은 보이지도 않게 물에 잠겼다. 황룡강 변에 선산이 있다는 이 댁도 전화 통화로 난리를 위로하고 있었다. 자연환경까지 반란이 났고, 역병의 어려움은 다시 극에 달했다. 봉쇄가 무엇인지 거리 두기가 무엇인지 학습할 사이도 없이 낯선 환경들이 밀려닥쳤고, 격리라는 엄청난 단어도 일상이 되었다. 자고 나면 다시 오늘이 되는 영화에서처럼, 판에 박은 일상이 시간만 죽이고 있었다. 그래도 달은 차면 기울고를 반복하더니, 어느새 바스락거리는 나뭇잎들이 날리며 찬바람이 얼굴을 스친다. 겨울이 성큼 닥친 것이다. 정지되었나 했지만 삶은 계속되었나 보다.

봄 여름 가을 겨울, 무엇을 하고 살았을까요? 365일 노랑 옷 팬데믹에 절망만 묻혀 있네. 지 선생님은 젊으니 좀 나은가?

어느 날 보호자의 한탄스런 말투에 갑자기 나를 돌아다보았다. 집 관리, 세입자 관리, 수급자 서비스, 주말 농부, 이런 것들이 내가 사는 일일까. 그러고 보니 1년 내내 노랑 옷들이 티브이 화면을 차지하고 있었고, 다른 가능성이 없으니 그게 유일한 대면이었고, 그것도 남편이 들어오면 채널은 뉴스 위주로 한정되었다. 가깝고 먼 곳곳에서 드러나는 더 참혹한 죽음들을 지켜보아야만 했다. 학교에서의 수업 내용 때문에 참수를 당하기도, 다만 얼굴색이 달라서 총에 맞기도, 그런 일들이 선진 문명국가라는 곳곳에서도 일어나고 있었다. 우리나라에서 날마다 일어나는 안전사고 소식에는 머리가 돌 지경이었다. 일터는 지뢰밭이고, 웃음을 잃지 않고 일터에 나가는 일은 어려운 시험 같았다.

우리 은이는 잘 웃어서 이뻐. 어여, 웃어봐. 이빨도 가조로니 얼마나 이뻐. 노상 그러고 살어.

주문처럼 어머니의 말을 외우며 집을 나서곤 한다. 참 어려운 나날이었다. 그래도 내가 필요해서 일하는 지금, 이만하면 안정된 조건이다. 은아, 입술을 당기자, 씨익. 그래도 겨울은 정말 싫다. 춥다는 것은 생각만으로도 싫다. 아, 다행! 입구 가까이에 주차 라인이 비어 있다. 서두르면 2분 안에 따뜻한 아파트에 들어간다.

몸 파는 스무 살이라고, 들어봤어요? 머리가 아파요.

밑도 끝도 없이 내뱉는 주인의 말에 흠칫 놀란다. 알아서 대문을 열고 태그를 찍고 들어온 요양보호사에게 건넬 첫 말은 아니다. 보호자라면, 어서 오세요! 주말 잘 지냈어요? 이이는 별 탈 없었답니다. 그런 말이 먼저 나와야 정상이다. 게다가 나로서는 이 집 출근 만 1년이 되는 특별한 날인데. 뭔가 특별한 것을 기대한 것은 아니지만 1

주년은 1주년 아닌가.

왜요, 무슨 일 있으세요? 어르신은 좀 어땠나요? 감기 드신 건 아니구요? 오늘 인지검사 가실 컨디션 되지요?

말은 그렇게 했지만, 사실은 환자 관련이 아니라면 보호자의 말은 천천히 들어도 된다. 화장실 입구에 가방을 내려놓은 채로 소독 젤로 손을 씻고는 어르신에게로 향한다. 거실 소파의 지정석이다.

어르신, 주말 잘 지내셨어요? 오늘 병원 가시는 것 아시지요?

대답 대신 오른손을 들어올린다. 반가움의 인사다. 그러면 기분이 좋다는 뜻이다.

일단, 어서 식사요! 식사 차려놓아도 지 선샘이 와야 건너오시네. 이제 완전히 습관이 되었나 봐.

부엌에서 보호자가 부른다.

네에, 갑니다. ─ 어르신 식사, 식사하시게요. 손 씻으시고!

바쁘다, 바빠. 양쪽으로 답을 해야 할 때가 있다. 보호자는 개인적인 요청 사항은 거의 없다. 밥상 앞에서 나는 열심히 어르신을 챙긴다. 아예 여기 와서 함께 점심을 먹게 된 지 한참이다. 즐거운 식사 시간이 된다. 보호자는 누룽지까지 챙겨 오고서 자리에 앉으면 늘 그러듯이 가만히 앉아서 허공을 본다. 어서 드세요! 왜 안 드세요! 그렇게 채근하면, 반찬 준비하면서 코로 미리 다 먹어버렸기 때문에 식욕

이 나지 않는다고 한다. 사람은 20분 정도 먹다 보면 벌써 포만감을 느끼게 된다더라고. 다이어트를 하려면 천천히 먹는 것이 해결책이 겠네여, 라고 말하려다가 참는다. 이 집에서는 어울리지 않는 말이다. 대신 오늘은 병원 함께 가시려면 좀 잘 드셔야죠! 하고 만다.

인지검사가 있는 날에는 보호자 2인이 함께 병원에 가야 한다. 코로나 방역으로 보호자를 줄이지만, 인지검사를 마치고 보호자도 따로 상담을 해야 하니까 그 잠깐이라도 환자 옆에 누군가가 있어야 하는 것이다. 한 시간 반 이상 걸리는 검사 시간 동안 속절없이 기다려야 한다. 잠시라도 커피숍에 가 있자고 해서 같이 내려갔다가 놀랐다. 폐쇄된 것이다. 하긴 병원 내에서는 음료수도 마시지 말라고 종이에 써 붙여놓았다. 검사실 밖 의자에 한 칸을 떼고 앉았다. 그래도 말은 하고 싶었다.

저, 아까 집에서 말씀 하신 몸 파는 스무 살 어쩌고……

아, 미안해요. 오전에 읽은 기사가 계속 머리에서 떠나질 않아서요.

그러니까 젊은 애들이 일자리는 없고 성매매에……

아니, 몸 판다고 하니까 그렇게 들렸나 보네. 그런 건 곳곳에 곪아 터져 있으니 이젠 놀라지도 않아요. 오늘 읽은 신문기사에 헤드라인이 '몸 파는 스무 살……' 그러더라고요.

뭔데요?

……

말을 잇지 않던 보호자는 어르신 이야기로 옮겨 가버린다.

어제, 그러니까 그젠가, 밤에 자리에 누워서 오늘 뭘 하고 지냈나 생각이 잘 안 난다고 그러잖아요. 아들애가 왔다 간 것을 잊다니, 이해가 안 되네, 어쩌면 애들 이름을 잊기도 하고. 검사를 잘 할지 모르겠네. 청력 때문에도 고생일걸, 검사하는 분도.

한두 번 해보셨잖아요. 잘 하시겠지요. 건망증인지 뭔지는 참 이해가 안 가는 일 많아요. 저도 요즘 완전 웃겨요, 핸드폰 안 가지고 나와서 시동 걸다가 다시 들어가고, 그런 건 일상이에요. 마스크도 차 안에 몇 장씩 넣어둬야 하구요.

건망증이 뭔지, 사람들을 위로하려다 보면 나도 이미 심각하다 싶어 오싹해진다. 하지만 오늘 나는 '몸 파는 스무 살' 그 이야기가 궁금해서 자꾸 말을 걸게 된다.

그런데 아까 집에서요, 그 스무 살은 무슨 말이세요?

아, 참, 생각하기도 싫은 일들. 무심코 튀어나온 말이네요, 뉴스 땜에. 뉴스니까 거짓은 아닐 테고. 자꾸 걸려서. '8일에 127만 원, 하루 18번 바늘 꽂는 20대', 그런 기사요. 직장이 폐업하거나 웬만한 알바 자리들도 탈락하다 보니까, '몸 팔러 왔다'는 자조로 실험 대상이 되는 거 말예요.

아, 마루타 알바요? 꿈을 이루기 위해서라면 뭣인들 못 참나요? 복제약 만들려면 임상실험이야 늘 있는 거죠. 옛날에도 계속 그랬어요.

나야 그런 일들이 그리 뉴스거리도 아닌데, 이 할머니는 많이 놀랐나 보다.

그 아이 입에서 '여긴 자본주의의 끝'이란 단어가 나왔어요. 꿈은 놔두고 우선 생계를 위해서 몸을 파는, 피를 뽑는 이십 대라니. 삶의 극이야.

극?

예, 극값!

생동성 실험, 그거 안전하게 관리할 텐데요. 죽지는 않아요.

알바하다가 죽는 이야기는 뭣 하러!

말을 꺼냈던 보호자가 외려 외면하고 일어서버린다. 괜히 검사실 문 앞으로 가서 안쪽에 귀를 대는 시늉을 한다. 죽는다는 말은 내가 심했나?

알바 나갔다가 죽는다? 머쓱해진 기분이 되어 생각해본다. 모처럼 알바 구해서, 아님 늘 하던 대로 아침에 일터에 나갔다가 죽는 이야기가 어제오늘 일인가. 계산의 시작은 아무래도 본인 몫이다. 감당할 만한 일인가, 따져본 다음에 시작해야 한다. '아무 기술이 없이 별 고생도 않고'라는 조건의 광고라면 다른 보이지 않는 위험을 상상했어야지. 그러니까 수당이 올라도 고민이라던가······. 그러고 보니 여기저기 택배 노동자가 과로사했다는 뉴스를 올해 들어 열 번도 넘게 들은 것 같다. 그런 뉴스를 들을 때마다 택배 아저씨들은 어떤 기분일까. 아니나 다를까 엊그제 또다시 그런 뉴스였다. 올해 들어 열여섯 번째 죽음, 이번에는 서른네 살 젊은이다. 7월부터 일했다고 하니까 택배 반년에 목숨을 잃었다. 새벽 여섯 시 출근해서 밤 아홉 시나 열 시에 퇴근했단다.

이 아파트에도 늘 보게 되는 택배 아저씨가 있는데, 실은 최근 2주 3주 통 보이질 않는다는 생각이 났다. 이 집에서는 띵똥 소리가 나면 가끔 음료도 건네고 추석엔 갓 짜 온 참기름도 한 병 주는 걸 보면 임의롭게 지내는 사이 같다. 한번은 더운 여름이었는데, 이모, 이러다 죽으면 어쩌까요, 돈 다 벌어서 언제 쓰까이! 그러더란다. 올봄 이후 하루 300개를 주더니 점점 400개로, 어떤 날은 500개 가까이 물건을 싣는단다. 크고 작고 가리지 않고 개당 750원이면 일당이 30만 원이 넘는 날도 있단다. 수입이야 짭짤하다. 그런데 그 배달을 다 마치기 위해서는 점심을 거의 못 먹는단다. 굶어가면서 일당 올리는 건 아니라고 일러줘도 소용없단다.

그 말을 들은 후로는 뭔가 편치 않았다. 아 참, 이 보호자를 택배 아저씨는 '이모'라 부르나 보다. 1년을 매일 보는데도 나랑은 덜 친한가? 이렇게 저렇게 부르라는 말이 없다. 직접 부를 일은 없으니까 우물쭈물 지내지만, 가리켜 말하려면 '주인, 보호자, 할머니'를 왔다 갔다 하게 된다.

암튼 어르신이랑 산책을 하는 시간에 택배 아저씨랑 마주치면 내가 말을 건다. 점심은 드셨어요? 잘 드셔야죠! 먹으려고 사는데요!
내가 그러면 씨익 웃기만 한다. 처음 볼 때보다 더 말랐다.

보호자가 다시 의자로 돌아오자 이번에는 내가 택배 아저씨 말을
꺼냈다.

저 그런데요. 요즘 아파트 택배 아저씨 안 보이던데요. 무슨 일 없
겠죠?

왜요, 갑자기?

산책 때 자주 곧잘 마주치는데, 이삼 주 넘었어요. 전화 한번 해보
실래요, 어째 궁금하네요.

어, 그래요? 문 앞에 잘 놓고 가니까 그냥 별일 없는가 그러는데.
설마 무슨 일이사······.

물론 설마죠.

말은 그렇게 하면서도 좀 불안했다.

나중에요, 지금 한창 배달할 시간이겠네. 아, 문자나 남겨놓을까.
사실 요즈음엔 누구라도 밥을 벌기 무지 힘들지. 여자들은 좀 나은
가? 노동 강도가 세지 않아서······.

아무래도. 여차하면 취집이면 되니까요. 얼굴 되는 애들은 그게 상
책이랬지요.

뭐요? 취집?

예, 취직하거나 시집가거나. 시집을 잘 가면 취직할 필요 없고. 우

리들 병원 근무 때 보면요, 간호사들 대부분이 의사한테 시집가는 꿈을 꾸죠. 물론 그때도 이미 의사들은 간호사 차지가 안 되었죠. 아는 언니가요…….

아는 언니도 참 많아! 인정 많게 잘 사나 봐요!

그건 아니구요. 서울서 병원 다닐 때요. 그때도 누구 하나 의사한테 시집가면 로또랬지요. 연애는 해요, 희망적으로다가. 하지만 결혼은 안 되더라고요. 그 남자는, 그 의사는 의과대학도 이름 있는 대학 출신이었는데, 좀 어려운 가정환경으로 수간호사 언니랑 서로 의지하며 지냈대요. 보드 딸 때 마지막엔 언니가 남자 집에까지도 도움을 주고 그랬대요. 하지만 곧바로 병원집에서 픽업, 집게로 인형 뽑듯 쫘악 집어가버렸어요. 결혼시켜서 바로 미국 유학, 크게 배워 와서 병원 운영하라, 뭐 그런 식이었대요. 별반 화젯거리도 안 되고, 올 것이 왔다 그 정도였죠. 그러니까 돈 문제가 우리 인생을 좌우하는 건 한참 되었어요. 어제오늘 일이 아녀요.

맞아요, 일찍 알았네요. 돈이 지배하는 세상.

누구든 부~자 되고픈 꿈을 꾸죠. 부~자라야…….

그런 꿈은 낮꿈이라 해야 맞다니까요. 자면서 꾸는 그런 꿈이 아니니까.

아, 네, 그 낮꿈! 언제도 꼭 그렇게 말 하시더니……

그래요, 더 잘 살아보자는 낮꿈요. 낮꿈이 뭐라고 매달려요? 부질없죠. 게다가 욕망이란 끝 간 데를 모르기 때문에, 사람이 목표에 꽂히면 내일 땜에 오늘을 망치기도 하고요. 인간은 미래에 중독된 종이라잖아요.

낮꿈이, 희망이, 욕망이, 뭐든 간에 그런 것이 오늘을 망쳐요? 내일한테 종 노릇을 한다고요?

아니, 종은 종류, 생물학에서 분류. 그런데 듣고 보니 지 선샘 말이 맞네. 내일이 주인이고 오늘은 종. 내일만 바라보고 걷다 보면 오늘을 사는 건 아니잖아요. 내일이 없을 수도 있고. 그러니 선택의 문제예요. 오늘을 사는 쪽으로 또는 내일을 희망하는 쪽으로.

선택…….

그러다가 순간 짓궂게 내가 물었다. 왜 그랬을까.

아니, 어떻게 꿈을 가지지 않을 수가 있어요? 꿈이 좌절된 적 있으세요?

무리한 희망을 갖다가 좌절할 틈이 어딨어요. 피 터지는 경쟁밖에 아닐 텐데, 미리 안 갖는다니까요! 봐요, 내일을 위한 희망을 계획을 가지고 거기 매달린다 칩시다. 그래요, 올인! 그게 자칫 오늘을 좀먹는 거요. 오늘 굶주리면서 죽은 뒤에야 받을 보험을 드는 일, 그게 뭐냐고! 오늘을 충분히 살아야지요. 오늘이라도 찬찬히 충분히.

오늘을 잘 살라고? 내일을 꿈꿀 나이도 아니구만, 치. 나는 속으로만 틱틱거렸다. 이 할머니의 말은 어느 부분부터는 이해가 가지 않는다. 꿈을 꾸고 가꾸고 노력하는 일들을 내일에 대한 욕심이니 중독이니 그리 말하질 않나. 신앙이 없는 사람이니까 그러겠지만, 내일을 믿기는커녕 기대도 하지 않는다니 좀 심했다. 내일이라는 희망으로 계획도 세우고, 계획에 맞춰서 사는 우리들 삶, 내 삶에 대해서 뭘 안다고 저러는가. 이 세상에 재테크는 기본이고, 건물주라는 기본 꿈을 이룬 지금도 그 다음 꿈을 향해서 나아가는 내가 나는 자랑스럽다. 서로 그렇게 챙겨주면서 동행하는 남편이 믿음직하다.

우리만 그러는 것이 아니다. 남편 친구네 하나는 경매 물건 전문으로 꽤 잘 나간다. 여자가 더 잘한다고도 그런다. 내가 그 친구네 이야기 슬며시 했더니, 이 할머니는 눈을 동그랗게 떴다. 흉년에 논 사는 것 아니다, 그런 말 괜한 말 아녜요! 상대가 안쓰러운 경우에 이득 봐선 안 된다는 가르침이죠.

경매는 다를걸요, 직접 상대하는 것도 아니고. 또 어차피……. 그쯤에서 말을 끊었다. 말이 잘 안 통한다.

소통이 잘 될 사이는 아니다. 70대와 50대, 아예 모녀 사이도 아니고. 그러다가 무엇인가 전혀 예상 밖의 득템도 있다. 언젠가 은행 계좌 이야기도 그 하나였다. 어르신이 통장이며 카드며 사용 실적이 없다고 은행에서 연락이 왔을 때였다. 주거래은행이 아닌 곳이라나. 그렇다면 그쪽은 그대로 정리를 해도 될 것 같은데요, 라고 내가 참견을 했다. 그런 일은 내가 훨씬 낫다고 생각했다.

그러고는 느닷없이 – 웃기는 일이었지만 – 내가 건물주가 되기까지, 얼마나 많은 통장을 가지고 얼마나 알뜰하게 저축을 했었는가 좀 자랑 삼아 이야기를 했다. 빨랫감을 줄이려고 하얀색 티셔츠는 입어 보지도 않았다는 그 말도 또 곁들여서.

그랬더니 나더러 참 예쁘게 산다고 하면서, 거기까진 좋았는데, 남녀 차별 없는 은행 계좌는 한국인의 특권이라는 말을 해서 너무 놀랐다. 친구의 큰언닌가 하는 누군가가 옛날 서독 간호원 파견 때 독일에 가서 보고 깜짝이나 놀랐다는 이야기를 전해주는데, 와, 이건 상상도 안 가는 말이었다. 그때가 60년대 초였는데, 현지 독일인 간호사들의 사회적 형편이 상상도 안 가는 수준이었다고. 독일에서 여자가 은행 계좌를 만들 수 있던 것이 1960년인가, 아니 62년이었다는 말도 하더란다. 그전까지는 여자들은 은행 계좌가 없으니, 친정서 결혼 때 가져온 지참금도 남편 계좌로 들어가고 당연히 남편이 관리했고. 여자는 직장에 노동계약서 쓸 때도 남편의 승낙이 먼저였다나. 그러고도 선진국일까. 우리는 독일이라면 여성 상위의 나라쯤으로 알았는데.

시대가 달라졌다. 사실 우리 주변에서 보면 숨죽이고 사는 여자들은 별로 없다. 다들 돈도 벌고, 남편보다 더 잘 버는 아내들도 꽤 있다. 돈을 벌지 않으면서도 돈 버는 남편들을 꼼짝 못 하게 하고들 산다. 전에 옆집 살던 아주머니는, 나보다 한참 위였는데, 중학교에선가 아무튼 남편이 정년퇴직을 하자마자, 밥은 이제 당신이 해요, 라고 밥솥을 넘겨버렸다고 자랑했다. 평생 밥 해줬으니 이제 당신이 할 차례라고 했단다. 그렇다면 이제 여자가 나가서 돈을 벌어 오겠다는 말인가. 그건 또 아니랬다, 후훗. 우린 그때 놀라면서도 배웠다, 저리 살자!

멀리 복도 끝 창밖을 보니 눈발이 날린다. 첫눈인가 싶다.

첫눈 오는 날 약속……, 지 선샘, 그런 것 없나요? 올해도 눈이 많이 오려나? 겨울이 더 어렵겠지요? 당장 생활비 걱정으로 머리 아픈 젊은이들 말예요. 몸을 팔다 보면, 이제 곧 영혼을 파는 알바도 나올 것이니.

영혼을 팔아요?

하긴 영혼이 있나, 있어야 팔지.

뭐예요, 영혼을 믿지 않으시나 봐요.

영혼을 믿는다는 일, 그거 쉬운 일인가요, 어디.

영끌 있잖아요, 영혼까지 끌어다가 집 산다고! 영혼이 있으니까 끌어다가 쓴다는 것인데…….

예, 있다고 해둡시다. 영혼이 있어야 팔 테니까, 있는 쪽으로다가.

우리 맘대로요?

아니 좋은 쪽으로. 무엇이든 있는 것이 없는 것보다야 낫겠지요. 영혼을 판 이야기는 완전 유명한 것 있어요! 이보시오, 살아생전에 하고 싶은 것 다 들어줄 테니, 다시 이팔청춘으로 돌려줄 테니 멋대로 살고, 죽어서는 영혼을 내게 다오 – 뭐 그런 악마의 유혹.

아, 메피스토! 알아요! 남편 친구가 두고 쓰는 말인데요! 너희들 오늘 저녁엔 영혼 이 메피스토한테 팔아, 내 멋지게 살게 해주마! 그냥 재밌게 놀자고 설치는 말인데, 그이 십팔번이에요! 어쨌거나 영혼이 있다는 전제네요!

어, 그런 재미있는 친구가 있어요? 스스로를 악마라고?

그냥 웃자고 그래요!

메피스토펠레스라, 악마이건 뭐건 세계적인 세기적인 인물이네.

네? 메피스토는 그럼 줄인 이름인 거네요.

그래요. 근데 〈테스 형〉 노래는 좀 웃겼지. 소크라테스를 끝소리만 따서 테스라 하다니.

끝소리를?

봐요, 아킬레우스, 오르페우스, 프로메테우스……, 그런 이름들은 모두 우스라고 줄이나? 우스, 테스 그런 건 그냥 끝소리라니까요!

그냥 끝소리라뇨? 우리 순이, 금이, 은이처럼 그냥 '이'자예요?

지순이, 금이, 은이 – 우리 자매들은 거의 외자 이름이나 같다. 순아, 금아, 은아 그렇게 부르기도 하고, 어쩔 땐 은! 그러기만 한다. 그러니까 테스는 뜻 없는 '이'나 같다니 맥이 풀린다. 가수는 좀 그래도 〈테스 형〉 노래는 꽤 인기였는데! 하긴 인기 트로트 프로그램도 남편이 끔직해하는 채널에서 하니까 거의 못 본다. 고향이 여기라서 그런지 확실히 편파적이다. 직접 대놓고는 그런 말은 삼간다. 여기 사람들은 건드리면 안 되는 어떤 부분이 있는 것 같다.

시간 참 지루하다. 검사가 한 시간 반이라더니 두 시간이 다 되어 간다.

지 선생님, 그런데 결과가 더 나빠진 않겠죠? 걱정 한 가지, 저이가 요즘엔 잠을 너무 자는 것 같아서. 낮에도 산책은 이런저런 핑계만 대고 잠만 자려고 하잖아요.

보호자 머릿속에는 그저 어르신뿐인가 보다.

추우니까 그러시겠죠. 그럼 밤에 잘 안 주무세요?

밤에도 자는 편이에요. 하루로 치면 너무 많이 자니까 불안하기도 해요. 계속 잠을 자면 언제 사느냐고요.

사는 것 되게 중요시하세요!

그럼 사람이 사는 것이 사는 것이지. 살아야 살아 있는 것 아닌가.

네, 다들 열심히 살잖아요, 꿈을 가지고 노력하고! 젊은 시절 그렇게 사셨을 거 아녜요.

우린 별로. 무지개가 피었습니다~ 하고서 다 같은 무지개를 쫓아 살면 다 같이 도달하남? 다른 곳으로, 더러는 반대로 향하는 것이 사는 거란 말이라.

꿈의 반대로요? 뭐가 되려고요?

꿈의 반대편으로가 아니라, 꿈이 다르달까. 굳이 꿈이 없달까. 뭐가 되는 게 중요한 게 아니라, 꼭 그런 힘든 외사다리로 몰려야 하냐고. 성공해서 인정받으면 뭐가 달라지는데? '남들의 가치 기준에 따라가면서 목표를 세우는 것이 얼마나 어리석은 일인지, 그건 내 가치를 깎아내리는 바보짓'이라고. 것도 어디서 읽은 말이요.

하지만 가치라는 게 대부분······.

대부분 말고요. 남들의 꿈을 따라가면서 어차피 뒤처지는 사람들은 우수수 낙엽처럼 얼마나 불행할지.

그래도. 시작이라도.

남들 따라 같이 할 건 없다니까요. 나는 나죠. 누군가 나를 무시해도 나는 나이고, 누군가 나를 칭찬해도 나는 나이고.

넘 냉정하세요!

냉정? 그러네. 냉랭, 쌀쌀맞아 죄송하요!

그러고는 일어서더니 복도 끝 창 쪽으로 걸어간다. 앉아 있기도 힘이 들다면 힘들다. 실은 나도 좀이 쑤신 지 한참 되었다.

그건 그렇고, 왜 이리 불편한가. 이 할머니랑 이야기를 하다보면 무언가 편치 않을 때가 있다. '몸 파는 스무 살' 이야기 때문에 어두운 상념들이 사방팔방에서 밀려왔다. 아까도 알바하다 죽는 이야기를 꺼낸 건 자동적이었다. 맨날 듣는 뉴스가 그러다 보니 온갖 사고사들까지 한꺼번에 되살아나서 살이 아파왔다. 전동차 스크린에 끼어서, 들여다본 기계에 빨려 들어가서, 크레인에서 떨어져서, 거푸집에서 함께 떨어져 깔려서. 크레인 기사라 해도 소용없고, 거푸집 기능사라 해도 그렇다. 자격증들이 무슨 소용! 어라, 자격증들이 죽음으로 이끄는가. 내일 잘 살려다 오늘 죽는다? 그 비슷한 말, 내일을 위해 오늘 죽음 속으로 들어간다는 저 불편한 말이 맞는 것일까. 어쩌나, 이 동네 말라깽이 택배 아저씨는…… 무사하겠지. 쓸데없는 걱정에 볼에서 열감이 느껴진다.

아니야, 나는 아무렇지도 않다. 사는 것이 그런 것이다. 도처에 사건도 있고 사고도 있다. 그런 것에 흔들려서 절망하고 그러면 안 된다. 무심하게, 정직하게만 살면 된다. 명사가 못 될 바에야 오직 재테크만이 인정받는 세상이다. 최소한 살아내기 위해서라도 무엇이든 팔아야 하는 세상, '몸 파는 스무 살' 이야기가 어때서. 가슴이야 좀 아프다. 하지만 나도 남편도 영혼을 끌어냈으므로 가난에서 탈출했다. 누군들 영끌이 필수인 것을 어쩌라고.

그런데 어딘가에 지뢰가 묻혀 있다. 허기 말이다. 잘 살아왔다고 믿었는데 어딘가 채워지지 않는 허기란 놈이 으르렁거린다. 오늘을 살았다는 기억이 없이 내일을 위해서 달려왔다는 말이 맞다, 두 주먹을 불끈 쥐고서. 이 허기의 대가로 노후는 충만할 거야…… 설마. 안락한 노후는 계속 유혹의 손길에 가려져 있는가. 혹시 노후 준비가, 노후 걱정이 낮꿈이란 말인가? 그럼 당연히 낮꿈을 꾸어야 한다. 아니, 노후 준비란 오히려 낮꿈 없애기일까, 손바닥을 펴고…….

아, 드디어 검사실 문이 열린다. 어르신의 얼굴이 조금 상기되어 있다. 힘드셨을 것이다. 인지검사의 질문이라는 것이 예상되는 말이 아니니까 청력장애라면 더욱 이해하기 어렵다. 괜찮았어요? 다가온

보호자가 미처 말을 시작도 하기 전에, 검사실 안에서 보호자를 부른다. 보호자 상담이다. 이번에는 또 어르신과 둘이 되어서 진료실 복도에 앉는다. 낮꿈은 잠시 접어두고.

설

설을 기다린다. 설을 기다린다니. 어둡고 추운 겨울이 끝나는 설날을 기다리고 기다렸던 어린 시절이 아스라하다. 엄마는 겨울이면 늘 아프고 온 집안이 우울했다. 그런데 용하게도 설날이 다가오면 다시 따뜻한 집이 되었다. 까치설이면 벌써 다른 집 아이들처럼 떠들썩할 수 있었다.

달력을 받자마자 설날이 언제인가를 확인하면서 혼자 웃는다. 이번 설날은 2월 12일, 금요일에 걸렸으니까 목금토일 나흘간의 연휴다. 그러니까 지금은 설이 아니라 연휴를 기다린다. 엄마한테 다녀올 시간도 충분할 듯하다. 아이들, 지난해 팬데믹 시절에도 용케 결혼식을 올린 딸과 사위까지 데리고 갈 수 있으려나. 2021년 달력에는 생일들 표시에 사위 생일이 하나 더 는다.

새해가 밝았으니 해마다처럼 신년 계획을 세운다. 올해는 오전 근무를 다시 시작해보자. 요양보호사라는 직업은 시급으로 계산되므로 확실히 알바 수준이지만, 최소한 고정 알바다. 그렇다 해도 작년에 오전에 서비스 다니던 수급자 어르신이 병원으로, 이어서 하늘나라로 가신 뒤에 일을 쉬었더니, 수입 지출이 조금 불안했다. 건물을 가지고 있다 보면 기본적으로 수입도 되지만 관리에도 생각 외로 돈이 팍팍 들어간다. 어느 날은 보일러, 어느 날은 화장실 등, 남편이랑 둘이서 직접 고칠 수 있는 범위를 넘어간다. 그렇게 여러 가지를 손수 하려고 하고 또 할 수 있는 남편이지만, 못 하는 것도 있다. 해서 오전 근무를 더 알아보는 중이다. 조건은 거리가 맞아야 할 것이다. 이동 시간도 그렇지만 어김없이 나가는 기름 값을 더 많이 써가면서 일하고 싶지는 않다.

그리고 또 신년 계획이라면 누구나 다 그러겠지만 아직은 몸매 관리에 신경을 써보고 싶다. 동시에 그게 될까 하는 의심부터 먼저 고개를 든다. 나를 믿지 못해서다. 건물 지하실에 지금은 헬스 기구들 하며 탁구대가 있는데도 나는 운동에 게으른 편이다. 항상 직장 다니며 일을 계속했기 때문에 따로 시간을 내어서 운동을 한다는 것은 피곤만 가중된다는 생각이 기본에 깔려 있다. 남편은 존경할 것이 많다. 마음을 먹으면 무엇이든지 한다. 심하면 투잡을 넘어서 쓰리잡을 뛰었을 때조차 운동을 놓지 않았고, 그래서 멋진 몸매며 근육을 유지하나 보다.

올해도 실은 너무나 부지런을 떨 남편 때문에 걱정이다. 고향 가는 길 초 시골에 농가주택을 사놓고는 주말이거나 쉬는 날엔 거기에 붙어살기 때문이다. 공무원 한 가지로는 젊어서 투잡하던 습관에 좀

이 쑤시는 사람 같다. 덩달아 나도 부지런을 떨게 된다, 할 수 없이. 다들 김장을 졸업했다는데, 나는 근년에 어설프게나마 김장을 한다. 배추를 길렀는데 김장을 피할 재주가 없다. 이러다가 농가주택 그것을 개조하거나 헐고 다시 짓겠다고 하면 그리로 가서 살자는 말이라도 나올까 봐서 은근히 겁을 내고 있다.

새해 인사들을 한다. 음력 설날이 지나서야 신축년이 되겠지만, 미리부터 하얀 소가 그려진 카톡들이 분주하다. 하얀 소가 어디 있다고? 하지만 카드는 부자 되**소**! 행복하**소**! 하는 말과 함께 하얀 소가 그려져 있는 것들이 단연 인기였다. 2020년 **쥐**죽은 듯 살았으니 2021년 자유롭게 살고 싶**소**! 이것이 내가 받은 제일 멋진 인사말이었다. 카톡 세상에는 유식한 사람들로 넘친다. 그중 이중섭 화가의 〈흰 소〉 그림을 보고서는 나도 모르게 감탄사가 터져 나왔다. 있구나, 멋진 흰 소가! 갑자기 이중섭의 그림을 찾아보았다. 폰 속의 그림들은 놀라웠다. 〈아이들〉처럼 민망하면서도 재미있는 그림들, 세상에나 〈작은 집〉도. 이런 집 그림을 갖고 싶었다. 현실적 필요 이외에 내가 무엇인가를 탐하다니! 나로 돌아가자! 순간에 나는 나로 돌아갔다.

1월 4일 월요일, 올해 첫 근무로 방문요양 서비스를 시작하는 날이었다. 현관문을 열고 '새해 복 많이 받으세요!' 하고 들어갔다가, '해는 헌 놈 그대로네요!'라고 하는 보호자의 말에 잠깐 김이 샜다. 왜 전라도 사람들은 '놈' 자를 그리 잘 쓰는지. 평소에 드세지도 무식해 보이지도 않는 이 집 보호자도 '놈' 소리는 두고 쓴다.

아무튼 난데없이 농담을 뱉어내는 것을 보니까 어르신 상태가 좋은 모양이다. 예상이 맞다. 1월 1일이 금요일이라서 내가 금토일 3일 쉬는 동안 어르신 몸무게가 1킬로그램이나 늘었다는 것이다. 나는 기분 좋은 때 오전 근무 이야기를 꺼냈다. 다음 주부터 오전 서비스를 시작한다고, 오후 이 댁 출근 시간에는 상관없고, 그대로 이 시간에 오겠다고. 가끔 오전에 병원 등 나갈 일이 있을 때 서비스 시간을 오전으로 옮겨서 함께 가기도 했었는데, 그런 일은 어렵게 될 것임을 미리 알린 것이다. 내가 누구인가, 조건은 천하에 없어도 미리 잘 따져두어야 함을 원칙으로 하는 사람이다. 예컨대 승용차 태우기 없기 – 그것도 나의 원칙 중의 하나이다. 내 차는 나의 출퇴근용일 뿐이다. 만에 하나 긁어 부스럼을 낼 일이 뭔가. 지금 조건들은 만족스러운 편이다.

달력을 한 장 넘긴 2월이 되니 설은 코앞으로 다가왔다. 이곳 확진자 숫자는 스물에서 열댓 명 선으로 줄고 있었지만, 거리 두기는 14일까지 지금의 2단계가 그대로 연장된다. 그러면 설에 어머니한테 다녀올 수 있을까.

첫날부터 심각한 뉴스다. 미얀마에서 쿠데타가 일어났다고 전한다. 작은 범죄들도 다 들통이 나는 세상인데, 쿠데타 같은 어마어마한 범죄가 잘도 일어난다.

쿠데타 – 그런 말을 처음 들은 것은 언제였을까. 1973년에 국민학교에 들어갔던 나는 쿠데타라는 말을 당연히 몰랐다. 그때 우리 꼬마들에게 5.16은 위대한 군사혁명이었다. 고등학교를 졸업할 때까지도 5.16은 혁명이요, 학교에서는 국민교육헌장, 마을에서는 새마을운동이 삶의 토대를 이룬다고 알고서 자랐다. 마을 어른들이 농촌살이가 더 나아졌다고들 말하셨고, 물론 더러는 옛것을 다 갈아엎어서 세상이 상것이 되어간다고 한탄하시기도 했다.

5.16혁명은 언제부터인가 다른 이름으로 쿠데타라는 말로, 그러니까 군사정변이라고 불리고 있었다. 그런 정리가 이루어질 무렵에 나는 간호사가 되기 위해서 온갖 열정을 다 바치고 있을 때라서 세상 어느 것도 모르고 지냈다. 나중에 보니까 그 5.16이 쿠데타가 되면서 대신 4.19의거가 혁명이라는 이름을 갖게 되었다. 그런데 세상은 모르고 모를 것이, 그 쿠데타 장본인의 딸이 대통령이 되었을 때는 이제 다시 그것을 혁명이라 할까 혼란스러웠다. 그러다가 그 대통령이 된 딸이 탄핵이 되었다니! 이러니 내가 정신을 차릴 수 있나. 이리 어리둥절한 내가 바보일지도 모른다. 나는 사실 바보다.

그런데 새해 들어 바깥세상도 조금 바뀐다. 우리나라가 미국은 아니지만 미국 대통령이 바뀌면 일단 무슨 변화다. 선거 와중에 미국에서도 대통령의 탄핵 소추안이 발의되는 것에 놀랐다. 아니, 안도했는가. 탄핵이 일상 같았다. 탄핵당한 우리나라 대통령은 그사이 최종적으로 20년 형이 확정되었다는 보도가 났다. 20년은 어떤 세월일까. 대재벌의 온갖 비위도 심지어 살인죄의 경우에도 그만한 형을 받는가? 뭐, 어쨌도 현명한 법원의 판결이겠거니 그리 믿을밖에. 아무튼 미국에서는 탄핵이 부결되었다. 탄핵의 이유와 뜻만 전달하고 부결되어서 좋다. 나는 좋은 것을 좋아한다. 당연히 세상에는 좋은 일만 있지는 않다. 동남아 어디에서는 지진이 발생해서 몇백 사상자가 나왔다. 물론 자연재해보다 더 흉악한 나쁜 일들도 끊이지 않는다.

그러니까 이번에는 미얀마에서 쿠데타란다, 군인들의 쿠데타. 자기들은 다른 이름으로 말하겠지. 이름처럼 대단한 것은 없다. 미얀마 군부가 일으킨 쿠데타임이 확실하니까 우리나라 5.16쿠데타랑 같은 것이다. 미얀마의 권력은 국방군 총사령관에게 이양되었고, 곧 비상사태 선포란다. 이곳 시민들은 남다르게 반응한다. 당연히 군대에 당한 5.18 악몽 때문일 거라고 생각한다. 내가 이 도시에 와서 산 세월이 얼마인가. 이제 그 정도는 안다.

실은 최근에 그런 트라우마로 고생하는 경우를 직접 목격하게 되었다. 오전 방문요양 서비스를 시작해서 만난 수급자 어르신이다. 우리 센터에서 하는 말이, 바로 5.18 관련 유공자이고 게다가 고엽제 후유증까지 있어 상당히 아프다고 했다. 그런데 이 어르신은 왠지 사람을 불편하게 했다. 왜 가족은 없는 것일까. 수많은 우여곡절을 겪느라 가족을 이루지 못한 것일까. 힘든 환경에서 다들 흩어진 것일까. 혼자 살고 있는 70대 아저씨가 밝기야 할까만, 어딘지 어둡고 말도 어눌했고, 무엇보다 거동이 불편한 환자였다. 다리는 어디서 다쳤을까. 설마 머나먼 그 전쟁터? 정말 전쟁에 나갔으면 사람을 죽였을까? 설마 민간인도? 라이 따이한이라도 남겼을까? 아님, 나중에 여기 고향에서 군인들에게 쫓기다 다쳤을까? 행여 고문 때문이었을까? 정작 더 무서운 것은 난데없는 타령을 불쑥 내뱉거나, 흐으 한숨을 쉴 때였다.

내가 6.25 때 태어났어라, 아부지 얼굴도 모른 채. 아부지를 죽인 것은……

아저씨가 쉰 목소리로 옛날이야기를 시작하면 나는 그냥 아까 돌렸던 청소기를 다시 꺼내거나 했다.

겨우 2주를 견디고서 내가 그만둘 수밖에 없었던 이유는 무엇보다 줄담배였다. 자신이 담배를 끊지 못하는 이유로 통증을 들어 변명했지만, 온 집안에 밴 독특한 짠 냄새에 거의 구역질이 났다. 또 다른 이유라면 제도의 문제인데, 이런 분들에게는 주 5일 3시간 돌봄이 너무 많다는 느낌이었다. 겨울이라서인지 빨래도 날마다 할 것이 없고, 혼자서 살고 있는 작은 아파트에 청소할 것도 별로 없었다. 점심을 챙겨주는 일이 있지만, 무어라 요구사항이 불분명했고, 무엇보다 남는 시간에 어디를 보고 무엇을 해야 할지 답답한 때문이었다. 만일 제도적으로 점심식사가 배달이 된다면 방문 서비스는 주 2, 3회면 적당하리라는 생각이 들었다. 아니면 주간 보호로 돌려서 공동 돌봄을 하거나. 하기야 이런 분들은 아예 단체 생활에 적응을 못할 수도 있다. 에라, 모르겠다. 관리자급이 아닌 내가 이런저런 의견을 가질 필요가 없다. 나에게 맞지 않으면 그만두는 것이다. 오전 일자리는 설 연휴가 지난 뒤에 또 알아보면 될 것이다.

일주일이 금세 지난다. 이제 월화수만 지나면 연휴가 시작된다. 오늘은 보호자의 외출이 긴 날이다. 저녁시간까지 돌보아주기를 예외적으로 부탁했다. 내가 부가 시간은 절대로 일하지 않는다는 원칙을 깨고 오후 어르신을 가끔씩 더 길게 맡게 된 것은 보호자의 부탁이 진지해서다. 어르신을 혼자 놓아두고는 마스크 대란 때에도 약국에조차 가지 못했다는 마음을 봐주기로 한 것이다. 일과 외 시간은 자주 있는 일도 아니고, 또 과외시간 수당도 알아서 잘 챙겨주는 편이다.

외출하신다고…….
예, 오늘 미안해서 어쩌나요.
걱정 말고 다녀오세요!

걱정 안 하죠, 더 즐거워할 텐데요. 이야기를 좀 꺼내보세요. 옛날 이야기는 하면 또 잘 하잖아요. 그리고 저녁에는 여기 메뉴판 중 선택해서 전화하세요. 여기 지갑! 집밥 아닌 것 은근 좋아하세요. 과일이나 간식은 언제나처럼 냉장고 뒤져서, 지 선생님 알아서요.

보호자는 나갈 채비를 다 마쳤는데 안방으로 간 어르신이 아직 안 나오신다.

텔레비전에서는 일주일 사이에 미얀마 뉴스가 점점 더 센 강도로 나오고 있다.

세월이 흘러도 인간 사회가 발전한다고 해도, 도처에 쿠데타는 멈추질 않는군요. 보호자가 한마디 한다.

그러네요, 심각해 보여요. 맨날 사고 소식이네요, 뭐.

다들 많이 가슴 아파할 거예요. 우리는 아무래도 5.18 학살을 두 눈으로 겪은 사람들이라서. 그때 12.12 군사반란부터가 집권을 위한 수순이었지요. 대통령을 제친 하극상, 실은 그게 5.18의 시작이지요. 녹록하게 수그러들지 않은 곳, 어딘가를, 광주를 싹둑 잘라서 파내버린 거죠. 미얀마는 어찌될 모양인지.

대단하다, 광주는. 여자고 노인이고 그 부분에서는 다 비슷하다. 정치적 모습이라고는 보인 적이 없던 이 보호자까지 군부 쿠데타에 대해서는 심한 적대감을 내보인다. 미얀마를 진심으로 걱정하는 것 같다. 나에게는 이름도 생소한 나라, 사실 내가 기억하는 그 나라는 이름이 버마였다. 버마의 아웅산 테러 어쩌고……. 고교 때였나, 암튼 큰 사건이 있었으니까 그렇게 기억할밖에.

아, 이제 나오시네요. 걱정 마시고 잘 다녀오세요! – 어르신, 사모님 나가신다고! 인사 나누세요!

양치를 하고 나오는 어르신을 살짝 안으며 인사를 하고 보호자는 집을 나선다. 두 시가 좀 지났다. 앞으로 여섯 시간 정도를 어르신하고 지내야 한다. 이 할아버지는 비교적 순한 분이다. 한때 자기 주장을 마음대로 펼치고 살았을 젊은 시절이 상상이 되지 않을 만큼 부드러운 태도다.

어르신, 어떠세요, 오늘은? 편안하세요? 점심을 맛있게 드셔서 참 잘하셨어요! 장어 맛 좋으셨지요?

여러 가지를 물어도 어르신은 쳐다보고만 있다. 들은 체 만 체 외면을 하고 그러시지는 않지만, 들으려고 하는 폼 같은데 말이 없다. 듣고 그냥 만다.

제가 구워드리니까 더 맛이 있었죠?

이번에는 살짝 웃으신다. 어쩌면 말을 시작할지도 모른다.

지 선생님 잘 굽습니다. 같이 먹으니 맛있게 먹습니다.

웬 최고 존댓말이신가.

상치, 아니 상추를 잘 드셔서 더 잘하셨어요. 아까처럼 야채를 많이 드셔야 돼요!

나 야채 많이 먹었어요. 열무 쌈 맛있게 먹었어요.

어? 오늘 열무는 없었는데요! 상추랑 깻잎 그리고 풋고추밖에 없었어요. 비싼 고추, 금추예요.

열무 쌈 맛있어요.

뭘까. 한겨울에 열무 쌈? 아하, 옛날 생각을 하시는구나. 옛날 분들은 풋고추에 열무 좋아하시지, 이빨 안 좋은 울 어머니도……. 참, LA갈비 포장을 '내갈비'라 읽으시며 좋아하시는데, 코로나로 치과엘 못 가시니 뭘 드실까. 나 좀 봐, 어머니는 좀 있다가 생각하자.

저, 어르신, 오늘요, 밖에 바람도 없고 햇볕 나는데 산책 나가실까요? 사모님도 외출하셨잖아요, 우리도 외출을.

사모님 외출? 우리도?

아, 우리는 여기 아파트만 산책하시게요. 푸른 잎 남아 있는 나무들 좋아하시잖아요. 눈 살짝 오면 더 이쁠 텐데, 오늘은 겨울치고 햇볕이 좋아요. 나가시게요. 하얀 패딩 드릴까요?

평소에 패딩은 잘 입지 않았던 모양인지, 처음 왔던 재작년 겨울에는 병원에라도 가려면 모직 코트나 안감이 따로 들어 있는 트렌치코트를 입곤 했다. 아파트 안에서 산책할 때만 파랑 패딩과 노랑 두꺼운 패딩 조끼를 입었다. 이런 증상으로 아프신 뒤에 자동차들한테 눈에 잘 띄라고 쌕쌕한 색깔 옷들을 사드렸다고 했다. 그런데 지금은 하얀 패딩만 고집하신다. 나 때문인 것 같다. 나 때문이다. 내가, 여름에도 하얀 셔츠를 입지 않았던 내가, 최근에 몽글몽글한 양털처럼 예쁜 간단한 아이보리색 점퍼를 처음으로 입었는데, 예쁘다고 하셨다. 그러더니 티브이 채널을 돌리다가 홈쇼핑에서 하얀 패딩 점퍼가 나오니까 계속 보고 계시더란다. 그래서 사드렸다는 패딩이다.

둘이 같이 하얀 패딩 옷 입고 산책 가시게요.

이 정도면 넘어오신다. 귀까지 털로 따로 덮는 모자를 쓰시고는, 운동화도 하얀 것으로 고르신다. 여름 겨울 할 것 없이 하얀 운동화를 좋아하신다. 현관에 놓인 오토만 − 이 할머니에게 들었다, 이름이 오토만이라고 − 위에 앉아서 혼자서도 운동화를 잘 신으신다. 오토만은 낮고 작은 둥근 의자다. 이런 물건들이 잘 갖추어진 것으로 보아 이 어르신이 거동이 불편한 것이 오랜 세월이었던 것 같다.

한 바퀴를 채 돌기 전에 아파트 할머니들 몇 분이 늘상 앉아 있는 벤치가 나온다. 아직 세안의 추위에도 오늘처럼 햇볕이 좋은 날 오후에는 여럿이 앉아 계신다. 전깃줄에 참새처럼 나란히 앉아서 다 같이 앞을 바라보고 있는 모습을 보면, 마주 보고 수다를 떠는 일이랑 졸업하신 듯도 하다. 할머니들은 지나는 모두에게 관심을 보이고 눈을 반짝이지만, 이 어르신은 할머니들을 모른 척하신다. 벤치 앞에서는 오히려 걸음을 무리해서라도 빨리 지나치고, 그러고 나면 곧 집에 들어오고 싶어 하신다. 한 바퀴를 더 돌기가 어려워진다.

땀을 흘릴 사이도 없이 집으로 들어온 날에는 손만 씻으면 다시 거실이 자리다. 시계를 보니 겨우 두 시 반이 지났다. 앞으로 대여섯 시간을 더, 어쩌나. 무엇을 하나.

리모컨으로 *끄*는 것을 잊고 나갔었는지, 티브이에서는 노란 옷들이 나와서 고장 난 테이프처럼 안타까운 설명을 반복하고 있다. 채널을 바꾸어 보았더니 거기는 미얀마 소식으로 시끄럽다.

저놈의 군인들!

깜짝 놀라게 큰 목소리로 어르신이 먼저 반응을 보인 것이다. 놈이라고, 놈이라고 하신다!

네? 군인들요? 참, 군인들 너무하네요.

나도 덩달아 말을 보탰다.

무고한 시민들을 마구 패. 시민들은 대부분 무고해.

대부분이요? 모두 다 무고하잖아요?

대부분이야. 모르는 것이 사람 속. 누군가는 험한 일에서도 이익을 보니까.

무슨 말씀이신지.

원론적으로 그렇다는 말이지.

원론적으로요?

나는 그 말의 뜻을 정확히는 잘 몰랐다. 원론적으로……, 이렇게 어려운 말씀을 술술 하신다. 원칙적이라는 말일 듯, 비슷하겠지 뭐.

원론적으로 인간은 악한 존재야. 교육으로 선성을 키우려고 하는 것이지. 교육이 잘 안 되는 완강한 존재들도 있는 법. 하물며 군인 놈들! 욕심이 들어 군사력으로 정치권력을 쟁취하려는 것이 군부 쿠데타지.

갑작스런 달변에 깜짝 놀라서 말을 이을 수가 없었다. 그래도 무언가 말을 해야 했다.

5.18을 직접 겪으셨겠네요.

…….

대답 대신 혼잣말처럼 같은 말을 되뇌신다.

쿠데타란, 쿠데타를 일으킨 군인들이란 무자비 그 자체야. 군인들이 권력을 쥐면, 아니 누구라도 힘으로 사람들을 제압하는 것은 죄악이지. 총으로 사람들을…….

총으로 스러진 사람들 – 어느 해 겨울 이야기였다. 겨울이 오면 온 집안이 춥고 어두웠던 어린 시절이 떠오른다. 내 생일은 하필 그런 추운 겨울인 음력 11월 4일이다. 아침에 미역국을 끓여주시는 어머니의 얼굴에는 기쁨은커녕 수심이 가득했다. 하필 같은 날 밤이

외할아버지의 제삿날이어서 어머니 아버지는 아침을 마치자마자 서둘러서 제천 외삼촌 댁에 가신다. 그러면 나는 길고 긴 겨울을 살아야 한다, 우울한 겨울을.

여러 식구들이 한꺼번에 죽는 일은 전쟁 통에 폭격이라도 겪은 집에서는 더러 있는 일이었지만, 문경에 살던 외가는 6.25도 나기 전 어느 날 참담한 비극을 겪은 터였다. 한참 커서야 알게 된 일이지만, 그 겨울 대낮에 일어난 일은 누구도 설명해주지 않은 채 그냥 비극이었다고 한다.

1949년 12월, 엄마는 갓 열두 살 천진한 소녀였겠다. 제천에 나가 있던 오빠에게 어머니가, 그러니까 외할머니가, 솜이불을 해서 가져다주는 길에 같이 가겠다 졸라서 따라나섰단다. 다음 날이면 방학이니까 학교에는 하루쯤 빠지고. 그사이 문경 외가 마을에서는⋯⋯.

외가는 문경에서도 오지인 심북면 석봉리 석달부락 채씨 세거지였다. 그날 정오께 우리나라 군인들이 들이닥쳤다. 해방 후 좌우로 생각들이 갈려서 어수선하던 시절, 산간마을에서 흔히 볼 수 있는 무장공비 토벌 작전을 수행하러 왔을 터였다. 무슨 영문인지 군인들은 스물 서른쯤 되는 마을의 가옥에 무작정 불을 질러댔다. 빨갱이 마을이라고 단정하고 온 것이었다. 불길에 놀라 뛰쳐나온 주민들을 마을 앞 논두렁에 몰아세우고는 ─ 아, 기관총 세례, 그것이 전부였더란다. 마을 주민들이 쓰러진 직후, 저편 산자락에서 방학식을 하고 돌아오는 국민학생들에게도 집중 사격을 했고, 중학교 건립을 위해서였다던가, 아무튼 벼 공출 작업에 동원되었다가 돌아오는 청년들에게도 무차별 총탄을 퍼부었단다. 나중에 확인된 것으로는 80명 90명 그 많은 사람이 한날한시에 세상을 하직했다, 우리나라 국군들의 총으로.

물론 당시에 공식적으로는 '무장공비에 의한 최후의 만행'이라고 알려졌고, 호적에는 '1949년 12월 24일 무장공비 출몰 총살'로 정리되어 있었다고 한다. 엄마는, 그때 열두 살 소녀는 아버지와 두 동생들을 한꺼번에 잃었다. 다음 날 돌아와서 마주했을 그 풍경은…… 나로서는 상상할 단어도 없다. 나는 말도 글도 짧다.

내가 열두 살 생일이 되었을 때 ― 그때서야 나는 어른들이 말하는 '참담'이라는 단어의 뜻을 어렴풋이 알게 되었다. 나는 엄마가 어린 나이에 그러한 무서운 일을 겪으신 것이 속절없이 미안했다. 그 후로는 생일날이면 나는 매번 열두 살 생일로 돌아가게 되고, 곧 엄마의 열두 살로 돌아간다. 그런 '참담'을 겪은 뒤, 도망치듯 고향을 떠나서 멀리……, 아버지도 없이. 그러니까 누구라도 열두 살에 겪은 지독한 일은 절대 잊지 못하고 평생 갈 것이라는 생각을 했다.

소녀는 자랐고 결혼도 했고, 아이들도 낳았다. 그런 어느 해 겨울 다시 만삭이 다 되었을 즈음 아버지 기일에 제삿집으로 향하려다가 갑자기 이른 출산을 해서, 그때 태어난 아기가 나였다니! 엄마는 그래도 설이 다가올 때면 그 슬픔을 조금 접었는지 다시 가녀린 미소를 띤 얼굴로 우리들 설빔을 준비하곤 하셨다. 그래서 우리는 설날을 기다렸다. 엄마의 미소를 기다렸다.

나중에 알게 된 일인데, 내가 태어나기 전에, 그러니까 4.19가 난 다음에 비로소 문경 양민학살사건을 알리려는 분위기가 생겼다지만, 곧 그러다 말았다는 것이 5.16 쿠데타 때문이었을 것이다. 군대는 비난해서는 안 되는 신성한 무엇이었고, 석달부락은 다시 묻혔다.

오늘이 며칠째인가?

네?

저기 저 군부 쿠데타.

화면이 다른 뉴스로 바뀌었는데도 어르신은 아직 쿠데타에 남아 있었다. 눈에 보이지 않는 일을 길게 생각하는 것은 뇌의 활동으로는 좋은 징조였다.

네, 오늘로 벌써 일주일쯤 되었나 봐요. 수그러들 기미가 보이지 않는다고 그러네요. 어제는 양곤에서, 양곤 아시져?, 거기서 십만 명 넘게 거리 시위에 나섰대요. ─ 가만, 버마는 랑군이 수도였는데? ─ 네, 아무튼. 총성도 들렸다고 했어요. 무서워요. 시위대에 발포를 허락했다는 문서가 유출되었다나, 그러네요.

발포! 총성! 그럼 걷잡을 수 없는 시작이네. 첫 발이 문제야. 군대가 국민에게 발포를 한다, 그것만은 안 한다, 그것이 갈림길인데 일단 총성이 울리면 피를 보게 되는 법. 피는 피를 부르고. 개명된 세상이란 없어요. 그럴 기미를 보이다가도 저열한 놈들이 권력을 잡게 마련이라. 군부 쿠데타는 좀처럼 내리막이 없어…….

군부 쿠데타 – 1961년에서 1993년까지, 30년 넘은 세월 동안 군사독재가 계속되는 나라에서 나는 나고 자랐다. 군사독재가 군사독재인지도 몰랐다. 그런데도 우리나라에 그 끝을 내야 한다는 정신이 살아남았다니, 나처럼 오직 나만을 내 인생만을 염려하고 사는 보통 사람들 아닌 특별한 사람들이 분명 있는가 보다. 1993년에 내가 우리나라를 위해서 한 일이라고는 투표를 잘한 것뿐이다. 사적으로는 보물, 딸아이를 낳았다. 민지, 선민지다.

그런데 투표가 중요하긴 하다. 비로소 문경학살유족회가 결성되고 합동위령제를 지내고 하는 일이 가능해졌다고 했으니까. 놀랍게도 유족회장은 그때 하곳길에 집단 총격을 받고도 살아난, 당시 열 살 아이였다고 하는 말을 듣고 가슴이 뭉클했다. 엄마는 그 순간 남동생을 잃었지만, 그 동급생 친구는 악몽의 현장에서 천운으로 살아남아서 그것을 증언할 수 있었다니. 그만큼이라도 하느님은 석달부락 사람들을 아주 외면하지는 않으셨다. 오, 하느님 아버지! 진실은 묻혀 죽은 것 같아도 숨죽이고 살아 있나 보다.

아니, 내가 왜 옛날 생각으로 빠지는가. 내 입을 바라보고 있는 어르신 앞에서. 입술 모양도 신경 써서 정확하게 발음하는 것이 중요한데, 허튼 생각을 하고 있다니.

어르신! 우리나라는 그래도 문민정부 이래…….

문민정부 참여정부 뭔 소용. 그 끝이 뭐였는데!

어라, 어르신이 기억이 상당히 돌아온 모양이다. 하기야 옛날 일은 선명하다는 법이니까.

문민정부 끝이라면요?

아, 그 담에 거 숭악한 장사치가 정권을 잡으니 그로부터는 삼천만이 자본 시장에서 달리기를 하는 꼴 아닌가.

오천만인데요.

말하고 보니까 이건 소용없는 말이다. 아무튼 입을 여니까 생각보다 날카로우시다. 나는 자본주의에 별 반감은 없다. 다들 그렇게 사는 것인데. 노력하면 되는데 자본 시장 탓을 하시네.

우리나라는, 아니 세상이 온통 자본주의 세상이니까요. 자본주의 세상에서는 자본이 으뜸인지라 달릴 수밖에요.

세상이 온통 그렇다고? 그래서 사람 살기가 힘들지. 지 선생, 봐요! 그냥 달리기가 아니라 옆 사람 넘어뜨리고 달리기 아닌가.

간식을, 일단 과일이라도 가져와서 아무래도 편한 이야기로 돌려야지 싶다. 설날 이야기를 하든가.

저기, 어르신, 간식을 좀 드셔야지요. 배를 깎을까요? 귤을 까드려요? 차는 뭘로 드려요?

나 아직 배부르요. 배부른데 먹으면 죄로 가요.

네? 무슨 말씀이세요? 간식 드셔야죠. 식후에 당뇨약 드시니까 두 시간 후 혈당이 떨어질 수 있거든요. 매일매일 그리 드시는데요.

어르신은 그냥 빤히 쳐다만 본다. 이럴 때는 내가 그냥 움직여야 한다. 냉장고에서 배를 꺼내본다. 왠지 시원한 배를, 즙이 물씬 나올 배를 깎아드려야겠다. 그런데 웬 죄 타령이실까. 채널 바뀌는 소리가 부엌까지 들린다. 계속 쿠데타 뉴스를 찾으시나 보다. 왜?

어르신, 여기 보세요. 물이 뚝뚝 떨어지네요. 드세요, 자아.

밥 배불리 먹고, 맛있는 배 먹고…… 고마워요, 지 선생!

배는 겨울이 제철이죠, 그렇지요? 사과를 더 좋아하시는 줄 알고 있는데요, 아침에 드셨죠? 아침 사과는 황금…… 그런 말 있잖아요.

나 사과 좋아해. 사과 한 알 온통으로 먹던 맛 그리워.

껍질째요?

그럼, 껍질도 먹지. 저 사람이랑 다른 게 많았어요. 사과도 단감도 나는 그냥 먹으려고 했고, 저 사람은 놀라서는.

네? 단감도요? 좀 껄끄럽지 않나요?

껄끄러운 것이 어딨어. 미국 사람들도 껍질 좋아해요. 땅콩도 그냥 껍질이랑 다 먹더라고.

네? 땅콩 껍질을요? 하긴 반찬으로 나오는 땅콩조림은 껍질째 나오더라고요.

음식 자랑하면 못써요. 음식은 두 가지만 못 먹는 거예요.

뭔데요? 못 드시는 음식 있으세요?

없어서 못 먹고, 안 줘서 못 먹지.

네?

울 어머니가 두고 쓰셨던 말씀!

없어서…… 안 줘서…… 명언이네요. 요즘 음식 타박하는 사람들한테 꼭 써먹어야겠어요. 그런데 어머님 말씀을 두고두고 기억하시네요!

어쩌다가 한두 마디. 배부르면서 더 먹으면 죄로 간다는 말씀도 어머니였죠. 배고픈 사람한테 죄로 간다고.

죄로 간다? 가기는? 암튼 죄가 된다는 말인가 보다.

네, 그니깐요, 옛날엔 배고픈 사람 너무 많았다고 하죠. 하긴 지금도 아예 없는 건 아닌가 봐요, 어디 세 모녀 죽은 사건…….

사는 것이 벌이요.

벌이라뇨? 무슨 벌이를 해야 된다고요?

아니, 사는 것 자체가 벌을 받고 있는 일이다 그 말. 먹어야 사니까, 먹을 것을 벌어야 하니까. 먹을 것을 버는 일이 쉽나 어디? 이런 노인은 쓸모없는 인생이라…….

무슨 말씀이세요! 어르신 젊어서 선생님 하실 때 저축해놓으신 것, 그거 평생 연금으로 나오잖아요. 노후 걱정 없이 사시는데 왜 걱정이세요.

지금 일을 하지 않으니까 뭔가 가짜 같아.

젊어서 많이 하셨잖아요. 책도 쓰시고, 지은이라 하셨잖아요. 교과서 그런 거죠?

글쎄. 젊어서도 마찬가지, 선생 노릇 잘 못 했어요. 막상 필요할 땐 학생들 지켜주지도 못하고.

가르치고 진학시키고 그러셨겠지요. 따로 지켜줄 일이라도······.

광주는 5.18을 당해서, 학생들도 희생이 없지 않았고! 인간은 무용지물이야. 학생들 대피시킨다고 귀가 조치했지만 곧 이어서 비극이 시작되고······.

아, 그때 광주 사람들은 다 아프구나, 여태도. 나는 처음으로 그런 생각을 했다. 5.18 희생자며 유공자와 관련 없는 보통 사람들도 가슴 한편은 오래도록 무겁구나. 하기는 광주랑 직접 관련이 없는 남편도 5.18 이야기만 나오면 완전 편 가르기처럼 완고하지 않던가. 일주일 열흘 사이 시위 현장에서 잡혀간 사람들, 심지어 생명을 잃은 사람들······, 그런 생각에 미얀마 군부 쿠데타에 다시 가슴앓이를 하는 것이 당연할 것 같다.

혼잣말은 계속되었다. 이번에는 유난히 큰 목소리라서 마치 강연 같다.

쿠데타란 목적이 정권 탈취에 있으니까 대중을 찍어 누를 수 있을 때까지 누르는 거야. 사람들을 비굴하게 만들어서 제정신을 차릴 싹을 말살하는 것이지. 친구 하나가 체포되었어. 교수였는데, 대학에서 해직되고 그런 건 문제도 아니었어. 나중에 보니 반쯤은 넋이 나갔더라고. 친구는 각목을 끼우고 무릎 꿇린 채 고문을 받았다고 했는데, 것도 아무것도 아녔어. 자기도 모르게 비굴한 구걸을 했었다는 그 일로 자존감 회복을 못 하더라고. 결국 웃음을 찾지 못한 채 떠났어, 우리보다 한참 먼저 떠났어.

후유증으로요?

아, 대학 선배 한 사람은 옥스퍼든가 에딘버런가 어디에 가 있었대, 그 당시에. 그런데 독일서 뉴스는 터졌지, 고향 집에 전화는 안 되지. 거기 동료 교수들이 망명 신청을 하라고 했대. 식구들은 죽은 것이 틀림없다고. 신학교 기숙사가 숙소였는데, 아침 식사 때마다 기도 드려주고. 전화는 불통만이 아니라, 한번은 어떤 사내가 받더니, 당신 뭘 허는 사람이야, 거기서 뭣 허고 있어? 그렇게 호통을 쳤다는데. 말이 이역만리지, 거기서 어떻게 나날을 보냈겠어!

무시무시했네요.

여기 실상은 더했지. 무장 군인들이 대놓고 시민들에게 무차별 폭력을 가했다니까. 침략군이 아닌 자국의 군인들이 시민들을 말 그대로 때려 죽였어. 첫날 죽은 구둣방 점원은 눈도 잘 못 보는 장애자였다는데…….

나도 모르게 고개를 흔들었다. 아, 여기 사람들, 뭔가 너무 무서운 경험을 했음을 실감하며 정말 미안해진다. 왜 미안하냐면, 이 엄청난 사건들을, 사람이 애꿎게 죽어나가는 무서운 장면들을 우리는 우리 충청도에서는 까맣게 모르고 있었으니까. 어른들도 모르는 일을 중학생이던 내가 어떻게 짐작이라도 했겠는가. 고등학생이던 언니들도 아무것도 몰랐을 것이고, 그때 하필 군대에 있던 오빠가 총 든 공수부대원이 아니어서 다행이었지, 아슬아슬하다.

아니, 그런데 오늘 이 어르신 이야기도 도통 거기에 머물고 있다. 뭔가 가벼운 일이 없을까. 스케치북을 꺼내올까 보다. 그림 그리는 것은 좋아하신다. 연필 스케치에 색연필 채색 정도지만. 마침 핸드폰이 울린다. 보호자가 나를 구한다.

어르신, 잠깐만요. 사모님 전화네요.

보호자는 예상대로 안부 전화다. 간식 잘 챙겼냐, 대화는 좀…….

장애자를, 뭘 어쨌다고 때려 죽이냐. 사람들 부러 자극해서 분기탱천하게 만든 것인지. 어르신은 아랑곳 않고 말을 이어가신다.

어, 지 선생, 우리 샘 뭐, 뭐라 그러시네. 가보세요. 끊을게요. 저녁 식사 잘……

지렁이도 밟히면 꿈틀거리는 법, 지렁이 취급도 안 했어. 나치놈들 인종 청소도 아니고.

아, 네네, 이야기 잘 하고 계시네요. 염려 마시고 일 잘……

의례적 인사를 할 틈도 없이 전화는 끊겼다.

전화는 말 그대로 뒤죽박죽이었다. 내가 전화를 받고 있는 상황과 무관하게 어르신은 나를 향해서 큰 목소리로 말하고 있었다. 듣거나 말거나 거의 혼잣말이다.

그때 완전 항복이었지. 총칼 앞에 두 손 두 발 다 들고. 얼기설기 수습이 된 후에도 학교에 영 돌아오지 못한 애들이 있었어. 죽었거나 행불, 어딘가에 구금되어 있었거나. 표면으로는 끝났나 했는데, 나중에 학교까지 군인들이 들이닥쳐서 멀쩡한 아이를 데려가기도 했어. 결국 자퇴를 강요했고……. 자퇴를 강요한다, 말이 안 맞지? 자퇴란 스스로 나가는 것인데! 누구도 그걸 막아 나서지 못했어. 놈들한테 고개를 들기는커녕 눈도 위로 치뜨지 못했으니. 군부에 관해서 입을 여는 것은 금기였고, 다들 겁에 질려 있었어. 그러고서 대입 지도? 그런 것만 했으니. 세상에는 그것밖에 다른 할 일이 없다는 듯이. 거의 정신분열증 상태에서 살아남았어. 공적으로는 얌전하게 행동하지, 사적으로는 온갖 사실과 억측들이 뒤엉킨 정보를 머리에 집어넣으니, 그게 정보 처리가 제대로 될 리가 없지.

어르신, 너무 가슴 아파하지 마세요. 이제는 늦었지만 세월이 흘러 그분들 유공자로 인정받고 명예 회복이 되었잖아요.

명예 회복이라, 사라진 순간은 영영 돌아오지 않아. 사라진 목숨은, 찰나에 사라진 목숨은 어쩌고? 또 숨을 계속 쉬었다고 다 살아 있는 건 아냐. 속은 문드러지고 말았어. 밑바닥으로 내동댕이쳐졌기 때문에 그 힘으로 더욱 성장했다? 그런 말은 그저 위안일 뿐. 너무도 아픈 기억, 너무도 비굴했던 기억은 사람을 좀먹어. 그냥 폭을 대며 살아가는 것이지, 완전히 주관적인 행복지수는 없어. 환상일 뿐.

그래도 분명히 회복한 경우도 있다잖아요. 살아남았고, 일찍 고생을 해서 더 잘 된 경우도. 성공 사례도.

하긴, 어엿한 목사님이 된 경우도 있더라. 어, 집사람, 집사람 어딨어요? 내 대신 집사람이 전화를 받았어요. 퇴학 40년 만에 명예졸업장도 받았다는 말. 전화가 와도 내가 잘 못 들어요, 기억도 가물가물. 녀석이 그때 지도부 차량에 탑승해서 앞장서 나갔었다고. 사진을 보내 왔는데 정말 너무 놀랐어. 그 아이 얼굴 알 것도 같고 모를 것도 같고. 열댓 살이 뭘 알고서 그랬을까. 어떻게 그럴 수 있었을까.

에이, 어르신, 열댓 살은 아니고, 고등학생!

애는 애지. 애가 어떻게 그래, 영영 물어볼 수 없는 말이야.

목사님이면 선생님들보다 위네요! 목사님은 영혼을, 선생님은 지식을……

아니, 신부가 되었다고 그랬었나. 지 선생, 그 애 신부예요, 목사예요?

이런 순간에는 다시 혼란에 빠지시는 거다. 어째 오랜 시간 동안 집중해서 말씀하시는 것이 특별하다고 생각했었다. 쿠데타 뉴스가 가져온 집중력은 순간에 다시 흐트러진다.

어르신, 사모님 오시면 여쭈어보게요. 전화 받았던 그 학생 이야기다시 해주시라 하게요!

사모님? 우리 집사람? 집사람 어딨어요?

오늘 외출하셨잖아요. 오늘 꼭 밖에 볼 일 있으시다고.

밖에, 집 바깥에?

예, 집 바깥에 가셨어요.

나는 안 갔는데?

병원 같이 가시는 것 아니구요, 사모님 혼자서 할 일 있어서요.

할 일…… 할 일?

할 일 많지요. 친구들 친척들 만날 수도 있고요

친구들…… 친척들?

그렇게 이야기의 끈을 놓친 어르신은 다시 침묵에 빠졌다. 눈은 뜨고 있는데 아무것도 보질 않는다. 쿠데타 이야기라도 계속 하고 있을걸 그랬나, 저런 깊은 침묵은 감당하기 어렵다. 이 사모님은, 이 집사람은, 이 보호자는, 이 할머니는 저 무거운 침묵과 더불어 스물네 시간을 어떻게 살까. 일단 저녁을 시켜야겠다. 음식이라도 오면…….

그래도 다행이다. 설이 코앞이다. 코로나가 뭐래도 이 집에도 사람들이 몇은 올 것이고, 웅성대는 즐거움 속에서 침묵은 잠시라도 부스러질 것이다.

침묵과 침묵 사이

가만, 보인다.
산 것들, 나무들 꽃들 사람들,
하나같이 햇빛 어딨어, 빈자리 어딨어, 목말라 목을 뺄 때
내색 않고 옆에서 태연히 식던 꽃이 누구였더라?
삶이 뭐냐 따위는 묻지 않고.
황동규, 「누구였더라?」에서

침묵이 수다로 바뀌는 일은 가끔은 생각보다 쉬웠다. 오후 방문 요양 서비스를 받는 어르신네 집 이야기다. 어떻게 된 게 이 집은 뭔가 모르게 신경이 쓰인다. 햇수로는 3년 차인데 속내를 잘 몰라서다. 그런데 여름 들어 이 보호자 할머니가 수다다. 대꾸할 시간도 주지 않는다.

이게 몇 번째 송이인 줄 아세요? 저 가느다란 첫 줄기에서 어쩜, 상상이나 되세요? 이건 확실히 어디서 날아온 꽃씨라니까요. 저쪽 내가 씨 뿌려놓은 나팔꽃은 푸르스름 보라, 애잔하게 몇 송이 피다 말더니. 요놈들은 완전 다른 진분홍, 분명 개량종이죠? 개량종이라 이

리 튼실한가!

이 줄기를 모두 합치면 몇 미터나 될까요? 베란다 천장까지 2미터, 거기서 창틀 위로 건너간 1미터, 또 뻗어나간 줄기는 3미터는 되죠. 그것이 두 줄이다가 한 줄은 다시 돌아왔으니, 10미터는 훨씬 넘죠. 한 줄기에 스무 송이 넘게 피었다니까요. 아니 또 중간에서 돋아난 줄기도 3미터 넘게 뻗었죠 오고가고 그러다 만나서 이젠 엉클어져 버렸어요. 칠팔십, 아니 백 송이쯤 되나 봐요, 세상에나.

나는 꽃에는 그리 관심이 없다. 흘려들을 밖에. 그렇게 혼잣말이 된다. 혼잣말이 되더라도 이 답답한 할머니의 수다는 침묵보다는 낫다. 아니, 말해도 안 들으니 침묵과 뭐가 다른가. 아니, 수다가 훨 낫다. 아무 말 없이 가만있으면 혹시 내게, 요양보호사에게, 불만이 있어 어둡나 슬그머니 걱정도 된다. 물론 불만을 말한 적은 없다. 신기하게 한 번도 없다.

아무튼 한두 번도 아니고 여름을 내내 나팔꽃 하나로 산다는 게 말이 되는가. 꽃이 밥 먹여주나 말이다. 꽃들은 보통 환자들에게는 도움이 된다. 원래 화분 가꾸기를 좋아했었다는 어르신은 베란다로 나가면 닫힌 말문을 열게 하기가 쉬웠다. 어르신도 한번 침묵을 깨면 한참씩은 말을 하신다. 말 대접으로 또는 심부름으로 화분을 사다드리기도 하고, 또 집에서도 한두 개 가져다드리기도 했지만, 그건 나한테는 그냥 인사다.

어느 날 내가 백장미 화분을 무겁게 사 들고 들어갔을 때 보호자는 놀라워했다.

아니, 무슨 화분이에요? 무겁기도 하겠구만!

아, 어르신이 사다 달라고 하셨어요.

예? 화분을 사다 달라고요?

네, 지난번 산책하다가 동네 화원엘 가자고 하시더니, 거기 백장미가 없다고 낙담하시더라고요.

백장미를? 백장미를 찾았다고요?

네, 제일 좋아하시는 꽃이라고. 해서 제가 집 근처 큰 화원에서 사다 드릴까 물었더니, 그러라고요. 돈도 주셨어요. 남으면 아무거나 더 사라고요. 이 제라늄도 샀······.

재밌네. 뜬금없이 백장미라고? 하긴 요즘엔 호불호가 사뭇 바뀌니까.

할머니는 다시 혼잣말로 들어갔다, 말을 나누다 말고.

그러고는 여름 내내 어르신은 백장미 화분만 지켜보곤 했다. 겨우 한두 송이가 피어났을 땐 정말 백장미가 맞다고 좋아하셨다. 어르신에게 다른 화초들은 없었다. 나팔꽃 송이들이 아무리 화려하게 피어나도 없는 꽃이다. 그러니까 단 두 사람이 살면서 나팔꽃은 있기도 하고 없기도 하다. 한 사람은 나팔꽃 보는 일로 살아가는 것 같은데, 다른 한쪽은 나팔꽃이 보이지도 않는지.

두 분 신기하세요. 한 분은 나팔꽃만, 한 분은 백장미만 보시고!

…….

불리할 때 입을 닫는 것은 이 할머니의 특기다.

두 분, 말씀이 너무 없으세요. 서로 말씀하시는 것 못 봤네요. 두 분만 있을 때도 그러세요?

…….

싸우지도 않으세요?

그런 거죠, 뭐. 그저 길손들이니까.

네?

길 가다 만난 사람들, 길손 몰라요?

부부를 어떻게…….

길손이라 해서 섭해요? 어떤 인연이더라도 서로에게 손님, 함께 걸어가는 길손 맞지요. *삶이 뭐냐 따위는 묻지 않고. 목말라도 그냥.*

갑자기 삶은 무슨 말씀?

아, 어떤 시 구절.

무슨 시씩이나! 머쓱해진 내가 입을 닫았다. 그럴 때가 많다.

할머니는 에코백을 들고 나간다. 어르신은 아까부터 고개를 비뚠 채 잠들어 있다. 다시 침묵이 내려앉는 거실에 덩그러니 혼자 앉아 있다. 뭔가 모를 답답함에 움직이지 않아도 덥다.

여름이라지만 왜 이리 더울까. 참을 수 없는 더위는 없다고, 그리 알고 살았다. 그에 비해서 참을 수 없는 추위는 확실히 안다. 안다고 할 수 있다. 고등학교를 졸업하자마자 한겨울 허허벌판 서울까지 올라가서는. 그때 구들장 따뜻한 엄마의 방을 그리며 눈물이라도 한 방울 찔끔거리면 더 추웠다. 빌딩 숲은 추운 여자아이에게는 전혀 보호막이 되지 못했다. 오히려 냉기를 뿜는 빙벽이었다. 그래서인지 여름이 되면 서러움이 덜했다. 원래 더위를 잘 견디었나 보다. 그런데 이 여름에는 덥다. 다이어트를 못 해서 살이 찐 때문일까, 추운 방을 떠나 산 지 오랜 세월이 흘러서일까.

바깥세상이 코로나로 어지러운 데 비하면 개인적으로는 어려움 없이 지냈었다. 그러다가 덜컥 큰 걱정이 생겼다. 지는 알아서 갈 테니께 아프지만 말게 해주셔유, 라고 기도하신다고, 딸도 수녀님인데 내 기도 안 들어주시겠어, 라며 여유를 부리시던 어머니! 울 어머니도 다른 어머니들처럼 고향에 홀로 살고 계셨다. 당숙의 오랜 친구가 70대인데도 시골에서 개인병원을 열고 있으니까, 어머니는 그 병원에 들락날락하시며 이런저런 영양제도 맞으시면서 큰 불평이 없으셨던 터였다. 4월에 시작된 백신 접종도 일없이 마치셨는데 그런 일이 닥치다니. 어버이날 즈음에 만났을 때만 하더라도, 소화가 잘 안되아야, 하시는 말씀 따라서 위내시경검사를 했지만 별일 없었다. 연세에 비해서는 깨끗하신 편입니다! — 네, 감사합니다. 다음 날엔 버섯전골집에도 갔었다. 부드러운 팽이를 골라가며 드셨다.

그러다가, 막상 그러다가 정말로 큰일이 터졌다. 식사를 점점 못하시고 몸은 이상해진다고, 무엇보다 배가 많이 아프시다고. 암튼 가까이 사는 큰언니가 서둘렀고, 오빠랑 대학병원으로 모셔갔단다. 황달기도 있고, 벌써 복수가 생기기 시작하셨다니. 혹시라도 5월에 뵐 때도 황달기? 기억을 해보려 해도 그건 아니었다. 피부가 가렵다고도, 열감도 말씀이 없으셨다. 무엇보다 위내시경에 이상이 없다고 하니까 다들 안심을 한 터였다. 혼자 사는 노인의 전형적인 스토리다. 어제 괜찮으셨으니 오늘도 괜찮으시리라…… 자녀들이란, 나부터도 전화 목소리로 괜찮으시면 별일 없을 거라 생각한다.

생각지도 못한 일이었다. 오히려 수년 동안 요양병원에 누워 계시는 시어머님이 걱정 1순위였다. 관으로 미음을 드시는데도 몇 년을 버티시는데, 받아놓은 날이려니 했지만 그렇게 지내고 계시는 터다. 시아버님도 함께 요양병원에 계신다. 경증이시지만 파킨슨에 혼자 계실 수도 없고, 실은 아버님 생각으로는 어머님 간병도 되고 동무도 된다고 믿으신다. 거기에 비하면 울 엄마는 마실도 나다니고, 성당과 병원에 혼자 잘 다니고 계셨다. 갑작스러운 일이었다.

대학병원에서는 깜짝이나 놀랄 결과가 나왔다. 그때서야 부랴부랴 복부초음파 검사며 씨티며 엠알아이를 하면 뭣 하나. 담도조영술이며 종양표지자 검사도 마찬가지. 처음에 씨티만 찍었어도 침윤 정도를 알았을 것을. 담도암이라니! 담도! 담도! 간에서 만들어진 담즙이 담도를 통해서 십이지장까지 가는데, 어쩌자고 담낭을 지나서 십이지장으로 가는 담도에 암세포가 생긴 것이냐고! 후회막급이지만, 후회란 때 늦어서 후회다. 간호조무사가 가진 의학상식이 별것일까만, 일단은 의료 계통 자격을 가진 자식으로서 너무 부끄러웠다. 담석증이 있는 것도 아니었고, 담도염을 앓으신 적도 없는데. 평생을 바다가 없는 곳에서 사셨으니 간디스토마 그런 병에 걸리신 적도 없는데.

그렇게 어머니는 담도암 선고를 받으셨고, 반년은 버티실 것이라는 의사의 예상과 달리 두어 달을 겨우 넘기고 가셨다. 첨에 큰언니가 집으로 모셔갔는데, 우리 형제자매 모두가 아무래도 미안해서 요양병원으로 모실 채비를 하려는 찰나였다. 나 거그는 안 갈텨! 하시던 말씀 그대로 덜컥 일이 나버렸다. 그렇게 마지막에 가까울 때까지 자녀들이 몰랐다니. 암 선고 이후 마음의 준비를 하지 않은 건 아니지만, 마음의 준비 같은 것은 아무 소용 없었다. 닥친 일은 닥친 일이고, 그저 어안이 벙벙했다. 아버지가 돌아가셨을 때는 사실 아무것도 모르는 아이들이었고, 이제 와 철 좀 나니까 어머니가 가셨다.

피를 나누는 것이 무엇일까. 형제자매들이 앉아서 우두커니 장례식장 천장을 바라보고 있었다. 드물게라도 화환들도 도착하고, 또 나가서 조문객을 받고, 옆에서들 감사도 하고……. 놀랍게도 육개장

에 밥들도 말아 먹었다. 눈물은 아래로 떨어져도 숟가락은 위로 올라
간다는 말이 맞다. 슬퍼도 배는 고프다. 나도 밥을 먹었다. 먹고 나서
울었다. 울고 나서도 먹었다.

엄마아, 잉잉.

우리 어무이는 우덜헌티 잔소리 별로 안 하셨어!

그렸나.

맞어, 잉잉.

자 좀 달개라.

아서 엥간히 울어. 울어싸면 못 올라가신댜!

근디, 잉잉, 천당 가시겠져?

암만, 수녀님 어무니신데여.

코로나로 옴짝달싹 못 하는 통이라지만, 그런대로 문상객을 맞이
했다. 입관하기 전에는 아직 살아 계시는 것으로 치고 절을 한 번만
할 때까진 나왔다. 염을 하는 중간에 사촌오빠가 등을 돌리고 서 있
더니, 누군가 오빠를 아예 밖으로 내보냈다. 나중에 들으니 무슨 회
도살이라나, 어머니는 물론 우리 식구들 대부분이 가톨릭 신자들인
데도, 집안 어른들이 그리 시키시는 것 같았다.

다음 날 발인제를 마치고는 잠깐 집에 들러서 간단한 제사를 드리
고 나니 정말 끝이었다. 어머니가 산으로 향했다. 사토제니 위령제
니 일일이 설명을 해주는 어른이 계셨지만 뭐가 뭔지 귀에 들어오지

도 않았다. 막상 갓 파헤쳐진 구멍이 입을 벌리고 있는 모습 앞에서 딸들은 또다시 울음을 터뜨렸다. 더 이상 들을 수 없을 울음을 땅속으로 가시기 전에 실컷 들으시라는 것인지. 어머니는 듣지도 못하시지만, 고만 울어라 달래시지도 못한다. 영원한 침묵에 들어가신 것이다. 삶의 끝은 침묵이었다.

세거지라서 일가친척들이 대부분인지라 지관도 계시고 해서, 사실 우리들은 하릴없이 울다 쉬다가를 반복하기만 했다. 관장을 할지 탈관을 할지는 벌써 결정했다고 했다. 흠결이라고는 없으신 어머니지만, 아버지 때도 관장을 했다고 그대로 결정했단다. 우리는 잘 몰라도 위안이 되었다. 집을 지닌 채 들어가시는 것 같아서, 그런 말을 서로 흘렸다. 그래도 막상 흙을 올리는 때는 정말 무서웠다. 취토 중간중간에 왜 노래를 부르는지, 왜 빙빙 도는지 의아했지만 가만 있을 밖에.

오호~ 에헤야, 산이 높아야 물도 깊지~

그러다가 붉은 천이 내려갈 때는 정말 떨렸다. 그래도 그때까지는 괜찮았나 보다. 돌아서 내려오는 길은 무엇인가가 뻥 뚫어져버린 느낌이었다. 집에 가도 어머니가 안 계신다고?

문경댁 무르팍 말고는 원체 암말 읊더만 속절없이 갔슈!

그 구녁으로 간겨? 참말, 독새나 만나지 말어.

인저 가조로니 누어 잘랑가 몰러.

엥간히 집 배까티 좋아혔으니 인저 원 없겄슈.

우덜 몸뎅이도 얼매 안 남았제만…….

뒷산이라서 함께 올라왔던 동네 분들이 한마디씩 탄식을 하셨다. 우리는 아무도 입을 열지 못했다. 살아 있는 것은 두 발뿐인 양, 흙인지 풀인지 돌멩이들인지 뭔가 밟히는 대로 밟으면서 아무 생각 없이 발을 뗐다.

삼우까지 지낸 다음 날에는 다들 흩어졌다. 고향을 떠나 각자 내 집을 향했다. 그렇게 내 집에 돌아왔는데, 내 집인데, 이상하리만치 냉랭하고도 허전했다. 공기들도 사라지는 것인가. 어머니랑 함께 살던 집이 아닌데도 집이 쓸쓸했다. 언젠가 고향집에 간다…… 는 생각에 어머니가 안 계실 것이라는 상상이 겹쳐서 전혀 실감이 나지 않았다.

주 5일 근무는 요일만 세다 보면 금세 지난다. 아직도 숨 막히게 덥다. 세상은 어머니를 잃은 다섯 형제들과 무관하게 여전하다. 여름이라서 덥고, 더워도 날마다 뉴스다. 어디선가는 무슨 일인가 터진다. 무더위 못지않게 숨 막히는 뉴스들이다. 우여곡절 끝에 올림픽이 열리자 세상의 눈들은 그리로 향했다. 양궁 하나만 해도 사람들을 들뜨게 하기에 족했다. 이 고장에서 양궁 천재가 나왔으니 더했다. 한참 더울 때 선수들을 향한 애정으로 더욱 달아오른 시간들, 그

시간도 곧 지나갔다.

그사이 미얀마 쿠데타가 군부의 과도정부 수립으로 막을 내렸다고, 그 뉴스는 오후 보호자의 입으로 들었다. 거기도 쿠데타 장군이 정권을 잡았네요. 군인들이 그렇지 뭐. 혼잣말처럼 중얼거렸다. 그러고는 다른 방으로 들어가버렸다. 최근엔 보통 그랬다.

거실에 어르신과 둘만 남는다. 어르신은 늘 그렇듯 말이 없다. 못 들어서 말을 안 하시는 것인지, 당연히 대답도 없다. 지난겨울 인지 검사 때도 – 등급 조정을 위한 의무적인 검사인데 – 결과 수치는 살짝 더 낮아졌다. 가끔의 환시와 환각을 제외하면 실제로는 심각한 증상들도 없어 보인다. 건망증도 나이 따라서 다들 그런 정도이고. 하기야 하루 세 시간을 보는 내가 다 알 수는 없겠지.

날마다 텔레비전은 작은 소리로 돌아가고 있다. 어르신이 신문이나 책을 읽을 때도, 슬그머니 잠이 들 때도 그대로 켜져 있다. 올림픽이 끝난 뒤로는 코로나 뉴스가 다시 화면을 독차지한다. 백신 접종률이 올라가서 1차는 40퍼센트를 넘었고 2차까지도 20퍼센트 가까이 되는데도, 아침마다 불어나는 확진자는 계속 네 자리 숫자이고, 누계가 20만 명이라니 놀랄밖에. 거리 두기는 수도권은 4단계, 여기도 3단계가 계속된다고. 아니, 이제 이런 발표는 뉴스가 아니고 일상인가 싶다.

어느 날, 재벌 1위 삼성 소유자가 광복절에 사면될 것이라는 뉴스가 떴다. 또 찬반이 엇갈릴 것이고, 양쪽 다 옳은 말이겠지.

기업이 돌아가야죠, 뭐?

내가 다른 할 말도 없고 해서 식탁에서 커피를 마시고 있던 할머니에게 한마디 했다.

들은 체 만 체다. 듣지 않았을 수도 있다. 내가 뜬금없었나? 그래도 이왕 꺼낸 말인데 뭐라고 대꾸하는지 들어보고 싶어서 재차 말했다.

다들 경제가 안 돌아간다고 하잖아요. 삼성, 그래서 내주려나 봐요!

…….

광복절에는 어차피 사면도 있으니까요.

아, 지 선샘, 나 정치 경제 어쩌고 하면 정말 잘 모르는데. 누구라도 감옥 나오면 좋겠지만, 누구라도 가벼운 처벌을 받으면 좋겠지만, 거 형평성도 문제요.

형평성이요?

무슨 형평성 말일까. 나는 왜 이리 생각이 왔다 갔다 할까. 말을 걸어놓고는 이을 말이 없었다. 다행히 할머니가 계속했다.

그냥, 이쪽저쪽 할 것 없이 누구에게라도 좋은 일들만 있었으면 좋겠다는.

아, 그거 저 절대 찬성이에요. 짧은 인생에 좋은 것이 좋은 것이죠.

어라? 인생 어쩌고 말을 해놓고는 참 쑥스러웠다. 난 이분들에 비하면 애들 아닌가. 크게 거슬리진 않았는지, 할머니가 대꾸를 했다.

맞아요, 남에게 도움은 되지 못해도 해는 되지 말자, 그런 정도. 그게 좋은 거죠. 하지만 뉴스를 보다 보면요, 코로나보다 더 무서운 전염병이 문제지요. 남을 해치는 바이러스들, 해치면서도 그걸 느끼지도 못하는 중증 바이러스들…….

아차, 괜히 말을 잘못 시작했나? 이 할머니가 또 이상한 수다를 시작하면 어쩌나 싶었다. 예감은 적중했다. 또 사람이 아니라 책처럼 어려운 말들을 시작했다.

사는 차이도 너무 나서 그 이질감은 더욱 벌어질 테고.

이질감이요?

설이라고 추석이라고 1,000만 원을 주는 할아버지가 있다잖아요. 유치원도 안 간 아이가 주택 스무 채를 가진 세상이라니. 뼛속까지 다르게 태어나서 그렇게 다르게 자라니까 함께 살기가 점점 더 어려운 세상이 될까 무서워요.

가만, 이건 아니다 싶었다. 전체가 훨 잘사는데 무엇이 문제인가. 우리나라 경제가 50년 동안 얼마나 성장했는지, 세계가 대충 60배 성장할 때 우리나라는 400배나 성장했다고, 남편이 으쓱 말해준 적이 있다. 나도 할 말이 있다. 해야겠다 싶었다.

저 있잖아요, 우리나라 전체 성장률이 높으면 좋은 것 아녜요? 50년 동안에요, 세계가 60배 성장할 동안에 우리나란 400배 넘게 성장

했다고. 작년엔가 그랬다던데요. 미국은 30배, 일본은 100배인가 대충.

......

뭐야, 왜 또 대답이 없어? 이런 성장 발전이 대단한 것 아냐? 전체가 잘살게 되어서 뭐가 나쁜데? 그러니 엊그젠가 아이돌 가수가 130억 아파트를 샀다는 뉴스도 있었지. 그 청담동 아파트니 펜트하우스니 하는 곳들은 집값이 상상도 못할 정도다. 150평 복층 펜트하우스는 300억, 그러니까 평당 2억이라 했다. 내 소유 건물 따위는 건물도 아니다. 이 할머니는 무감각인가?

우리나라 수준 엄청나다구요. 저, 어떤 아이돌 가수가 최근에 산 아파트가 130억이라고, 혹시 들으셨어요?

아이돌도 모르고 아파트도 몰라요.

아ㅇㅇ라고, 눈 예쁜 여자애, 서른 안 됐을걸요. 십 대부터 엄청 잘나가는 가수죠. 거기 청담동에는 평당 2억 가는 펜트하우스도 있대요. 150평이라니까 300억.

무슨? 달나라 이야기예요?

아니, 우리나라요, 서울요.

평당 2억이라니, 그게 가능이나 하나?

그게요, 서른 가구 이상만 안 지으면 분양가 상한제 그런 것 안 걸리거든요. 그러니까 스물아홉 가구만 지으면 집값을 마음대로.

상한선 없이 마음대로?

네, 상한선 없이 마음대로!

별나라네. 별난 나라네.

맞아요. 차이가 넘 벌어지죠? 세상 요지경이에요. 도쿄에는 평당 3억이 훨씬 넘는 600억짜리도 있대요, 홍콩은 6억이 넘는 아파트도 있고, 평당.

지 선샘은 역시 건물주답다. 건물들을 쫙 꿰고 있네요.

세계 최고급 아파트는 2,200억이라고 하는 뉴스도 봤어요. 2,200만 원이 아니라 2,200억.

고만, 고만! 어디에나 최고는 있겠지요. 모든 노력과 운과, 암튼 그런 성공들에 박수를 쳐줄 일인지.

당연하죠. 성공이 미덕이라고 하잖아요.

미덕…….

미덕이 그런 것은 아니죠! 라고 말할 분위기였다. 그러나 실제로 내뱉은 말은 더 썰렁했다.

헌데, 집은 그냥 집이죠. 작은 집에서 편안한 잠을 자는 사람도 있을 것이고, 크고 넓은 집에서 잠 못 드는 사람도 있겠지요. 둘 다 죽을 것이고.

죽는 이야기는 왜요.

나는 토라지고 말았다. 이 할머니 밉다. 하필 여기에서 죽는 이야기라니.

나는 근무 시간인데 아무것도 않고 가만 앉아 있기 뭣해서, 뭔가, 정말 그냥 한 말이었다. 아무리 아이돌이라 해도 애들이 100억도 넘는 아파트에 산다고 하는 것이 뉴스 아니면 뭐가 뉴스인가. 터무니없이 잘사는 데에 눈이 뒤집혀서 한 말도 아니고.

나도 살 만큼은 산다. 대한민국에 살면서, 남편은 공무원이고 퇴직하면 연금을 받을 것이고, 나는 국민연금 제대로 들어 있고 내 건물 있으니 기본은 되고 남을 터. 농가주택은 어떤가. 일단 기분 좋은 뜰이고 밭이다.

어머나, 애호박이 저절로 벌어져버렸네!

아무리, 설마.

설마라고 말하며 다가오던 남편이 놀란다.

정말이네. 넘 더워서 그런가. 이런 건 첨 보는데? 애호박이 쩍 벌어지다니. 온난화 문제인가……

저 그런데, 올해도 까만 나비 날아올까?

남편이 지구 어쩌고 할까 봐서 나는 얼른 말을 바꾼다. 머리 아픈 건 정말 싫다.

아녀. 더 있다가 저쪽 방아꽃이 필 때야 날아올걸. 왜 하필……

나는 냉큼 넝쿨콩 쪽으로 향한다. 도망치는 것이다. 남편은 연설을 좋아하는 편이다. 방아꽃은 맥문동과 비슷해 보이지만…… 그렇게 계속할지도 모른다. 말도 잘하지만, 실은 훤칠하고 잘생겨서 예능에도 어울릴 것이다.

아무튼 비타민 넘친다는 풋고추는 여름 내내, 상추, 깻잎, 오이뿐인가. 양파, 감자, 고구마, 깨, 김장 배추…… 남편은 귀한 초석잠이나 마도 심는다. 부지런한 사람이랑 함께 살면 좋기도 나쁘기도 하지만, 일단 마트 갈 일도 줄이는 것이 남편의 살림이다. 물론 김장까지는 좀 심하다고 느끼지만, 어쩌랴. 보람도 있다. 여기저기 퍼 나르면 다들 고마워한다. 적어도 내 주변 사람들은 그렇다. 시골 시댁에서 반찬 싸주면 고속도로 가다가 버린다는 젊은 며느리들 이야기는 말로는 들어보았지만, 내 주변에는 없는 것 같다. 내 땅에서 내가 농사 지어서 나는 것들, 이 모두가 평생 노력한 대가를 받는다고 생각하니 좋다. 그래, 조금만 더 열심히 인내하고 모으자. 내 이름은 지은이, 지금은 요양보호사!

예쁜 배우가 요양보호사 공익광고에도 나왔다. 소속 복지센터 이름이 프린트된 앞치마를 입고 근무하는 우리들 실정을 모르는지, 빨간 투피스에 긴 긴 머리를 휘날리는 모습이 생뚱맞기는 했다. 어쨌거나 '아줌마 아니에요. 요양보호사예요'라는 문구로 사기를 북돋아준다. 좋은 나라다. 요양보호사에게도 좋은 나라.

요양보호사가 실제로 병원과 싸워서 이기는 나라다, 우리나라가. 그러니까 큰 병원들의 꼼수를 요양보호사들이 맞서 이겨

낸 일이 있었다. 이른 봄이었다. 요양보호사 네 명이 병원 상대로 임금 체불 소송에서 승소했다는 뉴스에 복지센터에서 환호성이 터졌다.

문제된 요양병원은 24시간 근무하고 이틀 쉬는 근무 방식이라 했다. 깨어서 24시간을? 말도 안 되는 조건이지만 그런 3교대제도 실은 많다. 그 24시간 근무 중에 명색 야간 휴게시간이 5시간 있었다 했다. 하지만 실상으로는 비상 상황에 대응하려고 병실 근처에서 대기하고 있었다고 하니까, 그게 무슨 휴게 시간이냐! 야간 휴게시간이란 임금에서 5시간씩을 제하는 꼼수였다고 판결난 것이란다.

휴우, 간호조무사 3교대 시절 생각이 새삼스럽다. 일일 8시간 교대도 힘든데, 24시간 근무하고 이틀 쉬는 근무 방식은 살인적 아닐까. 어떻게 24시간을 버틴단 말인가. 나는 확실히 그건 못 한다. 더구나 요양병원에서 요양보호사는 계급으로 말하면, 계층인가, 아무튼 바닥이다. 나는 간호보조원 시절부터 사다리가 너무 뚜렷하게 심장에 박혀서인지, 무슨 위치를 설명하려면 사다리가 먼저 떠오른다. 요양병원에서 근무하는 요양보호사는 당연히 맨 아랫자리다. 더구나 '선생님' 아닌 '여사님'이라 불린다. 특히 간호사들이 꼭 '여사니~임' 하고 부른다. 그렇다고 내가 뭐 '지 여사님'보다 '지 선생님' 소리를 듣고자 그 때문에 요양병원 근무를 피하는 것은 아니다. 기본적으로 우리들처럼 집으로 찾아가는 방문요양 서비스의 경우는 내 생각에는 자유가 있다. 수급자 측에서 우리를 자를 수도 있지만, 우리도 불편한 수급자의 경우 서비스를 거절할 수 있다. 나도 지난번 오전 고엽제 어르신을 곧 그만두겠다고 센터에다 말했고, 그만두었다.

물론 수입 면에서는 약하다. 그러니까 요양병원 근무와 방문요양 서비스 또는 주간보호센터 근무 등을 우리가 알아서 선택하는 것이다. 알아서 하는 것은 작은 일이라도 기분이 좋다. 나는 간호조무사 평생 직업을 마치고 일을 쉬기로 결정했을 때도, 아니, 얼마큼 쉰 뒤에 다시 이 일을 하기로 결심했을 때도, 순전한 자유 결정이었다. 그래서 맘 편하다. 그리고 간호조무사 때처럼 전문학원에서가 아니라, 요양보호사 자격증은 야간이었지만 대학에서 딴 탓에 스스로 뿌듯하기까지 하다. 사회복지과에서 이론 강의, 실습 연습, 현장 실습 각 40시간의 정식 교육을 받았다는 자부심이 크다. 문제는 그래보았자 근년 들어 간단히 자격증을 딴 사람이건 누구건 임금이나 대우에 차이가 없다는 점이다. 또 이상한 것은 5년 차인 나와 신입의 시급이 동일하다는 것이다. 그러니까 순전히 알바 개념인 것이다.

아무튼 대법원 판결에서 승소한 요양보호사들의 결기가 대단했다. 네 명이 한 뜻으로 뭉쳐서 가능했겠지. 나 같으면 뭉치자 해도 피했을 것이다. 나는 불평보다는 침묵으로 삭이는 쪽, 좋은 것이 좋은 것이라 생각하는 식이다. 제도나 현상을 굳이 고쳐보겠다고 나서서 힘 빼지 않는다. 아니면 말고, 그냥 내가 그만두는 것이다. 그러고는 다른 일터, 다른 방문 건을 찾는다. 그러고는 어디에나 비교적 쉽게 적응한다.

그렇더라도 세상은 세상이라서 이런저런 눈꼴사나운 일도 보게 된다. 누구나 다 꼼수를 쓰기 때문이다. 편의점 등 알바들에게도 주인들의 꼼수가 애를 먹인다. 내 첫 알바의 경험은 ─ 참 옛날 일이지만 ─ 기억 속에서라도 되돌리기 싫다. 고등학교를 마치자마자 무작정 서울로, 그때는 확실히 옛날이었다. 친척집이라는 어정쩡한 관계는 정확하게 시간 수당을 따질 처지도 안 되었고, 그냥 주는 대로 용돈만 받은 셈이었다. 그것은 좋은 경험이 되었다. 두 번째 알바부터 혹은 그다음 어떤 직장에 들어갈 때도 일단 조건부터 분명히 따지고 확인하고 그러기 전에는 일을 시작을 안 했다. 그런데 몇십 년을 지나도 꼼수들은 변하지 않았다. 내가 간호조무사 일을 그만두었을 때, 그러니까 전업주부가 되려는 찰나, 그때도 한두 주 쉬고는 왠지 좀이 쑤셔서 일단 간단한 알바라도 해보자 했었다. 그때 나는 동네 편의점에서 12시부터 4시라는 점심시간대를 부탁받고, 잠시니까 하고 일을 시작했다. 그런데 4시에 교대하는 여자에게 들은 이야기로, 자기는 4시부터 11시까지, 그다음 대학생이 11시부터 새벽 6시까지, 그리고 이른 아침 세 시간을 주인이 직접 챙기고 다시 9시부터 4시까지 다른 여자가 일곱 시간 그렇게 돌아갔었더란다. 그러다가 웬일인지 주인이 오전 시간을 더 하고 오후 네 시간만 남겨놓은 거라고.

아니, 세 사람 쓰면서 각 여덟 시간이 아니고 일곱 시간씩? 복잡하네요.

내가 그렇게 말했더니 저녁 시간 여자는 내게 알바 한다면서 그것도 모르냐는 시선을 던졌다. 시급 계산에서 서류가 복잡해지는 풀타임 여덟 시간은 절대로 주지 않는 것을 모르냐고! 모든 편의점이며 그 비슷한 알바들이 다 그렇다는 것. 그게 주인들의 꼼수라고. 모르면 바보고.

옛날에는 꼼수를 쓴다고 하면 일단 쩨쩨하게 군다는 형편없는 뜻이었는데, 이제는 애교 정도인가 보다. 살려면 거짓말도 할 줄 알아야 한다, 이런 말에 비해서, 살려면 꼼수도 알아야지, 라고 하면 훨씬 낫지 않은가. 마치 사회생활에서 줄다리기나 숨바꼭질 같은 것, 죄를 짓는 건 아니고도 잘하면 이득을 볼 수 있는 행동들을 꼼수라고 하는 것 같다. 그러니까 들키지만 않으면 묘수 같은 셈이다. 그런데 대형 병원들조차? 내가 편의점 주인이 된다면? 모르겠다. 어느 만큼의 꼼수부터 죄가 되는지 세상엔 모르는 일 천지다.

세상이 어떠하든 나는 열심히 잘 지낸다. 어머니는 청주에 계시다가 하늘나라에 계신다. 아니 지금도 청주에 계신다. 카톡 프사에 올려놓고 영상 통화하듯 들여다본다. 소리만 없다. 침묵의 영상통화.

우리 은이는 잘 웃어서 이뻐. 어여, 웃어봐. 이빨도 가조로니 얼마나 이뻐. 노상 그러고 살어. ─ 주문처럼 어머니의 말이 들린다. 침묵의 말이다.

요즘에는 오전 일도 다시 시작했다. '고엽제 어르신' 집을 그만둔 한참 뒤부터다. 혼자 계시는 이 변덕스런 '할머니 어르신'은 변덕 좀 참아주면 된다. 이 할머니는 치매 5등급에 암 환자였다. 항암 치료 중이었는데, 암 전문병원에 가는 날은 딸이 모셔가므로 나는 한 달에 한 번은 저절로 쉰다. 받아온 주사약을 가지고 중간급 병원에 맞으러 갈 때는 내가 모시고 가는데, 택시비 실랑이 때문에 늘 불편하다. 택시 요금이 시간 따라 들쭉날쭉인 것을 아는지 모르는지, 매번 기사에게 불평을 늘어놓으신다. 그러면 젊은 내가 무안해지는 것이다. 이럴 땐 수급자를 차에 태워 다니지 않는 내 원칙이 조금 흔들린다. 하지만 아니지, 절대로 흔들려서는 안 된다. 같은 센터 요양보호사들의 경우 수급자를 태우고 다니다가 접촉사고도 내고 그랬다는 말을 들은 적이 있다. 그럴 때 수리비나 합의금은 누가 주어야 맞는가. 그런 머리 아픈 일을 왜 하는지 모를 일이다. 병원 모시고 갈 때마다 기름 값을 받을 수도 없는 일이고.

그런데 또 이해 못 할 일이 있다. 이 오전 할머니는 따뜻한 물도 못 쓰게 할 만큼 매사에 절약형인데, 한편으로는 염색도 미장원에 가서 하고, 은근히 이런저런 물건들도 사들인다. 나이로 보면 오전 '수급자 할머니'가 오후 '보호자 할머니'보다 좀 많아 보인다. 아니, 상당히. 그런데 오후 보호자는 거의 아무것도 사지 않는다. 나도 웬만하면 이런저런 물건들을 사지 않는 편인데, 나보다도 더한 것 같다. 근처 시장이나 슈퍼 갈 때도 입던 그대로 겉에만 아무거나 걸치고 나간다. 마스크를 쓰기 때문이겠지만 화장도 없다. 하루에 두 집을 다니니까 나도 모르게 비교가 된다.

오후 '할아버지 어르신'은 지금 독서에 열중해 있다. 독서는 그 자체로서는 뇌 활동에 좋지만, 더더욱 말을 하지 않게 되는 것이 문제다. 거실이 너무 조용해서인지 보호자가 나온다.

오늘은 어르신이 책이 재미있으신가 봐요.

그래도 뭔가 말을 하도록 해야…….

입 닫으시면 어려워요.

알아요. 내가 더 잘 알죠. 우린 서로 하는 말이 별로 없어요. 오래 함께 살다 보니까 할 말을 다 해버렸나, 뭐, 그런 것. 우물을 다 퍼내서 말라버린……. 그보다, 말을 해도 모르는 것은 모르고, 안 해도 아는 것은 알고.

뭐예요? 말을 해야 알죠. 나팔꽃 이야기를 나한테만 하시니까, 어르신은 완전 모르시잖아요.

알고도 말 안할 수도 있어요. 말을 꼭 해야 하나요?

말도 그리 안 하시면, 하루 종일 뭘 하세요, 그럼? 제가 와 있는 시간에라도 좀 나가시고 그러세요. 산책이라도 다녀오시고.

맨날 시장 가잖아요, 병원도 다니고.

아니, 먹거리 시장 말고요. 산책하신다 하고 시장 줄줄이 상점들 구경이라도.

살 일이 있어야 말이죠. 지금 있는 것들, 글쎄, 못 다 쓰고 죽을 걸요.

에이, 또 죽는다는 소리! 이런 말은 입속으로 어물거리다 만다.

어느 순간 돌아보니까 버릴 게 너무 많은 거예요. 오래 살았고 많이 샀다 싶네요. 옷이며 뭐며, 이게 다 쓰레기인데.

옷은 따로 버리잖아요, 관급 봉투 안 쓰고. 무슨 걱정이세요!

쓰레기 봉툿값 그 말이 아니라. 길어지는데.

길어도 괜찮아요, 듣고 싶어요. 다들 새 옷을 좀 사잖아요, 요즘은 비싸지도 않고.

그러게요. 우리나라에서 한 사람이 연간 예순여덟 벌을 산다는 통계도 있던걸요. 그중 10퍼센트 이상을 입어보지도 않고 버린다고.

설마요, 저는 여섯 벌도 안 사는데…….

알지요, 그래서 내가 '이쁜 지 선샘'이라 그러죠. 들어보세요, 재미있는 이야기.

뭘요?

동생네 딸 말인데요, 웃지 마세요! 그러니까 조카딸이 엄마랑 쇼핑을 갔는데, 제 엄마가 자잘한 것들 재미로 사고, 좀 그러거든요. 암튼 한번은, 엄마, 또 예쁜 쓰레기 사려고? 그랬다네요. 살 때는 가볍게 사니까 과잉 소비라고 생각 안 하죠. 하지만 별로 쓰지도 않고 또 한 철 지나면 버리고, 그러니까 예쁜 물건이기는 해도 결국은 쓰레기를 사는 셈이라는 거죠.

예쁜 쓰레기?

맞아요. 우리가 재활용 수거함에 옷들을 버리면 다 누가 재사용하는 줄 알지요? 사실은 5퍼센트 겨우 쓰고, 나머지는 수출이라네요. 인도나 캄보디아 등 그런 데로, 아프리카로도. 가나라던가, 거기 어디 이야기를 봤는데요. 인구 3,000만에 일주일에 1,500만 벌이 들어오면 절반은 쓰레기고, 처리만 곤란하다고. 70억 명 사람들이 지구에 살면서 얼마나 많은 옷을, 예쁜 쓰레기를 만들어내게요?

상상이…….

상상 안 갈걸요. 일 년이면 만드는 옷이 1,000억 벌이래요. 시간당 1,000만 벌을 생산하고 그중 300만 벌은 버려진다네요. 연 330억 벌을 버린다고요.

설마요.

나 이 숫자 잘 외웠는지, 뭐 좀 틀릴 수도 있겠지만, 암튼 옷들이 무진장 생산되고는 버려지고, 지구는 그 쓰레기를 감당할 수가 없고…….

핸드폰이 울린다. 넘 다행이다. 머리 복잡해지는 이야기에서 구해준다. 침묵이 답답해서 말을 시키면 이 할머니는 엉뚱하게 해골 아픈 이야기를 하곤 한다. 침묵이 나으려나. 모르겠다.

퇴근 후 만나기로 한 약속 시간이 아직 멀었는데, 출발했나 재촉하는 친구가 꼭 있다. 사회복지학과 시절 친구들은 젊은 시절 다 보내고 야간대학에서 만난 사람들이라 나이도 서로 다르지만, 몇몇은 계속 만나는 사이가 되었다. 그렇다. 모두들 열심히 사는 일에서라면 우승컵을 받을 만한 사람들이다. 수다에서도 마찬가지다. 가장 가까운, 가장 친한, 사랑하는 남편하고가 아니라, 이 친구들하고 수다를 떨면 왜 그리 즐거울까. 돌아서면 잊어버리는 말들, 말들.

어서 가보세요!

네, 뭐! 지금 가면 됩니다. 그런데 시간이 아직⋯⋯.

그러게요, 조금 일찍 나갈 수가 없다면서요.

네, 태그 찍는 것, 칼이에요.

앞치마를 벗어두고 핸드폰을 챙긴다. 마지막 3분 4분이 엄청 길다.

네, 그럼 내일 뵙겠습니다. 몸조심하세요!

몸조심하세요! ─ 이런 인사말은 노인들에게 환자들에게 알맞은 말 같다. 나로서는 습관이다. 한번은 이 할머니가, 예, 밤새 몸조심할게요! 라고 대답해서 조금 이상했다. 하루 사이 몸조심할 일은 아닌가? 얼핏 놀리는 것 같았지만 알게 뭐냐. 몸조심보다 더 좋은 인사말이 어디 있을까. 오늘도 우렁차게, 두 번은 어떠랴.

네, 그럼 내일 뵙겠습니다. 몸조심하세요!

예, 내일 봐요.

판에 박은 인사말을 들으며 계단을 향한다.

먼지

먼지라니, 사람을. 사람이 다 먼지인가…….

읽던 책을 덮고 일어나면서 보호자가 뭐라고 중얼거린다. 오후 방문요양 서비스를 받는 '어르신'의 보호자 말이다. 이 시간, 보통 때 같으면 으레 부엌에서 밥상을 차리고 있었을 텐데 웬일일까. 책을 읽다가 밥시간을 놓치다니, 드문 일이다.

추석 연휴가 끝나고도 더 쉬고 월요일에 출근했을 때다. 밥은 준비되어 있었고, 차리는 일만 남아서 조금 서둘러 상을 차린다. 내가 오전 집에서 오후 집으로 바로 이동하는데, 점심은 오후 집에서 어르신을 돌보면서 함께 먹는 지 오래다. 점심 후에는 보호자랑 둘이서 커피를 마신다. 보호자는 할아버지랑 이야기하고 놀아달라고 한다. 너무 많이 자는 것 같아서 걱정이 되니 깨워보란다. 할아버지는, 어르신은, 점심을 드시자마자 그새 또 잠 속에 빠진 자세다. 이 어르신은 요즘 들어서 밥숟가락을 빼면 소파에 비스듬히 누워서 잠에 빠진다. 내가 청소기를 돌려도, 청소기 소리가 시끄러워도 개의치 않는다.

보호자는 별로 어질러놓은 것도 없으니 청소는 하루 걸러서 하란다. 실제로 청소기 먼지통에 올라오는 것도 별로 없다. 그렇다 해도 내게 도 세 시간 일의 리듬은 있지 않겠는가. 아무튼 오늘은 그보다 궁금 한 말이 입에서 맴돈다. 사람을 먼지라 어쩌고 중얼거린 것, 무슨 말 이었을까. 물론 말은 추석 연휴부터 꺼낸다.

추석 연휴 힘드셨지요? 근데 아까 먼지 어쩌고 하신 말씀은 뭐예요?

힘들 것까지야. 지 선샘은 잘 쉬었어요?

먼지 이야기는 잊었나, 그냥 흘려버린다. 나도 그냥 신혼 딸네가 왔다 간 이야기, 사위가 오니 확실히 음식이 신경 쓰이더라는 이야기 로 대꾸할밖에. 보성 시댁에서 동서들이랑 모였던 이야기도 덧붙인 다. 내가 모이자고, 딱 네 집만, 여덟 명 거리 두기 숫자는 지켜서 모 였었다고. 말을 하다 보니 눈물이 난다. 명절이면 꼭 찾았던 친정집 이 하늘이라는 사실, 아니면 땅이라는 사실이 가슴을 판다.

이 보호자는 나에게 잘 대해주는 편이다. 꼬박 '지 선샘'이라 부르 고, 딱히 요구사항도 없다. 나더러 곧잘 '이쁜 사람'이라고도 한다. 이번에도 맏이도 아니라면서 식구들 불러 밥 먹이고 그랬다고 칭찬 이다. 이 보호자 할머니도 추석 연휴에 힘들었을 것이다. 명절이면 인사 오는 사람들이 많은 것 같다. 도와주는 사람도 없고. 그런데 사 실 환자 어르신은 연휴 지나고 더 밝아진 느낌이다. 아까도 꽂히는 음식이 있어 잘 드셨다. 그때그때 어떤 특정한 반찬에 집중하시는데, 그걸 예측하기는 어렵다. 아무튼 어르신이 연휴 기간에 컨디션은 괜찮았고, 근교의 조상님들 산소에도 다녀왔다고 한다. 놀랍다. 물론 함께 부축할 요량으로 사람들 여럿이 모시고 갔겠지만, 산소에 가는 것은 큰 외출인데. 이 할머니야 사람들 밥 챙겨주느라고 꼼짝도 못 했을 것이다. 밥이 중한 집이다. 이야기를 하다 말고 할머니가 베란다로 나간다. 그동안 물 주는 걸 잊고 있었다고 놀라면서. 나도 할 일이 없어서 따라 나간다.

나팔꽃 다 치우셨네요, 어머나!

예, 영원한 것이 있나요.

뭐야, 갑자기 철학은! 하긴 이 할머니한테는 나팔꽃이 구원 같았다. 그러기도 한다. 여름 내내 그것을 보았다. 나팔꽃은 저절로 자라고 꽃을 피우는데, 열, 스물, 꽃송이를 세는 할머니는 당황스레 좋아했다. 이제는 허전하리만치 깨끗하게 비워진 공간이 쓸쓸하다 못해 이상하기까지 하다. 저쪽 넝쿨장미들은 잎들이 여전하다. 할 말이 없어서 장미 이야기를 꺼낸다.

그런데 어르신이 이 백장미를 젤 좋아하신 게 아니었다고요? 근데 왜 이걸 사 오라 하셨을까요?

예, 지 선샘이 백장미분 들고 들어올 때 느닷없어서 놀랐다 그랬잖아요. 평생 저 붉은 넝쿨장미를 끼고 살더니만, 어쩌다가 백장미 생각을 했을지. 저것들이 죽다 살다 했지만 수십 년 전에 본가 앞마당에서 가져온 것이거든요. 서너 번 이사할 때마다 들고 다녔고.

　애지중지하시던 넝쿨장미를 잊으셨다고요? 수십 년 된 걸요?

　예. 우리 집에 있는 것들은 거의 다 그러죠. 낡을 대로 낡은, 늙을
대로 늙은.

　아, 맞다! 지난해 꽃 피었던 선인장도!

　에이, 놀리지 마요! 그건 내 엉뚱한 착각이었구만. 말도 꺼내지 마요!

　말도 꺼내지 말라는 그 이야기는 싱겁기는 하다. 작년, 가을이 깊
은 때였다. 점심 후 밥상을 늘어놓은 채로 이 할머니가 나를 불렀다.
거실로 들여놓은 화분들이 있는 쪽이었다. 꽃기린, 문주란, 산세베
리아 그리고 선인장 종류들을 먼저 들여놓은 참이었다. 거기 뭉툭한
선인장 하나를 가리키면서 더듬거렸다. 키가 다 해도 10~15센티쯤
되는 작은 선인장인데, 침들만 무성하지 볼품도 없는 모양새였다.

　여기 꽃 좀 보세요! 이 작은 미세한 꽃, 꽃잎, 보이죠?

　꽃잎이라는데, 잘 보이지 않았다. 할 수 없이 돋보기를 꺼내서 쓰
고 들여다보았다. 이런 게 무슨 꽃이라고, 꽃인들 이런 보이지도 않
는 작은 꽃이 뭐라고! 그런데 꽃이었다.

　어, 어라? 정말 꽃이네요. 작은 꽃잎이 넷이네. 어떻게 딱 한 송이
가 이런 가시들 사이에서 핀 걸까요? 근데 이게 왜요?

　그러니까 꽃 맞는 거죠? 꽃이죠? 이게 그러니까 40년 된 선인장이

라서.

　아무리, 설마요.

　맞아요. 울 아부지.

　…….

　아부지가, 우리가 처음으로 아파트에 입주했을 때 그때 1980년 가을에 가만히 들고 오셨어요. 이게 잘 안 큰다. 그래서 금강석이라 그러지, 변함이 없다고. 오래는 가니까 잘 키워봐라! 그러시고는…….

　그러시고는? 괜스레 조바심이 나서 나도 모르게 채근했다.

　얼마 지나지 않아 돌아가셨거든요. 선인장으로 남은…….

　뒷말을 듣고 싶지 않아서 재빨리 부엌으로 향했다. 40년 전이라 해도 어른이었네, 뭐. 아직 중학생일 때 아버지를 여읜 나하고는 비교도 안 되잖아. 이 할머니, 이런 나이에도 감상에 젖나! 아버지 이야기라니! 하긴 나도 할머니가 되어서도 아버지 생각을 하면 가슴이 아플 것 같았다. 어머니 목소리가 들렸다. 은이 니가 아부지 젤로 좋아혀서 그랴. 아니라고 내숭 뵈지 말어야. 자석이 아부지 좋아혀서 나쁘가니.

　청소기를 돌리면서 다른 상념들은 곧 잊었다. 그쪽으로 청소기를 밀고 갔을 때까지도 할머니는 여전히 선인장 곁에 쭈그리고 앉아 있었다. 해서 또 할 수 없이 듣는 시늉을 했다.

　여기저기 몇 시간째 찾아보았는데, 아부지가 말한 금강석이라는 선인장은 없더라고요. 바른 이름은 '금강산 선인장'이래요. 군산에선가 육십 대 누군가가 식물원에 금강산 선인장을 기부했다는 사진이 있더라고요. 여기 캡처, 이것 보세요. 비슷하죠? 이게 아기 세 살 때부터 37년간 키운 것이라고 했어요. 암튼 이 종류 선인장이 30년, 40년을 문제없이 살아 있는 거예요. 인터넷 판매도 하는데, 10센티 그 정도. 또 다른 이름들은 암석주, 암석사자…….

할머니는 두서없는 말들을 암기 숙제하듯 읊고 있었다.

이제 좀 일어나세요, 여기 청소기 밀게요.

사라져버릴까 걱정돼서요. 이것 꽃 정말 맞지요? 앗, 지 선샘, 이리 와보세요. 여기 이쪽엔 두 송이가 피었네요. 너무 작아서 안 보였나 봐. 오늘 해가 안 나니까 실내가 어둡네. 이쪽은 두 송이니까 꽃이 분명해. 휴, 살았다. 착각인가, 환시인가, 은근 걱정했거든요. 환시가 무엇인지 알죠, 얼마나 무서운 것인지도. 오늘따라 저이는 내가 들락날락거려도 신청도 안 하네요. 어제 오후에 내 커피를 반쯤이나 슬쩍 마시더니 밤새 잠을 전혀 못 잤다고, 아침부터 아예 누워만 있더니. 지 선샘, 여기 좀 봐요. 이쪽은 두 송이라니까요.

좀 솔깃했다. 세상에 저렇게나 작은 꽃도 있으려나. 그런데 있었다. 어떻게 이리도 작은 꽃이 이쪽 하나 저쪽 둘, 자리도 예쁘게 어울리게 피어났을까.

정말 그러네요. 정말 꽃이에요. 아깐 혹 불어보려다가 혹시나 해서 못 했는데, 이젠 불어볼까요?

에이, 뭣 하게 불어요. 어느 순간 사라질지도 모르는데. 정말 신기하다. 어떻게 40년 동안 한 번도 피지 않았던 꽃이 오늘 피어나냐고요.

오늘 무슨 좋은 일 있으신 것 아녜요?

무슨 따로 좋은 일이 있겠어요. 좋은 일이라면 어제? 저녁에 외출했던 일, 일이 있었으니까. 근데 어제 우리 할아버지 정말 웃겼지요?

둘이는 그 생각에 깔깔 웃었다.

보호자 할머니가 전날 저녁 외출을 했었다. 어쩌다 그럴 때면 내가 그냥 단순 시간 알바로 베이비(?)시터 노릇을 한다. 그리 늦은 시간은 아니었지만 일단 안방 이부자리를 살펴주고 있는데, 어르신이 아이처럼 웃으면서 말했다. 남자가 여자를 보호해줘야 하는데, 내가 남자인데 혼자 집에 못 있는다고 지 선생 붙잡아놓고, 여자는 밤늦게 돌아다니고! 그 순간 마침 들어온 할머니랑 다 같이 깔깔 웃었다. 밤 늦게 아니라고, 일찍 오신 거라고, 내가 대신 변명을 했다.

환갑이 넘으면 남자도 여자도 남자 여자가 아닌 거예요. 그냥 사람이죠. 남자가 여자를 보호하는 것이 아니라, 조금 더 젊은이가 덜 젊은 사람을 보호해야지요.

할머니가 늙었다는 말을 빼려고 어렵게 말을 하는 것을 보고 또 웃음이 나왔다. 할아버지는 그 말을 그대로 따라서 하다가 늙었다는 말에 이르고 말았다. 내가 덜 젊다는 말이냐, 그러다가 그게 더 늙었다는 말인 걸 알아차렸다. 그래도 마지막으로는, 보호를 해야 하는 쪽이 더 젊은 쪽이니 보호를 받는 덜 젊은 쪽이 낫다는, 할머니의 이상한 우김질로 끝났다.

할머니가 그렇게 우스갯소리를 하는 건 드문 일이었다. 그런데 또 선인장 꽃이 피어나서 설레고 있었다. 나도 따라 설렐 일은 아니지만, 워낙 함박웃음 없던 할머니가 확 밝아진 얼굴 하고 있으니 덩달아 기분이 좋았다.

하지만 어떤 일은 너무 쉽게 무너져버린다는 것도 곧 알게 되었다. 이튿날 만난 할머니는 유난히 퍼렇게 얼어 있었다. 집 안에서도 꽁꽁. 그러니까 꽃이 꽃이 아님을 알았더란다.

잠깐 착각으로 천국과 지옥이네요. 어제는 종일 내가 혼쭐이 나갔었나. 어젯밤 자러 가려다 말고 또 선인장꽃을 보러 갔었죠. 전등불이 밝은데도 것도 모자라 가까이 랜턴까지 들고 가서 들여다보았어요. 또 확인하려고. 그런데 불빛에 자세히 보았더니, 세상에나, 사방에 조금 큰 꽃가루 같은 것들이 널려 있는 거예요. 금목서 마른 꽃들이 흩어져서요. 그 지난주 금목서 가지들을 여기 꽂아놓았었잖아요. 뒷베란다 창문을 뚫고 들어오는 놈들 한두 가지 잘라다가. 그때 마르면서 흩날렸던 것을. 그 깨알같이 작은 낱송이 하나만 보고서 전체로 풍성한 금목서 꽃을 상상도 못 했지.

네? 꽃이 아니라고요?

꽃은 꽃이죠, 말랐어도, 부분이라도. 그게 선인장 꽃이 아니란 거죠. 그 전날 외출했을 때요, 내가 나름 중요한 일을 마무리 짓고 왔었거든요. 이래저래 맘이 들떴었나 봐요, 헛것이 보이게.

헛것이라뇨, 그저 착각을 좀. 근데 무슨 일 하세요?

아니, 그냥 시시한 일. 것보다 문제는 그 여파죠. 어제 주책을 떨었단 말예요. 근년에 친구가 된 젊은이한테 선인장 꽃 이야기를 떠벌렸죠. 카톡으로 구구절절, 사진까지 보냈으니. 그리 방정을 떤 것이 넘 부끄럽단 말이에요. 나잇값도 못 하고.

나는 차마 말을 섞을 수 없었다. 그래도 뭐라고 한마디라도 해야 했다.

나쁜 의도로 거짓말한 게 아닌데요, 뭐.

그런데 그 친구 하는 말이요 ─ 나이는 딸과 손녀의 중간쯤인데 ─ 적당한 비유는 아니지만 「마지막 잎새」도 가짜였지만 진짜였잖냐고! 그러니 진짜인 거래요. 가짜라도 진짜라고! 정말 위로가 되는 말이었어요. 위로받고 싶었었는지.

그러네요, 마지막 잎새!

어제 아침엔 눈물까지 찔끔거리다가, 온종일 들떠서 40년의 절반은 젊어진 느낌이었는데. 얼어 죽을까 노심초사 겨울도 오기 전에 들여놓고를 40년을 반복했지만 키도 그리도 안 자라더만, 언감생심 꽃은.

알았어요, 자, 이제 안심하시고! 추억만으로도 감사, 캄사! 또 누가 아나요? 언젠가는 정말로 꽃이 필지.

그렇게 극적인 선인장 꽃 에피소드는 애석한 사연을 지닌 채로 짧게 끝났다. 그런데 올여름 어르신의 백장미 사랑은 그 반전의 전개를 알 길이 없다. 빨간 넝쿨장미에 대한 평생의 사랑이 어떻게 잊혔을까. 보호자는 아예 영문을 몰라 하고, 어르신에게서 긴 줄거리를 기대할 수는 없다. 노인들을 보면 과거는 곧잘 끊기기도 한다.

입은 채 그대로 보호자가 나간다. 슈퍼나 코앞 시장에 나가나 보다. 나는 어르신을 깨우려고 소파로 가본다. 어르신은 여름 내내 산책이라면 고개를 가로 젓고, 소파에서도 늘 이렇게 누운 자세다. 요즘에는 그래도 재미있는(!) 책을 읽느라고 반쯤 기대어 있는 날도 있다. 깨어나면 책을 읽을지도 모른다. 지난번에 책을 좀 읽고 싶다고 하시니까, 보호자가 들지도 못하게 생긴 아주 두꺼운 책 하나와 그 반쯤 되어 보이는 책을 내왔다. 이 집에 책들은 많다. 노인들 집인데 엄청 많다. 처음에 읽기 시작한 것은 더 얇은 쪽이었는데 제목이 엄청 길었다. 『천 년을 함께 있어도 한 번의 이별은 있다』— 그러고 보니, 어머니 상을 마치고 처음 왔을 때 보호자가 했던 말이 이 책의 제목이었다는 것을 알았다. 이별 연습 책인가? 어르신은 그 책을 곧 치우고는 더 두꺼운 쪽을 시작했는데 열심이시다. 제목은 우습기까지 하다. 『잠들면 안 돼, 거기 뱀이 있어』그 비슷하다. 책에 너무도 관심이 없는 나는 제목을 금방 잊곤 한다.

어르신은 내가 탁자 위를 정리하는 동안에도 꿈쩍도 안 하신다.

너무도 깊이 잠들어 계신다. 낮잠도 이렇게 깊을 수가. 탁자에 덮여 있던 책이 눈에 들어온다. 제목이 보이지도 않는 작은 글씨라 오히려 궁금해져서 읽어보고 싶다. 정말 작은 글씨다. 『(먼지의 말)』이라니, 괄호 속에 쓰인 제목은 정말 먼지 같은 글자로 쓰여 있다. 어르신은 눈을 뜨고서도 움직이지도 않고 대꾸도 없다. 가만히 책을 들어본다. (없지 않은 존재들의 목소리)라고도 표지에 쓰여 있다. 차례를 펼쳐보니 '이상한 점', '죽었다 아니 죽였다' 등 조금 무서운 말들이 들어 있다. '돌연사', '우리들의 죽음' 그런 제목도 있다. 이렇게 작은 글자들에 그렇게 엄청난 이야기들이 들어 있나 보다. 두 번째 페이지를 넘기려니 손이 떨린다. 서둘러 책을 덮는데 보호자가 들어온다.

아, 지 선샘, 책 보려고요?

아아뇨, 저 책 별로 안 읽어요. 그냥 제목이 궁금, 잘 안 보이니까.

먼지라니 놀랐죠? 거기 쓰여 있잖아요, 없지 않은 존재들, 그것이 먼지 같은 인생들 말인가 봐요. 먼지 취급당하는, 그렇지만 분명히 존재하는 사람들, 사회적 약자들 말이죠. 약자들에게도 목소리가 있다고, 더 작은 목소리들을 대신해서, 먼지 같은 목소리라도 말하련다고.

그러니까 아까 먼지 어쩌고 하신 말씀이 이 책에? 왜 하필 먼지라고?

사람을, 약자를 먼지 취급하니까, 먼지만도 못한 없는 존재로 아니까. 해서, 먼지 같은 존재도 '없지 않은 존재'라고 항변하는 거요.

없지 않은 거면, 있는, 있는 존재네요.

예, 없는 존재들도 말을 하네요. 저자가 대중들한테 민주주의 강의를 하다가 '부자가 왜 나쁜가요?' 물었더니, 어떤 할머니가 스스럼없이 그랬다네요. '나쁜 짓을 안 하몬 사람이 어떻게 그렇게 큰돈을 모은대.' 누구라도 터무니없이 많이 돈을 모았다면, 아마도 남한테 해서는 안 될 나쁜 짓을 했을 것이라는 거죠. 그 할머니 생각으로.

네?

그런 큰돈이 나온 곳에서라면 다른 누군가는 필시 울고 있다는 말. 평생 살아보고 깨우친 이치가 그렇다는 거죠. 이 사람, 저자 채효정 선생도 해고당한 인문학자고요.

인문학자요?

대학 강사 말이죠. 언제부터인가 교육이 완전 실용주의가 되어갔으니 인문학자는 발붙일 자리가 없는 거죠. 인문학은 교수도 인원을 줄이는 판에, 강사들 자리는 풍전등화니까.

대학 강사면 그래도, 우린 다 교수님이라고 부르면서, 야간대학 다녔을 때 말예요, 우리보다 젊은 강사님들, 얼마나 부러워했었는데요.

지식이 돈이 안 되면 쓸모없다고 말하는 거죠. 쓸모없다고 해고된 강사가 '먼지로서 먼지에게', '마음이 견디지 못해, 가슴에서 돌멩이 하나를 빼내듯이' 썼다네요.

고약한 책이다. 대꾸할 엄두도 나지 않고, 가슴만 무거워진다.

고전 철학 때부터 '정의란 강자의 이익'이라는 견해가 있었지요. 정확히는 '강자의 우위일 뿐'이라고. 소크라테스의 상대 편, 트라시마코스라고. 이름이야 뭐든.

네, 저 외국 이름들 엄청 약해요.

이렇게 말하면서도 얼른 자리에서 일어나고 싶다. 핑계를 두리번거린다.

잠깐만요! 어르신 눈뜨신 건가?

어르신 쪽으로 가서 살펴보고 있는 동안에도 보호자는 말을 멈추지 않는다.

지 선쌤, 우리 천주교 신자님! 천주교의 정의를 봐요! 초기 천주교 박해 때요, 죽음을 감수한 사람도 죽이는 사람도 정의의 이름이었죠. 칼 든 쪽 정의가 정의인 거죠, 나쁜 정의였지만. 그릇된 바람이 문제죠, 하물며 신앙까지도, 미안!

나쁜 정의, 그릇된 바람, 그런 말이 어딨어요. 더러운 순백색 그런 말이 어딨냐고요! 그렇게 반박하고 싶지만 말 실력이 짧으니 가만 있을밖에. 도망칠 기회를 기다리자. 속도 모르는 할머니는 진지하게 말한다.

저 책『잠들면······』은 기독교 정의를 실천하러 아마존에 들어간 선교사가 쓴 거예요. 가서 보니까 원주민들은 이미 평화로운 정의 속

에서 사는 거예요. 그걸 감탄하게 되었으니 선교는 그냥 손들고 말았
다는 이야기예요.

…….

선교가 잘 먹힌 것이 우리나라 천주교였지만, 처음 피해는 대단했
죠, 알죠? 내가 공자 앞에서 문자 쓰나? 천주교 박해니 그런 말 해서
미안해요! 하지만 목숨까진 아니라도, 불이익, 느닷없이 해고되고
그런 사람들 숱하게 봤겠죠.

우리가 결혼 초에 근무하던 병원이 급히 문을 닫게 되었던 그때 일
이 떠올랐지만 가만있기로 한다. 나는 곧 다른 병원을 찾았지만, 남
편은 밤에 알바로 뛰던 병원에만 나갔고, 곧바로 공무원 시험 준비를
시작했던 기억이 새롭다.

책 거기 스티커 꽂아진 데 펴보세요. 해고된 톨게이트 노동자
1,500명, 강사법 시행에 해고된 대학 강사 숫자가 거기 ……

아 네, 7,834명이라고. 도살된 돼지 4,700마리와 다를 바 없다네
요. 왜 하필 돼지에다 비교를…….

다른 책에 보면요, 신문이었나, 출근했다가 죽는 노동자가 매일
열 명이래요. 이런 현실은 총알 없는 전쟁이라고. 실습 나간 고등학
생도 죽었잖아요. 여기 보면, 5년간 건설 현장에서만 사망자 숫자가
3,400. 먹고 살려고 일하러 가서, 사는 것이 아니라 죽다니요. 돈 만
들어내는 구조가 죽인 거잖아요.

돈 만드는 구조라고? 점점, 불편한 말들이 속사포로 쏟아진다. '죽었다 아니 죽었다'에 쓰여 있는 말인가 보다. 말을 좀 돌리고 싶어진다.

죽인 게 아니라 안전불감증 땜에 그런 거잖아요. 저번 주택재개발 사업 현장에서 5층 건물이 길 쪽으로 붕괴된 그런 사고 말이에요. 조심을 안 해서.

바로 그 안전불감증이 범인이라니까요. 하도급 또 또 하도급을 왜 주는데요. 경비 절감이잖아요. 이 책에서는 '노동을 갈아 넣고 주식이 버는 돈, 자본의 탐욕이 범인'이라고 하네요. 또 망각이 공범이죠, 무서운 공범들.

공범?

김용균 죽으면 잠시 화들짝 눈물짓다가 돌아서면서 잊어버리죠. 수많은 사람들이, 기계가 아닌 사람들이 지뢰밭으로 일하러 나가는 꼴이죠. '누가 돈을 가져가느냐?' 사람들이 그것을 묻기 시작했다고. 여기 그렇게. 시작은 희망이겠지요. 무엇인가가 잘못 흘러가고 있다는 것을 먼지 같은 존재들도 알고는 있다고.

저, 그런데, 이런 책들을 왜 읽으세요? 사망 그런 것 뉴스에 다 나오는데?

뭐, 다 읽지 않을 수도 있겠지요. 이런 책을 일단 사는 것이 그저 응원 같아서.

응원요? 읽지 않을 책을 산다고요? 그래서 집에 책들이 많은 거예요?

우스운가요? 입지 않을 옷을, 먹지 않을 음식물을 사는 것보단 낫지 않나. 어렵거나 맘 불편해서 못 읽는다 해도, 그 글 쓴 사람들에…….

이 집에 있는 책들이, 그러니까 읽지 않은, 읽지 않을 책들도 있어요?

어느 정도는, 예.

어이 상실! 이런 할머니가, 병원비다 뭐다 돈이 남아돌아갈 리가 없는 노인이 읽지도 않을 책들을 산다고?

책은요, 책을 쓴 사람 생각으로 사는 것도 괜찮지 않나. 어차피 누구나 진리를 쓰진 못할 것이고. 결과물이 미흡해도 오류는 사람의 것! 하지만 뭔가 애쓴 노력이, 그 진지함이.

그래도요. 버릴 거면 뭐 하러 책을 사나요. 책도 공해란 말 있잖아요, 카세트처럼.

버려진들 책은 크게 나쁜 쓰레기도 아니네 뭐. 흔적 없이 썩으니까.

오늘은 어째 나쁜 것 이야기를 많이 하시네요.

쓰레기도…….

띵똥 – 엄청 반가운 문 소리다. 또 쇼핑이란 이쁜 쓰레기나 사게 된다는 이야기를 하려나 머리가 아프던 순간에 알맞은 방해다. 어? 부엌 환기통 청소를 하란다. 비대면 시대에 이런 방문도 있나? 하긴 일감이 없으니 방문 청소라도 하러 다니는가 보다. 이 집은 청소 전문인걸요, 완전 새것처럼 얼룩 하나 없네요. 안녕히 가세요! 어수룩한 청소업자를 돌려보내고는 서둘러 부엌을 향한다. 일단 도망이다.

먼지의 목소리, 먼지의 이야기, 이 책은 안 버리겠네요. 우리가 다 먼지인데. 먼지에서 왔다가 먼지로 돌아가는 인생…….

보호자는 여태도 혼잣말처럼 중얼거린다. 저 불신자의 버릇이 또 나온다. 신을 믿지 않으니까 죽네 사네를 저리 함부로 말한다. 아니, 잠깐만. '너는 먼지이니 먼지로 돌아가리라.' 바로 창세기에 그런 구절도 있지 않은가. 내가 제일 좋아하는 재의 수요일 미사 때 신부님이 하시는 말씀이다. 그 순간 신부님의 목소리는 성당의 높은 천장을 넘어 하늘까지 퍼져나가고, 나는 땅에 묻혀 먼지로 돌아가리라는 깨달음을 새기곤 하는데. 이게 어떻게 된 일인가. 나는 다시 보호자 쪽으로 향한다.

저, 그런데 흙은 먼지가 되는 거지요?

무슨 말이에요? 갑자기 여기서 흙이 왜?

아니, '야훼 하느님께서 진흙으로 사람을 빚어 만드시고', '너는 먼지이니 먼지로 돌아가리라' 하시고.

못 말리는 우리 지 선샘. 맞아요, 흙으로 빚어졌으니 망가지고 부서지면 먼지가 되겠지요. 하지만 걱정 마요. 지 선샘은 영혼을 믿는 신자니까 영혼이 하늘나라로, 해서 먼지가 될 일은 절대로 없겠네요. 안 믿는 나는 아마도 흙이나 먼지가 되고 말겠지만. 괜찮아요, 세상 만물이 다 먼지가 되는 것이니까요.

무섭게 그러지 마세요.

무섭다니요! 무엇이든 받아들이면 무서울 것이 없답니다. 가난도 병도 받아들이면 덜 무서워요.

가난하지도 병든 것도 아니면서, 무슨. 이 말도 당연히 속으로만 했다. 이상한 말을 잘하는 할머니랑 말씨름할 일이 뭔가. 하지만 세상에는 살아서도 먼지 같은 인생이 많다는, 탁자 위의 저 글을 생각하니 마음이 맥없이 불편해진다.

가만, 떠돌아다니는 카톡에 좋은 말도 많더라. 자기 집 있고, 밥 든든히 먹을 수 있고, 깨끗한 물 마시고, 휴대전화며 인터넷을 하면, 그럼 극소수 특권층이라고! 옳다, 이것이다. 이것으로 대꾸해보자.

저 그런데요, 집 있고, 밥 배불리 먹고, 깨끗한 물 마시고, 또 뭐더라, 핸드폰 그런 것 쓰면 특권층이란 말 들어보셨어요? 세계인구 7퍼센트 이내.

그런가, 그 정도라는 말 맞겠지요. 근데 7퍼센트 안에 들면 뭐요?

기쁘죠, 그 정도로 살고 있다는 것이 행복하죠.

아니, 100명에 70명 정도가 행복하다면 몰라도 겨우 7명 빼고 나머지 대부분은 어렵다는 말인데. 7명 속에 들었다고 맘 편하게 행복하나. 먹고사는 걱정은 누구라도 안 해야죠. 누구라도 기본 의식주는 되는 세상, 비굴하지 않게 사람답게 살 정도는 되는 세상, 나는 그래야 천국이라고 생각하는 쪽이에요. 영생의 하느님 나라 말고, 여기 땅에서 천국.

다 같이 잘사는 나라? 그런 말 하면 공산주의자인데. 물론 이 말도 속으로만 했다. 이 할머니가 무슨 정당 그런 데 소속일까. 설마, 이렇게 집 안에만 박혀 있는 사람이 무슨. 아니, 이전에 이 할아버지가 건강할 때, 할머니 활동이 자유로웠을 때?

저 그런데, 젊어서는 일하셨지요? 무슨 일을 하셨어요?

…….

직장 그런 것.

배운 만큼 일 못 했고, 결혼은 그냥 했고, 그것이 삶이니까 살았지요. 따로 뭘 했겠어요. 우리 세대는, 물론 좀 앞서간 친구들도 있었긴 해도, 그냥 거기 있는 삶을 살았지요. 공부를 조금 더 할 수는 있었는데, 잘 써먹을 만큼은 아니었고. 상황도 좋지 않았고요.

어르신처럼 선생님 하셨더랬어요?

아아뇨. 결혼 전 쬐금 하다가 말았고, 나중에는……. 암튼 불발이었어요. 그런데 지금 생각하면 기회가 없었던 것이 필연이었다 싶어요.

필연?

어차피 쓸모없는 공부였으니까, 쓸 데가.

네?

청년 실업이라 하면 우선 인문대 졸업생이죠! 그러니 대학들이 앞

다투어 인문대 구조 조정들 했고요. 취업 안 되는, 돈이 안 되는 쓸모 없는 학문이라는 거죠.

아, 그럼 인문학 공부를?

하다 그만둔 공부가 뭐면 뭐겠어요. 학생들 스스로도 교수들에게 뭔가 쓸모 있는 것을 달라고, 둥지 안의 새끼 새들이 '엄마, 나 쓸모 있는 것! 취업되는 것!' 하고 입을 벌리는 상상을 해봐요. 그런 공부를 뭐에 쓰겠어요. 나쁜 공부지.

에이, 아까 그 나쁜 짓과는 다르네요.

무엇이 나쁜 짓인지 모른다는 게 문제죠. 쓸모없어서 식구들 밥을 굶기는 아버지가 나쁜가. 너무 쓸모 있어서 다 쓰지도 못할 산더미 돈을 쓸어가는 인간이 나쁜가.

엥? 나는 정말 머리가 나쁜가 보다. 이 순간 나는 확실하게 어리둥절해졌다. 쓸모없는 것은 나쁜 것이다. 그러니까 쓸모 있는 것이 좋은 것이다. 그러니까 무능한 아버지가 나쁘다. 그런데 돈 갈퀴질이 더 나쁜가? 무엇인가 기준이 혼란스럽다.

지 선생, 이거 리포트 주제 아녜요. 잊어버리세요. 성실하고 예쁘게 사는 우리 지 선생, 건물주이면서도 이렇게 열심히 일하는 지 선생! 충분히 쓸모 있는 사람이면서 충분히 좋은 사람! 남편한테 평생 가슴 설렌다는 사랑스러운 사람!

놀리지 마세요!

놀리는 게 아니라, 모범생 맞죠. 일밖에 모르고, 일하면 돈을 벌고,

돈 버느라 놀 시간 없고, 시간 없으니 돈 쓸 시간 없고. 얼마나 좋아요. 다만…….

다만 뭐요?

다만 가끔은, 아주 가끔은 쓸모없어도 보면 어떨지요.

쓸모없는 짓을? 아니, 왜요?

그건 숙제네요, 후훗.

뭔가 찜찜한 채로 그렇게 오후 일이 끝난다. 대문을 나오는데 숙제 같은 화두가 그림자처럼 길게 따라 나온다. 차에 앉아서도 냉큼 시동을 걸 마음이 내키지 않는다.

말도 안 돼. 쓸모없는 일로 시간을 버리는 것이 왜 필요한지를 왜 생각해야 하는데? 쓸모없어보라는 헛소리, 뭐라는 거야. 생각할 가치가 어딨어! 하지만 어찌 들으면 '나쁜' 짓은 쓸모 있는 사람들을 빗대는 것 같단 말이야. 그래도 그렇지, 쓸모 있는 누구나가, 모두가, 나쁜 짓을 했다는 말은 말이 안 돼. 헷갈린다. 헷갈리지 말자. 머리를 쓰고 계획을 세우고 어렵더라도 계획에 따라 살아가는 것, 그것이 내가 사는 방식이다. 먼지가 될 순 없잖아, 살아서는. 먼지로 돌아갈 때 돌아가더라도.

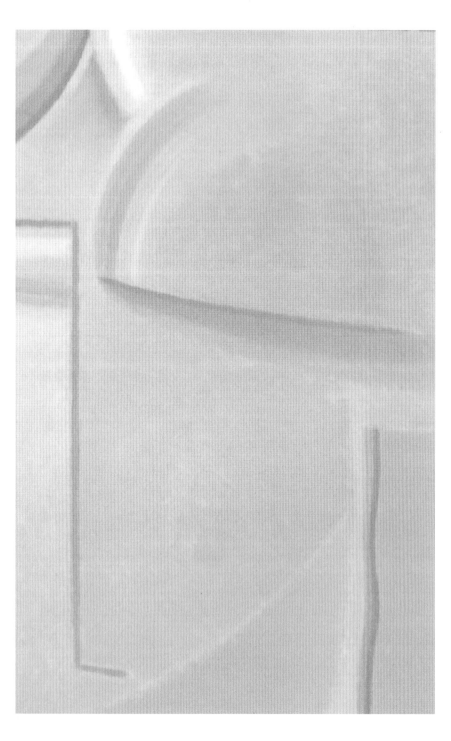

놀이터

사람을 바라보면 눈물이 난다
사람으로 살아보니 그랬다
신광철, 「사람」

놀이터가 쓸쓸하다. 그려놓은 것처럼 정적인 것이, 그넷줄에 미세한 흔들림도 없다. 바람도 없나 보다. 11월은 무엇이든 쓸쓸해 보이는가. 하긴 평상시에도 놀이터는 옛날 같지 않더라. 그네를 좀 타보고 싶었지만 세력 좋은 언니들이 오빠들이 좀처럼 틈을 내어주지 않던 어린 시절이 아스라하다. 동네 앞 공터에 색색 미끄럼틀이 생기고 시소가 생기고 나서야 여기저기 조금 놀 수 있는 구멍들이 늘었다. 그래도 그네 아래에는 늘 줄이 길었다. 손을 입에 넣고 빨다가 집에 들어오면 얼굴이 먼지투성이라고 핀잔을 들곤 했었다. 세월이 마냥 속절없이 흘러버린 지금, 아이들 숫자가 엄청 줄고 있다는 말이 실감이 난다. 민지 세대라나, ─ 왜 하필 민지야? 그냥 엠제트라고 해도 알아들을 터인데, 엠지든가, 일없이 남의 딸 이름을 거기다 부르냐고! — 암튼 신세대 아이들이 결혼을 안 하거나, 해도 애들을 낳지 않을 거라고 한다니까 놀이터가 점점 텅 빌밖에. 코로나도 덧붙여 이유가 된다. 전에는 아이들이 없는 놀이터 한쪽에 노인들이 있곤 했다. 놀이터 옆에 간단한 운동 기구들이 있고, 거기서 노인들이 뭔가를 해보거나 더러는 그냥 앉아 있기도 했었다. 이제 그 노인들도 주눅이 들어서 집에 꼭꼭 숨은 것이리라. 숨어야지 그럼, 살고 봐야지.

그런 어느 놀이터에서 아이들이 고발을 당했다. 우리 동네는 아니지만 어디가 대순가. 그 자체로 충격적인 뉴스다. 뉴스에서 눈을 뗄 수가 없다. '이웃 놀이터에서 놀던 아이들을⋯⋯.' 그런데 채널이 슬쩍 지나가고 만다. 오전 방문요양 할머니 어르신 집에서다. 오전 할머니는 뉴스를 잘 틀지 않는다. 바로 다른 채널로 돌려버린다.

네이버를 뒤져보고 싶었지만, 할머니 어르신은 좀처럼 틈을 주지 않는다. 내가 출근하면 그 시간에 대부분은 교회에 가시는 날이 많고, 집만 아무렇게나 나를 맞는다. 잠깐, 어떤 때에는 의아하다. 혼자서 교회를 다니실 정도인데 요양 등급에서 흔히 말하는 치매 5등급이다. 거동이 되시는데 돌봄 서비스라고? 물론 혈액암을 앓고 있는 환자이시다. 그래서일 것이다. 그 과정은 실제로 돌봄 일을 하는 우리들이 관여할 문제는 아니다. 결과적으로 재가 요양돌봄 등급이 나왔으니까 서비스를 받는다. 아직은 경증이라서 출입이 가능하시겠지.

대문을 열면 첫 냄새는 고기 냄새다. 치료를 위해서 고기를 드셔야 한다. 일단 창문을 열고 환기를 시킨다. 방에 아무렇게나 벗어놓은 옷가지는 빨랫감인지 구분이 가지 않으니까 일단 치워놓고 나중에 물어봐야 한다. 청소가 내가 제일 먼저 하는 일이다. 교회에서 돌아온 할머니의 눈초리는 매섭다. 당신이 없는 사이 뭔가 말끔하게 치워져 있기를 바란다. 오늘따라 더 이것저것을 살핀다. 느닷없이 청소를 의심하는지 말소리가 뾰쪽해진다.

오늘은 청소도 안 했네이. 멋 했다냐.

어르신, 저 오자마자 청소부터 하는걸요.

아니, 걸레도 쩌렇게 물도 안 묻었구만, 먼 청소를 했다 근대.

아차, 내 실수다. 청소기를 돌리고 나서 보니까 별로 닦을 것이 없어서 냉장고 앞과 싱크대 밑만 물티슈로 닦았는데, 이도저도 큰일이다. 이제 와서 걸레질을 안 했다고 말할 수도 없다. 청소했다고 했으니 거짓말이 되니까. 그렇다고 물티슈로 닦았다는 말은 더더욱 큰일날 소리다. 설거지할 때 온수를 틀어 쓰는지 그것도 염려하는 할머니 앞에서 물티슈를 쑥쑥 뽑아서 바닥을 닦았다고 하면, 행여 그러려니 하고 넘어가주겠는가.

아, 이런 민망함은 생각도 하기 싫다. 사실 이 할머니가 방문요양 서비스를 받기 전에, 그러니까 작년까지는 치매안심센터에서 물티슈를 충분히 나누어주었다. 치매 환자들에게는 한 달 치라면 모자라기는 해도 일정 양의 기저귀도 제공했다. 그렇다 보니 요양보호사들 입장에서는 사실 자기 집에서는 그리 쑥쑥 뽑아 쓰지 않던 물티슈를 척척 쓰는 습관들이 생겼다. 물티슈가 썩지도 않아서 지구를 망친다거나 몸에도 해롭다느니 그런 것은 호사가들의 말이고, 일선에 서야 얼마나 편하고 좋은가 말이다. 아기용이라고 특별히 따로 나온다고는 하지만, 엄마들이 제 아기들 엉덩이도 닦아주는 것이 물티슈인데. 암튼 이렇게도 저렇게도 말할 수 없어서 우물쭈물 넘기고 점심 준비를 하려는데, 이번엔 밥도 먹기 싫다고 하신다.

솥에 밥 없으까. 새로는 허지 마. 홍시감 쩌렇게 놔두고 어쩌쓰가. 묵어부러야제. 이빨 없다고 홍시만 묵가니, 꼭 요런 것들만 보냉께는.

자녀분들이 일단 어머니가 임플란트하시느라 고생하시니까 일부러…….

그런 줄은 알제만, 고기로는 국물이 없간디. 어째 속이 허한 것이.

그럼 더더욱 밥을 드셔야죠, 홍시는 너무 달아서.

그람 고구마를 찌제. 고구마도 썩어나간디.

네, 그러시게요. 홍시도 고구마도 넘쳐나니까 복 받으신 거죠.

복은 무신…….

아뿔싸, 엎친 데 덮친다더니, 고구마 냄비에서 탄 냄새가 난다.

아니, 먼 냄시랑가. 냄비 다 태와묵는갑네이.

아아뇨, 별로 안 탔어요. 살짝 좀 눌었어요.

머시 그래, 다 타부렀구만.

부엌으로 쫓아와서 들여다본 할머니는 성화다 성화. 염려 마시라,

잘 닦아놓겠다를 연발하며 고구마를 식탁에 챙겨드리고는 나도 모르게 핸폰을 들여다보았다. 시간을 보려고 했던 것이다. 그 동작을 보셨는지, 또 뭐라고 그러신다.

오매, 커피 좀 타봐, 물이라도 조까 떠 줘보던지. 그냥이사 묵겄어, 목 맥혀서 원. 요리 와서 좀 묵제.

커피 가루를 컵에 털어 넣고 물 끓기를 기다리는데 갑자기 커피가 땡긴다. 참는다. 첨엔 내가 사다놓고 같이 타 마셨는데, 이번에 할머니가 사다놓고는 달라졌다. 이렇게 먹으믄 금세 다 먹어불겄네, 그런 말을 중얼거리는 통에 아차 싶었다. 오후에 가서 마시자. 그 집에선 내가 첫날 갔을 때 가져간 보온병의 커피를 보고, 집에 온 손님이 커피를 싸들고 다니면 어떻게 되느냐고 깜짝 말렸다. 그래서 커피는 내가 알아서 마시지만, 가까운 손님이나 친척이 된 기분이다. 주인네가 믹스커피를 마시는 것을 본 적이 없으니까 믹스커피는 손님용, 아니, 아예 나를 위해서 사다놓는 것 같다. 나는 특이한 취미가 없는 것이 편하다. 커피도 아무거나 다 마시지만, 특히 믹스가 땡길 때가 있다. 우리 집이 아닌데 나를 위한 커피가 있다는 생각을 하면 기분이 좋다. 빨리 가자. 그렇게 오전 시영아파트 할머니 집을 나선다.

차에 앉아서 시동을 켜고 보니, 서둘러 나와서인지 오후 출근 시간까지 시간이 널널하다. 아차, 그 놀이터 뉴스, 기막힌 뉴스를 찾아보자. 다시 시동을 끈다. 놀이터, 아이들, 고소 그렇게 치자 바로 뉴스가 뜬다. 인천 어디, 어디면 어떠랴, 한 아파트 단지 놀이터에서 놀고 있던 다른 아파트 어린이들이 고발 조치되었다는 뉴스다. 그러기도 하는가, 초등학생 아이들을? 뉴스라지만 무지막지했다. 아이들을 고발한 사람은 아파트 관리소장이다. 아파트 입주민들의 의견을 따라야 관리소장직이 유지되는 사정을 생각하면, 고발자는 아파트 입주민들이다. 아니, 입주민대표자회장이란 사람이 시켰단다. 시작은 이랬다. 입주민 대표가 놀이터에서 아이들을 보고는 대뜸 혼을 냈다. 너희들 어디 사냐? – 한○에요. – 아니, 한○ 살면서 남의 아파트 놀이터에 오면 도둑인 거 몰라? 그러고는 가방들을 다 빼앗고 관리실에 억류하라고 데려왔단다. 기물 파손죄로 경찰에 신고하라는 말과 함께. 이웃 놀이터에 가면 도둑? 도둑? 세상에 아이들을! 초등학교 애들을!

이런 것이 '그릇된 정의'인가? 지난번에 조선 천주교 박해 때 이야기를 예를 들어서, 그릇된 정의가 천주교 신자들의 순교를 낳았다던 말이 떠올랐다. 오후 보호자 할머니가 했던 말이었다. 처음 들었을 때는 애매했던 그릇된 정의라고 하는 말의 뜻이 이 순간 갑자기 분명히 다가온다. 남의 땅에 들어왔으니 도둑이다, 그러니 고발한다? 아, 이런 것이 바로 그릇된 정의야. 이런 것뿐일까. 권력형 비리 죄목으로 수사하다가 안 되면 사기죄로, 그것도 안 되면 자녀 입시비리로, 아니면 또……. 아무튼 나쁜 놈이 분명하니까 반드시 잡아넣을 테다. 이런 것, 최근에 남편이 속 터져 하는 검찰발 뉴스들도 생각해보니 정의는 허울이다.

남편한테 '그릇된 정의'라는 말을 해보고 싶다. 남편은 어떤 사건은 공소시효가 임박했으니까 수사를 안 한다던 뉴스에도 싸늘하게 화를 냈었다. 지난 것도 아니고 임박했다고? 나에게는 평소에 별로 화를 내는 적이 없지만, 티브이를 보면서 화를 낼 때는 얼음장처럼 차갑게 돌변해서 무서울 때가 있다. 누군가가 차갑게 화를 내는 것은 정말 무섭다. 열을 내면서 화를 내는 건 아무것도 아니다. 열이 식으면 화도 식으니까. 그래, 세상엔 그릇된 정의가 판치고 있어…… 라고 말해보자. 내가 이런 어려운 말을 하면 놀라겠지, 아마. 뭐야, 이러다가 늦겠네.

오후의 아파트에 들어서면서도 당연히 놀이터가 먼저 눈에 들어온다. 사람 그림자 하나 없이 싸늘하기는 이곳도 매한가지다. 저렇게 텅 빈 놀이터에 이웃 아이들이 와서 논다고 경찰을 불러? 아직도 그 뉴스가 따라다닌다. 아이들이 없어서 텅 비어 있고, 아이들을 오지 못하게 해서 텅 비어 있다. 요즈음은 할아버지 어르신도 놀이터를 그냥 지나치신다. 전에는 산책을 나오신 날이면 놀이터 옆 운동 기구에서 어깨돌리기와 다리 폈다 오므리기 정도는 하시곤 했는데, 올해 들어서 여름부터는 산책을 아예 기피하신다. 어쩌다가 산책을 나오셔도 놀이터로는 눈길도 주지 않으신다.

내 출근이 늦었는지, 점심 식탁은 다 차려져 있다. 작은 그릇들에 감자 샐러드가 각각 담겨 있는 것이 아침 식탁에서 남았나 보다. 어쩌다 이렇게 조금씩 먹으면 맛있다. 내가 집에서 절대로 안 하는 것이기도 하다. 어린이집에 아기를 맡기고 직장 일을 했으니 손 가는 음식은 꽝이다. 재빠르게 차려 먹고 설거지는 남편이 거의 맡는다. 새로 만든 상추 겉절이에는 흰 깨가, 메밀묵 무침에는 검은 깨가 뿌려져 있다. 요새 두고 먹는 연근 조림에는 잣도 듬뿍 들어 있다. 간장에 졸여서 잘 보이지는 않는다. 언젠가, 전라도 사람들은 깨나 잣을 많이 쓰는 것에 내가 놀랐다는 말을 했더니, 그것도 식재료라고 생각하고 일단 무엇이든 많이만 먹게 하는 것이라고 했다. 큰 냄비에는 국이, 작은 냄비에는 맹물이 끓고 있다. 밥을 차리고 나서 누룽지를 끓일 물이다. 달걀 물에 파가 송송 썰어져 있는 것으로 보아서 북엇국일 것이다. 나를 보더니 그제야 국에 달걀 물을 푼다. 역시 북엇국이다. 기본 영순위인 물김치만 시원하게 내오고 밥을 차리면 된다. 요즈음엔 나도 새로 지은 밥이 더 맛있다는 생각을 한다. 다이어트는 저녁에 하면 된다. 점심 후 설거지는 내 당번이다. 그리고 커피 타임. 오늘따라 오전부터 마시고 싶었던 커피가 달달하고 맛있다. 핸드폰 소리다.

딸아이다. 아이는 아니지, 임신 6개월인 딸아이가 아이는 아니다. 이 시간이면 근무 중일 텐데 웬 전화일까. 엄마가 일하고 있는 것도 모르지 않을 텐데. 애가 전화를 하는 시간이 아니다. 방정맞게 염려가 먼저 스친다.

엄마는 방정맞은 생각을 해서는 안 된다. 염려가 사실이 된다. 딸애가 점심을 먹고 다시 근무를 시작했는데, 갑자기 배가 너무 아파서 병원으로 가는 중이란다. 병원으로, 임신 6개월 된 임산부가! 어쩌면 좋을까. 임신 6개월은 이것도 저것도 아닌 시기다. 이래도 저래도 안 되는 시기다. 열이 나거나 두통이 아니라 배가 아프다고? 다른 방법이 없다. 무조건 딸애를 보러 가야 한다. 오후 돌봄 집에 들어오면서 출근 태그를 찍은 것이 겨우 한 시간 남짓이다. 지금 찍고 나가면 오후 근무 전체가 무효다. 그렇다고 시간을 다 채우고 갈 만큼 내가 통큰 엄마가 아니다. 남편에게 전화를 먼저 한다. 식탁에 함께 있던 할머니는 뭔가 다 알아들었겠다.

운전 조심해서 먼저 내려가요. 근무 끝나고 나도 곧바로 갈게. 남편은 언제나 정답을 말한다. 전화를 끊기가 바쁘게 할머니를 쳐다본다. 할머니도 나를 보고 있다. 말이 필요없다. 알았어요. 지 선생, 놀라지는 말고 어서 가봐요. 운전은 천천히……

유산은 자궁내막이며 내벽을 상하게 할 수 있어서 문제다. 더구나 6개월 이럴 때라면 출산과 똑같이 관절이며 자율신경 균형이며 모든 것이 깨질 것이다. 간호조무사 생활 첫 시작이 바로 산부인과였다. 나는 아무 탈 없이 임신 9개월을 보냈고, 원장도 산후 두 달이나 쉬도록 해주었다. 역시 산부인과였다. 내 딸은 그런데……, 태동도 한참 전에 느꼈다는데……. 말도 안 돼, 첫 유산은 다음을 장담할 수 없기도 하다. 다행히 유산이 아니고 조기 출산이어도 애매한 문제다. 생존 가능성이 너무 낮다. 잘 해야 25퍼 정도. 몸무게가 2.0은 되어야 한다. 무조건 인큐베이터 신세를 져야 한다. 절대로 그런 일이 있어서는 안 된다. 그럴 리가 없다. 딸애는 건강한 편이니까…….

집에 가서 뭐라도 챙겨 가야 하나 하는 마음과 곧장 딸애에게 가보아야 한다는 마음이 갈피를 잡을 수 없는데, 집에 다녀간다는 말은 거의 한 시간 차이를 낸다 싶어서 그냥 맨몸으로 고속도로로 향한다. 얼굴을 일단 보자, 그래, 만나 보는 것이 우선이다.

아이고, 운전 중엔 어떤 전화도 받지 않는 원칙 같은 것도 아무 소용 없다. 사위 번호가 뜨자, 정신없이 받는다. 어떤가, 나 지금 내려가고…….

아, 장모님, 어머님, 민지 괜찮아요. 일단 누워서 안정 찾고 있어요. 천천히 오…….

차의 속도 때문에 더는 듣고 있을 수가 없다. 전화기는 하필 시트 어딘가로 빠져버린다. 하느님 맙소사. 아니, 하느님 아버지, 감사합니다. 내가 그동안 하느님 아버지를 애타게 부르지 않았었는지 어색한 느낌이 들 정도로 큰 소리로 불렀다. 주님, 온 마음으로 기도하오니 또 하나의 생명을 지켜주시옵소서. 하느님께서 인간을 창조하실 때 위대한 사람과 하찮은 사람을 구별하지 않으셨음을 압니다. 하찮은 저를, 저의 딸과 그 딸애를 가엽게 여기시어……. 눈물이 쏟아져서 갓길로 차를 댄다. 숨을 고르며 찻길을 보니, 말이 고속도로이지 이른 오후 시간이어서인지 차들의 왕래가 번잡하지는 않다. 어서 다시 차선으로 들어가야 하는데, 내가 겁이 많은가, 좀처럼 기회가 보이지 않는다.

– 주님을 찬미하여라. 주님은 마음이 부서진 이를 고쳐주신다.
– 우리 하느님을 찬송하니 좋기도 하여라. 마땅한 찬양을 드리니 즐겁기도 하여라. 주님은 예루살렘을 세우시고, 흩어진 이스라엘을 모으시네.
– 주님은 마음이 부서진 이를 고치시고, 그들의 상처를 싸매 주시네. 별들의 수를 정하시고, 낱낱이 그 이름 지어주시네.
– 우리 주님은 위대하시고 권능이 넘치시네. 그 지혜는 헤아릴 길 없네. 주님은 가난한 이를 일으키시고, 악인을 땅바닥까지 낮추시네.

놀라움, 어느 주일의 화답송이 차 안에 울려 퍼진다. 몸도 마음도 부서진 이를 고치시고 그들의 상처를 싸매주시는 분……. 그래 꼭 구해주실 것이다. 별들에게 이름 지어주시듯……. 맞아, 우리 아기 이름도 지어주시고. 가난한 이를 일으키시고 악인을……. 엉? 가난한 우리를 일으키시고, 그런데 악인을? 가난하지 않으면 악인? 반지하에서 신혼을 보냈던 나는 충분히 가난했지만, 지금은 임대료를 내는 것이 아니라 받고서 살아간다. 세 든 사람들이 가난하면, 나는 그럼 악인? 이런 내용이 이해가 안 된 채로 목에 걸려 있었나 보다. 그렇다고 대놓고 묻지도 못한다. 나는 시원찮은 신자니까. 나는 가끔 삼천포로 빠지는 것이 문제다. 신부님의 기도들을 100퍼로 이해하지 못하는 것이 어쩌면 당연한 일일 텐데, 새삼 이 어려운 기도를 되새김할 때인가. 어서 가자.

병원에 도착해서도 딸애를 만나기는 수월치 않았다. 코로나 검사를 해놓고 근처 분식집에 앉아서 안절부절못하다가 오후 늦게야 애 얼굴을 보았다. 지금은 웬만한 상태로 회복되어서 링거액을 꽂은 채 휴식을 취하고 있다. 정말 큰일 날 뻔했는데, 웬걸, 아이마냥 배시시 웃기까지 한다. 태중의 제 아이를 지켜냈다는 안도감이 웃음기를 돌게 하나 보다. 이삼 일 외근이 좀 있었다는데, 그 피로가 쌓여서 그리된 것 같다고.

임신부가 웬 외근인가 싶지만, 몸도 마음도 건강한 우리 딸 민지는 평소에 사회생활에서도 여물기까지 하다. 대학을 일류 대학 일류 학과로 진학한 것은 아니었지만, 졸업하자마자 꽤 괜찮은 직장에 들어갔고, 결혼과 더불어는 사표를 냈다. 엄마로서 조금 아깝다는 생각을 했다. 그런데 사표를 내는 것이 생활을 남편 직장 있는 지방으로 합치는 것이라서 실업수당을 받았다나? 실업수당이라니…… 참 좋은 나라다. 그러더니 어느 기간 후에는 다시 임시직이지만 비교적 안정된, 정직으로 전환되어도 좋을 직장엘 들어갔다. 기본적으로는 사무직이지만 가끔 외근이 있다고 했다. 허니문 베이비까지는 기대를 하지 않았다 해도, 나이 먹을 만큼 먹은 성인들인데 아기 소식이 없는 것만 슬슬 걱정이었다. 그러다 기다림에 지치기 직전에 임신이 되었으니 그 또한 마음대로 되는 듯했다. 계획도 다 서 있는지, 출산 직전에 그만둘 예정이란다. 그러면 또 실업수당을 받는 것인지. 아직 나이도 어린데 매사에 믿음성 있게 처신한다. 나는 그 나이에 엄마가 되었었지만, 세상 물정은 잘 몰랐다. 남편에게 처음부터 의존적으로 살았다. 무조건 절약만 하면 되는 줄 알았었다.

　딸애도 혜택을 누렸지만, 그래서 좋은 것이라 느끼지만, 실업수당 제도는 좀 묘한 데가 있다. 요즘엔 간호조무사들만 해도 1년 미만 퇴직금과 거기에 더해서 1년 미만 연차수당을 받고 퇴직한 다음에, 이제 6개월인가 실업급여 챙기는 경우도 더러 있다고 했다. 내가 제대로 들었는지 몰라도, 규정에 맞춰 설계를 한대나? 요즘 젊은 아이들 똑똑한 것이 바보 같은 내 눈으로는 어째 무섭기도 하다. 나 젊었을 때는, 스무 살 나이로 간호조무사 노릇을 시작했을 때는, 그 일은 병원에선 바닥을 기는 일이었다. 내가 없음 간호사들이 힘들다, 의사들도 힘들어진다, 결국 환자들에게 처음 필요한 사람은 나다. 얼마나 스스로를 세뇌하면서 지나온 시절이었나. 요즘 아이들은 똑똑하다. 똑똑해도 불운을 피할 수는 없겠지만, 민지는 이번에 태아를 지켜냈다.

사돈들도 놀라기는 마찬가지였을 것이다. 저녁때 두 분이서 함께 다녀가셨다. 맏며느리가 첫 임신 중 입원했다는 소식에 얼마나들 놀라셨을지, 다행이다, 다행이고말고. 뭔 일 있겠냐. 시어머니가 애를 붙들고 하도 설레발을 치니까 시아버지가 말릴 지경이었다. 사돈이 저녁을 사셨으니 내일은 점심이라도 대접해드리고 올라가야겠다 싶었다.

사돈네는 들어가시라 하고 다시 병실에 올라왔더니, 안정을 찾은 딸애 얼굴과 대조로 외려 사위 얼굴은 파란 채로다. 저녁도 아직 못 먹고. 해서, 낼 출근할 사람은 좀 쉬라고 집에 들여보냈다. 병실엔 어차피 보호자 1인으로 제한이다. 남편은 내려오지 않기로 했다. 딸이 안정된 후 사위가 곧장 장인어른에게 안심하시라는 전화를 했더란다. 나는 오전 수급자 할머니에게 전화를 해서 내일 하루 쉬어야 한다고 말해두었다. 오후 집은 헐레벌떡 떠나올 때 벌써 아셨으니까 일없다.

엄마, 나 괜찮아, 잠깐 지나간 일이니까 조금도 걱정 마셔! 엄마도 가서 좀 쉬시지.

언제 왔다고 쉬러 가냐. 아직 괜찮다. 그나 백이 아빠가 많이 놀랐겠다.

엄만 동백이보다 백이가 더 예쁘게 들려?

동백 필 때 첫 나들이 가자고 동백이랬다며? 그렇다고 꼭 동백 동백 해야 되냐? 너도 민지보다는 민아 민아 해버릇해서 민이라고 먼저 나와. 것보다, 너희 입주 예정 아파트에는 놀이터가 잘 꾸며져 있겠지?

엄마는 무슨 놀이터 걱정을 벌써 하셔.

아니, 애는 낳기만 하면 금세 자란단다. 내가 너를 낳아서 이 세월이 흘렀다고? 안 믿겨. 넌 돌도 되기 전에 걸음마를 했어. 말도 빠르고. 어린이집엘 오래 다녔지, 엄마가 일했으니까. 건 미안해. 유치원, 초등학교⋯⋯. 놀이터에선 어땠을지.

그만하셔. 엄마가 일하는 애들 많았어. 그렇다고 아직 애가 나오지도 않았는데 놀이터 걱정이세요? 방 안에서 가지고 놀 장난감 걱정부터 해주셩!

얘가 어리광은! 다 나았나 보네. 장난감이야 엄마 아빠가 오죽 잘 준비하겠어. 할머니는 애기이불부터 해줄게. 애기이불이라고 말하면서 조각이불이 떠올랐다. 오후 돌봄집 할머니가 손바느질로 만들고 있는 조각이불 말이다. 최근에 얼핏 보아도 백 조각도 넘어 보이는 조각들을 잇고 있었다. 대학에 간, 그래서 기숙사로 독립한 손녀딸에게 보내줄 조각이불이란다. 난 바느질은 절대로 못 한다. 생각만 해도 지레 온몸이 쑤실 듯 아프다. 하릴없이 그런 걸 꿰매고 있는 할머니가 이해가 가지 않았는데, 이젠 얼핏 부러운 생각이 들었다. 아서라, 부러워할 걸 부러워해라. 모처럼 마트 말고 백화점 신생아 코너에 가서 예쁜 아기이불을 사면 된다.

엄마, 그럼 장난감은 안 사줄 거야?

내가 멍하고 있었는지, 딸애가 다시 묻는다.

사주고말고!

그러니 놀이터 걱정은 말아요! 아파트 입주하고 나서 아기 나오니까 좋잖아. 입주하면 예쁜 놀이터는 저절로 따라오는 것이니까요.

그래, 그렇구나.

엄마, 난 아이들 더 가질 거야. 놀이터에서 혼자는 외로워. 외로웠어. 이웃 애들은 언니든 오빠든 동생이든 누구라도 있었어. 나만 혼자였지 뭐야. 애들 여럿 함께 놀이터 가서 소리 지르고…….

어머나, 이 아이가 외로웠구나. 언니 동생들 사이에서 자랐던 나로서는 상상도 해보지 못했던 경험이다. 나도 남편도 적지 않은 형제자매들 사이에서 5분의 1, 7분의 1의 혜택만으로, 오히려 무엇인가에 굶주린 기억을 가지고 있었다. 그래서 우린, 나랑 남편은, 빠듯한 살림 일구면서 올인해서 기를 수 있으려면 자녀는 하나면 된다고, 하나라야 된다고 생각했었다. 딸 하나에 최대한 지원하기, 대학까지 아무 걱정 없게 쭈욱! 그런 것이면 최고일 줄 알았다. 대체 무엇이 좋은 조건이란 말인가!

애를 여럿 갖겠다고?

그래 엄마, 나 실은……. 나 초등 2학년 때 같은 반 수진이 기억나? 같은 동 살던 정수진.

수진이는 뜬금없이.

개네 민수 오빠 있었잖아. 오빠 상급반이라 놀이터에서 마주치진 않았지만 아침 학교 갈 때는 다들 함께 나가곤 했었지. 그런데 놀이터 애들은 수진이가 아니라 내가 민수 오빠 동생인 줄 알았었나 봐. 이름 땜에. 그걸 수진이가 알고서는 화가 났었는지 날 새빨간 거짓말쟁이라고! 내가 그런 말 한 적 절대 없는데! 요샛말로 그때 왕따였어. 애들은 나만 보면 '민지는 민수 오빠 동생 아냐!' 이렇게 떼창을 했다니까.

아니, 그런 일이. 근데 왜 엄마 아빠한테 암말 안 했어?

오빠를 어떻게 낳아주나. 지나가버렸는데.

지나가?

오빠는 차례가 지나가버렸잖아. 민수 오빤 수진이 오빠가 맞고.

없는 오빠 타령을 여태 품다니. 많이 외로웠구나 싶다. 애들 여럿 낳아서 놀이터에서 언니 오빠 동생 있다고 자랑하게 한다? 어린 시절의 아픔은 작은 것이라도 오래가는구나. 또래들 중에는 결혼이고 육아고 다 필요 없다는 말도 서슴찮은데. 화제를 돌린다.

너 일은 안 하려고?

아니, 해야지. 애 낳는 건 맘먹기야. 출산지원금부터 시작해서 육아휴직이다 뭐다, 아빠들도 그게 가능하거든. 다자녀 혜택으로 분양 아파트 청약도 유리할 것이고.

다행이다. 이렇게 미래를 설계하는 신혼이 예쁘기만 하다. 이웃 놀이터에서 놀다가 쫓겨나고 도둑이라고 고발된 아이들 이야기는 하지 않았다. 냉정하다 못해 야비하고 잔인한 뉴스는 태교에 절대로 좋지 않다.

엄마, 애들 놀이터는 진짜 염려 마세요. 우리 들어갈 아파트 말고도요, 순천 기적의 놀이터 안 들어보셨어요? 엉뚱방뚱이라던가, 엉뚱발뚱이라던가, 그런 놀이터인데, 그 흔한 미끄럼틀이며 그네며 시소 같은 것이 전혀 없대요. 그저 넓은 모래밭과 잔디 언덕에 고목나무들만 늘어선 곳에 개울도 있대요. 『놀이터는 위험해야 안전하다』 그 비슷한 책들을 펴낸 아동 전문가가 기획한 것이라고, 벌써 유명해요. 아, 또 '시간 가는 줄 모르고 노는 놀이터' 그런 것도 있대요. 시-가-모-노! 그런 곳에 애 걸음마 잘 하면 데리고 가서…….

그래, 알았다. 엄마가 김칫국부터 마시며 안심하마. 애들 다 데리고 가자꾸나.

엄마는, 김치도 안 좋아하면서.

그래, 그래. 엄마가 나가도 너무 나갔구나. 어서 눈 좀 붙여.

아예 하루를 꼬박 더 보내고 집에 돌아온 것은 늦은 오후였다. 퇴근 시간 되기 전에 고속도로를 빠져나왔다. 반나절하고도 하루내 쉬고 나니까 공기가 좀 변한 것 같다. 엷어진 것 같다고 해야 하나. 숨을 크게 크게 쉬어본다. 곤하다.

퇴근한 남편은 민지 민지 어떠냐를 연발하더니, 한참 후에야 고생했다며 저녁을 나가서 먹자고 한다. 하지만 이미 씻은 뒤라서 외출이 귀찮을밖에. 대충 시켜 먹자고 하고는 아이들처럼 치킨을 시켜서 치맥을 한다. 몇 끼 대충 먹었더니, 배가 불러도 맛이 있다. 어라, 배가 불러도 먹으면 죄로? 모르겠다. 내일이면 다시 일상인데, 아침에 얼굴이 붓게 생겼다.

아침이 그리 쉽게 오지는 않는다. 꽤 늦은 시간 젓가락언니의 전화가 밤을 흔든다. 동네 언니다. 최근 들어서는 시절이 시절이라서 잘 만나지 않았고, 잘 만나지 않으면 할 말도 별로 없는데, 언니는 평소의 헤실거리는 웃음기 대신 목이 멘 소리로 말한다.

희선이가, 희선이가 잡혀갔어.

잡혀가다니! 언니, 그래, 무슨 일인데?

어즈께 낮에, 보건소에선가 사람들이 와서 데려가부렀단다. 애기들만 놔두고, 세상에 그럴 수도 있다냐, 애기들만 놔두고.

무슨 말이야? 왜 그런 거냐고!

갸 신랑이 아프잖냐. 저번에 민지 엄마한텐 말했잖어, 신랑이 심각하게 아프다고, 사구체가 뭐여, 암튼 신장이 어쯔고 돼서 투석을 시작한다고. 이 속없는 가시나가 지가 나서서 그새 이식 어쩌고 하면서 적합도랑가 멋인가 검사하러 갔잖어, 즈그 둘이서 지난주에 서울을. 애기들은 즈그 시엄니가 올라와서 봐주고. 근디 그 유명 병원에서도 방역이 뚫리다니 먼 그런 일이 난다냐. 서울 ○○대 병원 있잖어, 여그는 병원이 없가니, 거까지 가 갖고는. 암튼 간에 보호자 한 명은 병실에 들어갈 수 있응께, 보호자도 누구도 코 쑤시고 나서야 들어갔었겄제. 근디 내려와갖고 이틀 만에 연락이 왔다는 거야, 금욜날 잡힌 추가 검사가 취소된 것은 물론이고. 아예 식구대로 다 코로나 검사를 받으라고 말만 듣고도 무서웠겄제. 그래도 실실 웃더라고, 갸는 예방 2차까지 다 맞었응께, 나도 큰 걱정은 안 했제.

그래서?

근디 글씨, 식구대로 다 받었는디 가시나 저만 양성 나왔다고. 저만 나온 것은 다행이지만 애기들 놔두고 어쩌냐고, 그냥 펑펑 울더라고. 신랑이나 성한 사람이라야 말이제. 우물쭈물 그러고 있는데, 낮에 사람들이 와서 데려간 거여. 애기들 앞에서, 애기들만 놔두고. 애기들만 꼼짝없이 집 안에 갇혀서 얼마나 무섭겄어. 외할매라고 가볼 수도 없는 일이고, 전화통에만 매달려 있제. 애들이라 속이 없긴 하네, 할무니 머 먹고 싶다고 그런 소릴 하고 있응께. 부랴부랴 멋 쫌 만들어서 들고 갔드니만, 아차 싶어서 문도 못 열어보고 문 앞에다 놔놓고 내려와서 전화를 하는디, 눈물 안 나고 배겨? 대문 밖서 전화하면 애기들이 문 열고 나와불까 얼릉 내려와부렀제. 짠해서 나도 모르게 안아불고 그럴 것인게. 울고불고 난리일 꺼 아니겄어.

어쩌냐, 언니. 그래도 언니가 정신 차려요. 누군가는 정신을 바짝 차려야지.

이런 것이 우리의 일상이 되었나 보다. 뉴스에서 백신 접종률이 80 퍼센트에 육박하지만 총 누적 확진자는 40만에 다다른다고 해도, 우린 모두 설마 하며 뉴스는 뉴스일 것이라고, 남의 일일 것이라 하는데 그게 아니다. 그러니까 40만 가정에 날벼락이 떨어지다 보니 어느 날 어느 집에도 일이 닥친다. 코로나는 사람들을 가른다. 누구도 도와줄 수 없는 상황에 빠진 언니가 안쓰럽다.

속수무책이면서 엉뚱하게도 그 언니가 젓가락언니로 불리게 된 이야기가 떠오른다. 젓가락이나 빼빼로처럼 말라서가 아니라, 좀 마른 편이긴 하지만, 젓가락으로 밥 먹다가 날벼락이었단다. 결혼 몇 년 안 되었을 때 이야기라지만, 내가 그 이야기를 들은 건 이 동네에 와서 살며 만났을 때다.

복달임한다고 동네 아줌마들 여럿이서 닭죽을 먹던 때였다. 젓가락여사는 못 말리겠소이, 하고 누군가가 이 언니를 놀렸다. 이 언니가 젓가락으로 살코기를 집어 먹고 있었나 보다. 그래서 모두 깔깔대었고, 나만 모르고 있었다. 아줌마들은 우스개 섞어가면서 그 이야기를 서로 해댔지만, 나는 귀를 의심했다. 몇십 년 전이라면, 젓가락으로 밥알을 세다시피 하고 있는 며느리가 예쁠 리 없는 시어머니가 한마디 할 수 있었겠다. 그렇게 젓가락으로 밥을 묵으면 복 달아난다이. 숟가락으로 푹푹 좀 떠 묵어라. 그러면 며느리의 정답은 하나뿐이다. 네, 네. 그러고서 숟가락을 드는 것이다. 그런데 이 철부지 언니는, 대박, 오답을 터뜨렸더란다. 그럼, 어머니는 숟가락으로 푹푹 드시니까 이렇게 잘 사시는 거예요? 이 무슨 망발. 너무 순진하다고 도 너무 버릇없다고도 어딘가 부족하다고도 할 수 있을 노릇이었다. 내 벌어진 턱은 그대로 굳어버릴 뻔했다.

암튼 그 이야기의 결말은 최악에 가까웠다. 그길로 시댁에서는 친 정어머니 오시라 해서, 친정어머니가 시댁에 가셨고, 시어머니 말씀 은 단 하나, 딸 데리고 가시쇼! 물론 나중에 나중에 남편이랑 알콩달 콩 살면서 들려준 이야기라니까 어디만큼 사실인가는 가늠할 길이 없다. 일단 친정어머니를 따라서 친정으로 갔다가, 여차여차 우여곡 절 끝에 다시 시댁으로 들어갔고, 어느 시간이 흘러 독립했고, 뭐 그 런 이야기다. 그 이야기를 아는 동네 아줌마들은 그 언니를 젓가락 여사, 젓가락언니라 부른다. 이 언니가 아이큐에 관한 한 정말 나쁠 지도 모른다는 생각도 든다. 왜냐하면 언니가 인간관계에서 1퍼도 이익을 보는 일은 없기 때문이다. 누구에게나 퍼다 먹이기를 좋아하 고, 양념을 아끼지 않아서인지 음식들이 맛도 좋다. 암튼 실제보다, 실제를 모르기는 하지만, 아낌없이 퍼주는 스타일이다. 전혀 되받을 길 없는 상황에서도 그리 잘 하니까 누구나가 다 좋아한다. 그런데 사는 일은 그리 잘 풀리지는 않은 것 같기도 하다. 남편의 일도 그렇 고, 언니 자신도 돈벌이라거나 뭔가 그런 쪽으로 생산성은 별로로 보 인다. 얼마나 안절부절못하고 허둥대고 있을까. 민지 때문에 잠시라 도 애를 태웠던 뒤끝이라서, 엄마 마음이 더 절실히 와 닿는다. 젊은 아이들이니까 별 일 없을 게다, 제발.

이상한 일이다. 오늘 출근길에는 오전부터 마음이 편하다. 놀람 속 힘든 상황들을 지난 안도감 때문일까. 삶이 힘들고 아슬아슬한 시간들임을 새삼스레 깨달은 뒤라서 그럴까. 까다로운 오전 할머니도 그냥 봐드리자. 평생 아랫사람 없다가 내가 만만해서 까탈 부리는 노인이니 봐주자. 곧잘 미장원 가서 염색하는 돈은 아깝지 않아도, 온수라면 벌벌 무서워하는 것도 이해하자. 평생 습관인 것을 어쩌겠나. 암튼 물티슈는 정말로 아껴 써야겠다. 돈 주고 산 것을 한 번 쓰고 버리다니! 그 할머니 세대의 기준으로 말이 되는가! 아니, 영영 썩지 않는 쓰레기니까, 내 아이의 기준으로 미래의 기준으로 봐서라도 조심해야지. 오후에 커피 한 잔이면 오전 피로는 싹 가실 것이다.

오후 보호자 할머니는 보자마자 딸애의 상황을 묻는다. 물론 그날 병원 도착해서 바로 전화로 안심 상황이라고 알렸다, 유산기인가 걱정하실 것이 뻔하니까. 그래도 만나자마자 또 걱정을 하니까 또 안심을 시켜드린다. 그러면서 나도 모르게 순천에는 놀이터가 아주 좋다는 이야기를 한다.

할머니는 눈을 동그랗게 뜬다. 나이 들며 내려앉은, 전혀 동그랗지 않은 눈이 정말 동그래진다. 자연스럽게 나는 말을 이어간다. 애들

이 분양 받아 들어갈 임대아파트 이야기인데요, 애를 키우려면 놀이
터가 좋아야 하지 않겠어요. 게다가 근교에 아주 멋진 놀이터들도 있
다고 하네요. 할머니는 그 말에도 고개를 갸웃 기울이더니 금방 웃음
기를 흘린다.

지 선생, 엊그제 그 놀이터 뉴스 때문에 그러는구나. 그러면서 염
려 말란다. 그 뉴스의 후속은 아파트 주민들이 사과하고 대표를 경질
하고 그런 쪽으로, 바람직한 쪽으로 흘러갔다고. 나는 속마음을 들
킨 것 같아서 머쓱해지면서도 안심이 된다. 그래도 들킨 김에 계속한
다. 말이 너무 끔찍했어요. 그건 너무 심했어요. 이웃 놀이터에서 놀
고 있는 아이들더러 도둑이라뇨! 이웃인데! 말하면서 나도 모르게 흥
분을 한다. 흥분한 탓에 동네 아는 언니네가 코로나에 습격당했다는
이야기도 나와버린다. 애들이라 해도 밀접접촉자가 되어 격리에 들
어가면 놀이터에도 못 나간다고. 그대로 감옥이라고. 아니, 할머니
고 외할머니고 음식을 만들어 가도 대문도 못 열고 문 앞에 두고 와
야 한다고. 이 할머니하고 무슨 상관이길래 이야기를 꺼내는가. 그
집은요, 먼저 딸애가, 제 남편이 투석을 시작했는데, 이식 문제에 나
서서 같이 적합성 검사받으러 갔다가 서울 유명 병원 병실에서 걸려
왔다더라고. 투석 환자도 양성이 나오면 어떡하느냐고. 아, 아이들
만 남은 집, 상상도 안 되는 아이들의 무서움을, 시시콜콜, 아니 울먹
울먹 이야기를 하게 된다.

할머니는 아무 말 없더니 혼잣말처럼, 아니 시를 읊는 것처럼 말한

다. *사람을 바라보면 눈물이 난다. / 사람으로 살아보니 그랬다.*

뭐예요? 또 시예요?

예, 또 시예요. 크게는 이름 없는 노시인의.

이름 없는 시인들까지 읽나. 시가 밥 먹여주나요? 라고 묻고 싶다. 아니, 순간 물었나 보다.

예, 시가 밥 먹여줘요, 라는 소리가 들린다.

밥을요?

그러면서 생각한다. 사람이 눈물로 사는구나. 눈물로 사는 것을 알면, 울면서도 밥을 먹는 것이구나. 시가 밥을 먹여주는구나.

언제나처럼 칼퇴근이다. 문을 나서면 바로 계단이다. 계단으로 들어서는데, 유모차를 밀고 다니는 할머니가 힘들게 입구를 통과하고 있는 것이 보인다. 무거운 유리대문은 겨우내 미끄럼 방지라고 써 붙여놓고 한쪽 문만 열어두고 있다. 둘 다 열어두면 두 배로 더 미끄러운가? 바깥공기는 아직 차갑다. 퍼덕이는 비둘기 떼도 외면한 놀이터를 돌아보며 저만치 주차되어 있는 차로 향한다.

새순

새순이 움트려나 보다. 텅 빈 나뭇가지들 끝에서 색깔이 변하기 시작한다. 어쩌면 이렇게 움틀 때를 알고 움을 틔울 준비를 할까 신기하다. 이 아파트에는 나무들이 꽤 많다. 옛날 아파트라서 동 사이가 넓다. 지상뿐인 주차 공간은 많지 않아서 라인에서 먼 데다 차를 세운다. 그것도 그대로 좋은 것이, 낮 시간에는 그리 춥지도 않고 마스크 사이로 살짝 공기를 들이마시며 걷는 몇 미터가 시원하기까지 하다. 고층아파트 사이의 공기가 무에 대단할까만, 공기는 공기다. 공기가 그립다니.

요즈음은 격리가 남의 일 아닌 것이 여기저기서 터지는 폭죽 같다. 엊그제 설날 아침에 18,000명이던 확진자 숫자가 하루가 다르게 치솟는다. 곧바로 20,000, 그리고 22,000을 훌쩍, 오늘 아침에는 27,000을 넘었다. 사회적 거리 두기는 그대로 2주를 더 연장해서 사적 모임은 6인까지다. 거리 두기 때문에 자영업자만 죽는 것이 아니다. 시간으로 수당을 받는 우리 요양보호사들에게도 생계형 문제가 닥치고 있다. 우선 우리들이 확진되거나 밀접접촉자가 되어 일을 쉰다. 감염 위험 때문에 방문요양 서비스 자체를 취소하는 경우는 더 낭패다. 수급자들이 기저질환이 많다 보니 불안해서 그런다. 그렇다고 방문요양을 중단하면, 중단할 수 있다는 말은, 평소에도 반드시 필요한 정도는 아니라는 말인가. 혼자서 외출을 할 수 있는 수급자들도 있긴 하다. 몸은 좀 불편해도 정신은 말짱한 경우도 있다. 이런 할머니들은 시시콜콜 감독성 멘트를 날려서 힘들다. 우리 복지센터는 규모가 큰 편이고 시영아파트 단지 내에 있다 보니, 수급자 할머니들이랑 뭔가 한 동아리로 돌아간다. 일정한 수급자 숫자를 유지해야 하는 센터가 저자세이고, 수급자들의 투정도 각가지다. 따순 물 쓰지 말어, 한 데도 아니고 아파트 안에서. 이 정도는 기본이다. 심한 경우는 화장실도 막는단다. 여서 물 쓰고 휴지 쓰고 할 일 있당가, 얼릉 코앞에 사무실로 갔다 올 일이제. 그런 묘안이 어디에서 나올까. 얼마나 힘든 삶을 살아서 이런 요령이랄까 꼼수만 남은 것일까.

　복지센터의 어려움도 확실해 보인다. 방문요양을 끊는 집이 늘다 보니 현실적인 문제가 생긴다. 사회복지사가 월 2회 상황을 점검하러 다니는 일도 월 1회로 줄었다. 모든 부분에서 감축이다. 어찌 되었건 나는 평상심을 유지하고 잘 살아간다. 이 상쾌한 공기를 느끼는 한, 잘 살아가고 있다고 말하고 싶다. 이제 대문을 열고 들어설 때의 따뜻한 밥 냄새도 좋다. 나를 위해 짓는 밥은 아니지만, 나를 위해 지은 밥 같기도 하다. 들어서는 순간 준비되어 있는 갓 지은 밥이라니! 훈훈한 밥 냄새를 기대하며 계단을 오른다.

어? 대문에 새 종이가 붙어 있다. 오늘이 입춘인가 보다. 입춘대길은 알겠는데 다른 복잡한 한자가 왼쪽으로 붙어 있다. 작년에는 무심코 지나쳤지만 이번엔 무슨 글자인가 물어봐야지.

우선 밥부터 먹고! 그런데 난데없는 달래무침이다. 통새우와 동그랑땡을 야채들과 볶아서 내놓는 이름 없는 이 접시는 어르신이 좋아하는 메뉴인데, 상추가 아니라 달래를 곁들여? 보호자 할머니한테 듣고 보니, 입춘에 영순위로 먹는 채소가 달래란다. 저녁에는 부추전을 부칠 거란다. 향 진한 채소가 입춘 음식이라고, 별것을 다 챙긴다. 하긴 노년의 일상이 밥 먹는 것 말고, 아니 약 먹는 것까지 해서 먹는 것 말고 더 있을까. 수급자 어르신이 식사하시는 것을 도와드리면서 함께 먹는 일이 이젠 일상같이 느껴진다. 내가 아직 학생 때 돌아가셔서 내 먼 기억 속에 훨씬 젊게 남은 아버지를 떠올려본다. 우리 아버지는 이 어르신처럼 완전히 흰머리가 되어보신 적이 없다. 흰머리 아버지와 함께 밥을 먹어본 기억이 없다. 내 머리카락이 아버지를 닮아서 살짝 곱슬이라는데, 아직은 검고 윤기 나는 이 건강한 머리카락도 하얗게 변할까. 변하겠지. 아버지에게서 보지 못했던 하얀 곱슬머리는 어떤 느낌일까.

보호자 할머니는 누룽지까지 내오고서야 자리에 앉는다. 누룽지도 어르신 몫이다. 할머니는 사실 대충 먹는 느낌인데, 점심 후에는 큰 잔으로 커피를 마신다. 나도 커피 잔을 들고 마주 앉는다.

아, 대문에 쓰인 한자를 물어야지. 입춘대길 옆엔 무슨 말이에요? 건양다경이라고 한다. 세울 건, 햇볕 양, 많을 다, 경사 경이니, 맑은 날 많고, 좋은 일과 경사스런 일이 많이 생기라는 뜻이란다. 봄이 온다는 것만으로도 경사죠. 다른 말들도 있는데, 수여산 부여해(壽如山 富如海)라고 써 붙이기도 해요. 산처럼 오래 살고 바다처럼 재물이 쌓이라는 뜻인데, 노인들 집에는 욕심 사나워 보이죠.

노인들이라고······.

이제 창문을 자주 열고 해를 들여야죠! 겨우내 유리창 햇볕이라도 길게 들어와서 다행이었죠. 할머니는 말 돌리기 선수다. 말을 하면 그렇다.

기다리는 마음에서나 말에서나 봄은 시늉이라도 오고 있다. 아니, 아파트 거실 안은 겨우내 봄이다. 어르신은 거실에 들인 화분들 중에서 좋아하는 딱 두 개만을 베란다 쪽 유리창 가까이로 옮겨놓는다. 둘은 오늘도 그렇게 해를 바라고 있다. 나무들은 흙에 심겨서 물을 받아먹으며 가끔 해를 맞는 것만으로도 새순을 낸다. 나는 화분들에 별 관심을 갖는 편은 아닌데, 덩굴식물들을 보면 신기하다.

이 덩굴에 꽃이 피면 얼마나 예쁜지, 별사탕들을 한 움큼 쏟아놓은 것 같은데! 할머니는 은근 꽃을 기다리는 눈치인데, 내가 온 이후로 2년 남짓, 꽃이 핀 것을 본 적이 없다. 상상이 가지 않는 꽃 모양에 슬그머니 폰에서 인터넷을 열어본다. 이름이 호야? 이렇게 엉뚱하게 예쁜 꽃이 덩굴 사이에서? 정말 꽃이 피어봤음 좋겠다.

점심 후면 으레 소파에 앉아 있는 어르신이 비스듬히 스르르 눈을 감고 낮잠에 빠진다. 딱히 할 일이 없다. 유난히 밝아진 베란다에 나가보니 대청소가 되어 있다. 벽에 말라붙어 있던 팥죽 흔적도 말끔히 사라졌다. 팥죽은 지난번 동짓날 사건이었다. 베란다에 내어놓았던 죽을 거두어 오면서 벽에다 뿌렸다 했다. 정월 보름에 장독대나 대문 밖에 차려진 오곡밥을 먹으러 동네를 누빈 기억이 아스라했다. 밥은 집마다 달랐고 아이들은 그것을 재미있어했다. 하지만 성냥갑 아파트 안에서 21세기에도? 웃긴다. 더구나 하얀 내벽에다 뿌릴 것까지야.

그냥 재미죠. 할머니가 내 마음을 읽었는지 변명처럼 말했다. 그냥 괜찮은 습속이었다 싶어요. 팥이 귀신을 쫓는단다, 동지죽을 밖에다 퍼다 내어놓고 복을 빌어라! 그러니까 복을 비는 마음으로 죽을 내다 놓았겠지요. 실은 죽을 내다 놓아야 갖다 먹는 사람들이 있었을 거고. 요즘에야 밥이 귀하지 않으니까 미신으로 보이는 거라.

하긴 누구도 해치는 것이 아니라면야 뭐 미신인들 어떠랴 싶었다. 이 시시콜콜 구식 할머니는 그때 동짓날 말하기를, 옛날엔 동지를 새해의 시작이라고 했단다.

동지가 지나면 푸성귀도 새 마음 든다는 것이니, 땅 밑에서 움트려고 기지개를 켜기 시작한다네요.

아니, 푸성귀들이 꿈틀거려요? 겨울잠 자던 동물들도 아닌데?

동물처럼 꿈틀거리기야 하겠어요, 어차피 붙박이들인데. 하지만 움직이는 다리가 없다고 해서 풀들을, 식물들을, 무시할 일은 아녜요, 뒤틀든 꼼지락거리든 움직임을 시작하는 것이니까요. 씨앗도 껍질을 깨뜨려야 싹이든 움이든 틀 것 아니겠어요. 제 몸을 깨뜨리는 움직임을 시작해야 자라나죠. 가만있음 어떻게 살아나느냐고요. 봐요, 나뭇잎들. 이 시시한 덩굴들. 볕을 못 보면서도 날마다 자라잖아요. 초겨울 들여올 때는 고무나무 잎들도 텔레비전을 이렇게나 가리진 않았었는데.

맞아요, 이거 작년 겨울에 비해서 사뭇 자랐어요. 지난봄 베란다에 내놓을 때는 몰랐었는데 이번 봄에는 못 나가요. 보세요, 두 팔 다 벌려도 모자라는데 베란다에 못 들어가요. 가지들 잘라야죠.

우리가 훨씬 넓은 집으로 이사를 가든가.

하하, 봄 되기 전에 이사를 가요? 이사 같은 건 완전 접었다 하시더니만. 이제 와 고무나무 내놓을 넓은 베란다 땜에 이사를 가시게요?

말이라도, 가지를 자르기 아까우니까 말이라도 그냥 그렇게.

이사 말을 꺼낸 건 좀 놀라웠다. 노인들에게 이사란 쉬운 일이 아닌, 어쩌면 금기다. 십여 년 전엔가는 이분들도 이사 맘을 먹은 적이 있었더란다. 어르신 은퇴 후 무료한 도시 생활에 염증 같은 것을 느꼈을 것이다. 다들 그런다. 요즘엔 은퇴 후 농막을 갖는 것이 로망이라고들 한다. 일찌감치 농가주택을 가진 우리를 부러워하는 이웃들이 참 많다. 남편은 생각이 앞서는 사람 같다. 아무튼 어르신네는 새 환경에서 적응을 하는 것이 쉽지 않겠다 싶어 차일피일, 그러다가 기회는 아예 사라졌단다. 할아버지한테 갑자기 인지 문제가 생길 것을 예감이나 했을까. 이미 크고 작은 혼동을 겪게 된 노인들이 언감생심 무슨 이사인가.

이 할머니는 안전안내 문자가 오면 실종신고만 본다. 나는 수급자 어르신들 집에 가면 습관적인 인사처럼 확진자 숫자를 말해준다. 근년 들어 그게 뉴스 1순위다. 좀 보세요, 광주 오늘 800명을 넘었어요. 829명이라고요, 라고 해도 이 할머니는 신청도 안 한다. 설날만 해도 500명이던 것이 하루에 100명씩도 더 넘게 계속 계속 올라간다니까요, 금방 두 배예요, 라고 해도, 전염성을 어쩌겠어요, 그리고 만다. 대신 실종신고 문자를 보면 숨이 멎는단다.

여기 보세요! 경찰청 안내, 서구에서 실종된 김ㅇㅇ 씨(여, 79세)를 찾습니다. 157cm, 57kg, 분홍색 내복, 꽃무늬 조끼, 검정 바지. 그러니까 이 겨울에 겉옷도 잠바도 안 입었네! 여기 또, 북구에서 실종된 이ㅇㅇ 씨(남, 82세)를 찾습니다. 162cm, 53kg, 파랑색 잠바, 검정 바지. 뭐야, 남자가 키도 작네, 마르기도 하고……. 지 선생, 정말 내가 왜 이럴까. 실종신고를 계속 계속 모아두거든요, 찾았다는 후속 소식이 올라올까 싶어서. 그게 꼭 한 번, 일 년 내내 두고 보아도 찾았다는 소식은 단 한 번뿐이었어요. 다들 어디로 사라져서 어떻게 끝나는 걸까.

실은 온 나라가 마스크를 배급처럼 요일별로 사러 다니던 시절, 그때는 내가 이 댁에 다닐 때가 아니었다. 이분들이야 외출할 일들이 별로 없으니까 몇 번은 요일을 지나치다가, 할머니가 큰맘을 먹고 약국에 가려다가 진짜 난리가 났었단다. 아파트 마당을 채 빠져 나가기도 전에 관리실 쪽에서 큰 소리가 나서 돌아다보았더니, 경비 아저씨가 바로 이 어르신을 붙잡고 있었단다. 어르신이 무심코 할머니를 뒤따라 나왔던 모양인데, 외투도 안 걸친 모습이었단다. 경비 아저씨가 곧바로 보고 나와서 큰 소리로 말을 걸었으니 망정이지……. 사고는 순간에 일어난다. 이 집 대문 안쪽에는 '집에서 기다리세요!'라는 문구와 예쁜 집 그림이 붙어 있다.

이거 좀 보세요, 여기!

할머니는 여전히 실종신고에 가 있다. 광주경찰청, 광산구에서 실종된 김ㅇㅇ 씨(여, 91세)를 찾습니다. 150cm, 45kg, 티셔츠, 몸뻬바지, 밤색 슬리퍼. 이 정도면 그냥 울고 싶어. 추운 겨울이잖아. 입춘이라 해도 밤엔 영하의 날씨가 며칠째 계속인데. 밤을 어쩌라고.

…….

어려서, 우리가 아주 어려서는 거의 아부지 혼자서 신문을 보셨어. 밥상에서 한마디씩 하시는데, 어느 겨울날, 저런 저런, 가난은 나라님도 못 구하시는가, 어젯밤에도 다리 밑에서 행려병자가……. 우리는 그다음 말을 듣지 않았어. 잽싸게 자리에서 피해버리거나, 그러지 못하면 머리를 쥐가 날 만큼 경직시켜요. 그럼 아무 소리도 안 들려. 그렇게 소리를 듣지 않는 법을 알게 되었지. 그 기술은 학교에서도 써먹기 좋았어. 듣기 싫은 수업 시간 있잖아. 가끔이지만 어떤 싫은 말들, 애들이 조른다고 엉뚱한 이야기를 하는 선생님들도 있었어. 그럴 땐 머리를 쥐가 나도록 웅크리는 거야. 그럼 소리들을 안 듣고 지나가. 그냥 멀쩡하게 앉아서. 나중에는 책에 쓰여 있는 것을 대충 그대로 말해주는 선생님 앞에서도 귀를 닫았지. 심심해서. 대신 다른 나라에 가 있을 수 있는 거야.

다른 나라라니. 이 할머니는 가끔은 도통 알아들을 수 없는 말을 한다. 혼잣말처럼 하기도 한다. 귀를 닫고 소리를 일부러 안 듣는다고? 소리라는 게 저절로 들리는 것인데 그걸 안 들을 수도 있다니! 수업 시간에 선생님 말을 흘려듣는 학생들이야 많지만, 일부러 안 듣는다고? 그건 말도 안 된다고 내가 우긴다. 눈은 감을 수 있지만 귀를 어떻게 닫느냐고. 할머니는 웃고 만다.

어르신은 미동도 없다. 깨워야 할 시간이다. 다 같이 거실로 자리를 옮긴다. 텔레비전은 거의 소리가 없는 채로 늘 켜져 있다. 오늘은 어제의 대선 후보들 토론에 관한 이야기로 뒤범벅이다. 앗, 속보다. 화재다. 내 고향 충청도다! '충' 자만 봐도 고향 생각인가, 아니, 화재가 났다는 그곳 현장이 공포다.

생활 쓰레기 처리장이니 주택 동네보담 훨 낫네요. 나는 안심해서 말한다.

그러네. 새벽이라 사람도 안 다쳤고! 불이 꼭 나야 한다면 참 다행이네요! 아니, '꼭 나야 한다면'이란 말 참 우습네. 오늘은 죽는 뉴스가 아니어서 넘 고맙네요. 아침에 일하러 나갔다가 일터에서 죽어 돌아오는 젊은이들, 아, 그런 뉴스 나오면 안타깝지, 거의 살해당한 거니까 정말 원통하지. 어디서더라, 일 년이면 일터에서 죽는 사람이 몇이라 했는데. 하루에도 다섯 여섯 사람이 죽는다던가. 일터에서 죽어 퇴근을 무덤으로. 지 선샘, 인터넷 한번 찾아봐요!

뭣 하러요, 맘 아프게. 그렇게 말하면서도 나는 가만히 네이버를 열어본다. 2021년 산재로 목숨을 잃은 사망자 숫자…… 아, 설마, 설마가 사람 죽인다더니, 설마 2,146명이다. 사람으로 2,000을 넘으면 상상이 안 가는 숫자다. 학교 운동장을 가득 채운 숫자? 그러니까 그 많은 사람들이 일터에서 죽는다. 병도 아니고 그냥 사고로, 교통사고도 아니고 일터에서 일하다가. 추락사만 305건이라고 나온다. 날마다 한 사람이 추락하여 죽는다. 어쩌나! 이 숫자를 말해? 말해서 뭐 해? 모르는 척하자.

휴우, 그나마 산재사고에는 보상금이 있긴 하다. 그래봤자 보상금도 차별이 너무 심한 나라다. 하지만 케이 팝, 케이 문화에 케이 방역까지. 수출도 잘 되고, 심지어 수출 강국 운운하고, 우리나라 좋은 나라 맞잖아. 모르겠다.

어르신이 자리에서 일어나시니까 상황이 바뀐다. 산책 나가실까요? 오늘 바람 안 불어요. 그리 춥지도 않고요, 네? 어르신은 슬그머니 웃을까 말까 하는 표정으로 오케이 신호를 보낸다. 이런 순간에는 말보다 표정이 더 중요한 소통이 되는 것 같다. 잘 듣지 못하면 말 대신 표정이 발달하나? 일단 산책이다. 할머니로부터 도망가자. 오늘은 입춘대길 좋은 날이라면서 계속 우울한 이야기에 빠져 있다.

밖에는 언제나처럼 몇 분 할머니 할아버지들이 보인다. 나란히 앉아 있기도 걷고 있기도 하다. 말을 걸고 싶어 하는 눈치를 보이는 분들도 있지만, 이 할아버지는 무관심이다. 천천히 걷는 걸음을 함께 걷다 보니 온갖 것이 눈에 들어온다. 새순들이 정말 보인다. 망울들이다. 어떻게 공기 중의 온도를 알고 반응을 할까. 나는 아직 추운데, 내가 추위를 좀 타는 편이긴 하다. 더러는 오래된 나무들인데, 나무껍질로 보아서는 죽어 보이는 나무들에게서조차 새순들이, 새순의 징후들이 보인다. 금목서는 늘푸른잎을 지니고 있지만 오히려 푸석해져 있고 봄 준비가 늦다. 눈비가 적어서인지 지난해 직박구리가 깃들어 살며 배설해놓았던 흔적들까지 말라붙어 있다. 황홀한 향기를 뿜는 꽃들을 피우던 시절이 아득하다. 하지만 곧 변화를 탈 것이다. 이미 움직이고 있는데 우리 눈에 안 보이는 것일는지.

그러다 보면 할아버지는 집 쪽을 향한다. 산책은 시늉이다. 시늉도 다행이다. 바깥옷을 챙겨 입는 것도 운동이고, 덧입는 순서가 문제랴. 장갑이며 마스크는 물론, 머플러며 모자까지도 둘렀다 벗었다 그 자체도 운동이다. 노인들에게는 움직임이 그대로 운동이다.

텔레비전도 꺼져 있는 거실에 할머니가 그대로 앉아 있다. 시장에라도 나갔나 싶었는데 아니다. 무얼 하고 있었을까. 할아버지는 손을 꼼꼼히 씻고 옷을 다시 갈아입고는 그대로 방에서 쉬겠다고 침대에 눕는다. 간식은 좀 있다 챙기기로 하고 다시 거실로 나간다.

오늘은 좀 많이 걸으셨는지 방에서 쉬겠다시네요. 근데 뭐 하셨어요? 티브이도 안 보시고, 그렇게 그냥.

또 들어왔어요. 안전 문자! 영하에 티셔츠 바람으로 사라지는 노인들 너무 불쌍해요. 사망은 사망인 줄 알기나 하죠. 언제 어디에서 어떻게 사라지느냐 말이에요. 근데, 60대도 있었어요. 60대에도 치매가 있나? 집에 혼자 있다가 사라지는 거겠죠? 어떻게 살던 동네에서도 길을 잃나.

다시 또 걱정은 길 잃는 노인들로 옮아간다. 과민할 정도이다. 어떻게 달랠까. 하긴 이 할머니는 수급자가 아니라 수급자의 보호자일 뿐이다. 내 소관이 아니다. 내게 좀 친절한 할머니라고 해서 내가 어쩔 도리도 의무도 없다. 아니다, 걱정을 좀 덜어주자는 묘안이 떠올랐다. 사라지는 노인들은 어쨌거나 집에서 사라지는 것이니까, 요양원에 보내져서 갇혀 있는 노인들보다는 낫지 않겠냐고 말해줄까 보다. 요양병원에서 콧줄 급식으로 연명하시는 시어머님 얘기는 두고라도, 우리뿐 아니라 주변을 보면 부모를 요양원에 모신 경우가 꽤 있다. 요양병원이나 요양원에 근무하는 동료들 말을 들어보면, 판검사도 심지어 의사도 부모를 시설에 의탁한단다. 누구라도 자신의 일상을 거의 포기해야 하는데 치매에 걸린 부모를 돌볼 수 있는가 말이다. 요양원에 있으면 적어도 사라지지는 않는다. 저녁에는 잘 재운다는 말도 있다. 코로나 시절이 되어서 요양원은 출입금지 시설이니까 감옥 그대로다. 오래 사는 것이 감옥 갈 일이다. 감옥 갈 일이면 죄다. 무기수. 먹을 것이 있고 깨끗한 잠자리가 있는 것만 다를 뿐, 고려장이다. 산속에 버려져 빨리 끝나는 것이 나았을까?

아니다. 요양원 이야기는 상황을 더 나쁘게 할 것이다. 그러면 이 할머니는 요양원 노인들까지 걱정할 것이니까. 하등 상관없는 남의 이야기들, 산재사고며 아무튼 대부분 쓸데없는 걱정에까지 목을 맨다. 실질적인, 뭔가 해결 가능한 염려가 아니다. 걱정한다고 무엇이 달라지는가. 걱정을 해도 올 것은 오고, 걱정을 안 해도 올 것은 온다. 평을 하긴 좀 그렇지만, 굳이 말하자면 뭔가 생산적인 것이라곤 없다. 아파트 생활 몇십 년에 그대로 주저앉아서 살고 있으니 재테크도 꽝이었겠고. 이제 와서는 아무래도 불안한 남편 염려 때문에 ─ 행여 길 잃을까 봐서 ─ 이 낡은 집을 고수한다니.

아무튼 재테크는 젊었을 때 할 수 있는 만큼 해둔다는 것이 남편

새순 223

과 나의 원칙이다. 그래서 기어코 건물주가 되는 기쁨을 누렸다. 건물주로서는 그 나름대로 감수해야 할 것이 있긴 하다. 여기 내려와서 처음 살던 아파트 정리하고 대신 3층 한편에 사는 것 아닌가. 물론 건물 관리도 중요하지만, 그것이 바로 절약이니까. 그래서 또 농가주택을 마련할 수 있었던 것이고. 집에서 30여 분이면 갈 수 있는 농가주택은 너른 밭이 주무기이다. 언젠가는 효자가 되어줄 그 넓이 말이다. 처음 그 밭에 서 있던 감격, 감격이라고? 말은 그렇게 하지만 코와 눈은 정직한 기억을 알고 있다. 다 쓰러져가는 집에 대한 실망감보다 더한 것은 축사가 있었던 자리에서 넘실대는 지독한 냄새였다. 냄새만이 아니었다. 발아래 땅은, 그 흙은, 전에 있었던 가축들의 배설물 흔적으로 뒤범벅이었다. 환경에 익숙해져가는 것이 사람이라, 이제는 곧 감자 도랑을 골라주고, 계란 껍데기며 좋다는 것 다 가져다 쌓아둔 퇴비도 흩뿌려야 할 때임을 안다. 멋대로 자란 봄동이라도 캐오면 이 집 저 집 나누어서 좋다. 집은 며칠 잠을 자도 좋을 만큼 보수되었고, 무엇보다 큰길에서 멀지 않은 지리적 조건은 언젠가는 크건 작건 복덩이가 될 것이 확실하다. 지금이야 불편한 것이 많지만, 참자, 견디자. 아직은 베이스를 넓히는 데에 몰두하는 거다! 최소한 이런 걱정을 해야 하는 것 아니냐고!

노인들이 어떻게 살든 흉볼 일은 아니다. 나도 우리도 노인들이 되어가는 것을 어찌지는 못한다. 노인이 되어 죽는다, 그것이 진리다. 그것도 다행스러운 코스일까. 갑자기 닥치는 일은 우리 소관이 아니라 하느님이 하시는 일일 것이다. 간호사의 남편도 또는 부모님도, 의사의 아내도 또는 부모님도 코로나를 이기지 못하고, 더러는 의사 자신도 세상을 뜬다. 엄마의 담도암도 엄마나 우리들 탓이 아니었다. 하느님이 하시는 일에 미리 절망을 말라.

'내일 지구의 종말이 온다 해도 나는 한 그루 사과나무를 심겠다!' 스피노자라는 철학자의 이 말은 여러 선생님들한테서 들었다. 특히 고2 때 담임 선생님 말이 인상적이었다. '종말이 온다 해도' 안 올 수도 있으니까, 차라리 계속 믿고 사는 편이 훨씬 이익이라고! 이익! 종말을 믿고 모든 것을 아무렇게나 탕진해버리면, 종말이 오지 않았을 때 어떡하느냐고! 수긍이 가는 말씀이었고, 우리 친구들은 다들 열심히 살았다. 지금도 그리 알고 살아간다. 그런데 최근에 잠깐 그 해석이 너무 시시했었다는 느낌이 들었다. 이익이란 결과를 말하는데, 어쩐지 이 격언은 태도를 말하는 것 같았는데. 아무튼 멋있는 철학적 문장이 세속적이 되어버린 느낌이었다. 명언은 명언이지만.

게다가 그 사과나무 명언은 낭패감을 불러온 적이 있다. 내가 언젠가, 무슨 경우였더라? 아무튼 내가 좀 아는 척을 하고 싶었을 때 스피노자의 사과나무를 슬쩍 말했다가 딱 걸렸다. 이 집 할머니가 다른 말을 했다. 그게 스피노자가 아니라 루터의 말일걸요. ─ 루터요? ─ 예, 그 종교개혁자 마르틴 루터, 가톨릭에서 파문당한 사제요!

아는 것이 병이다! 이 할머니는 가끔 그것을, 아는 것이 병임을 상기시켜 준다. 사과나무가 스피노자의 말이면 어떻고 루터면 어떤가. 가톨릭 신자인 나에게 루터라는 이름을 콕 짚어서 알려줘야 했는가 말이다. 나는 순간 반박할 말을 찾았다. 사과나무를 루터가 말했다는 말은 처음 듣는데요, 누가 말했거나 좋은 말은 좋은 말이죠. 하지만 루터는…… . 얼른 말이 이어지지 않았다.

할머니는 계속했다. 그래요, 누구면 어떤가. 루터가 직접 그 말을 했는지 들은 사람도 없잖아요. 다만 그의 고향에, 독일 어딘가 시골 '루터의 집'에 그리 새겨져 있다고 하니까. 애초에는 대단한 인기를 누린 신부였대죠. 성서 강독 교수로서도 완벽했었고, 무엇보다 어려운 라틴어 대신 쉬운 독일어로, 우리나라 같으면 한문이나 영어를 안 쓰고 순 우리말로 설교를 했다고 하니까.

하지만 신부님이 어찌 결혼을 하고, 그것도 파계한 수녀님과…… .

결혼, 그거야 나중 일이었죠. 세속의 아버지에게 손자들을 안겨드리고 싶었다고 말했대요. 파계했더라도, 파계했으니까, 수녀들도 인간적 권리는 있는 것이고. 어쨌거나 루터가 하느님의 구원을 의심한 적은 없었으니까. 루터가 임종 자리에서 마지막까지 되뇌었다는 성경 구절은요, 하느님께서 세상에 독생자를 보내시어, 그를 믿는 사람은 누구나 영원한 생명을, 그런 비슷한 구절이었답니다. 난 잘은 모르지만.

아. 네, 그거 있어요, 요한복음에요. '하느님께서는 세상을 너무나 사랑하신 나머지 외아들을 내주시어, 그를 믿는 사람은 누구나 멸망하지 않고 영원한 생명을 얻게 하셨다.'(요한 3,16) 그런데 어떻게 그런 걸 다, 비슷하게라도 어떻게 아세요? 신자도 아니라면서요.

성경 공부야 젊었을 때 할 수도 있는 것 아닌가. 기억에 남은 구절도 있는 것이고.

맞아요, 신자 다 되셨네요.

말을 하다 보니 부끄러워졌다. 내가 신자라서, 신자라고, 이 할머니를 좀 아래로 보며 말한 것 같았다. 고백하지만 나는 C학점도 받기 어려운 신자다. '성부와 성자와 성령의 이름으로 아멘.' 나도 모르게 성호가 그어지곤 했다. 늘 반성의 마음은 있다. 수녀님의 형제자매이면서 게을러터졌음에 부끄럽다. 알면 무엇 하는가. 어머니가 많이 아프셨을 때, 돌아가셨을 때, 그런 때에나 기도에 매달렸다. 솔직하게 말하자면 그때도 작은언니가 수녀님이니까 기도를 잘하실 테지, 하는 의타심이 컸다. 그러다가 곧이어 막상 우리 수녀님이 아팠을 때는 어찌할 바를 몰랐다. 늘 실천이 부족하다. 밥을 먹을 때, '주님, 은혜로이 내려주신 이 음식과 저희에게 강복하소서. 우리 주 그리스도를 통하여 비나이다. 아멘.' 그 정도다.

습관적으로 판에 박은 기도문이 튀어나온다고 해서 내가 그리 종교적인 사람은 아니다. 그저 흔한 보통 사람, 현실적인 사람이다. 스스로 현실적이라고 말하다 보면 삭막한 느낌도 든다. 현실의 반대는 꿈인데, 꿈을 모르는 사람이 된 것이다. 아니, 처음부터 내 꿈은 현실적이었던가. 남편에게 홀렸을 때 무엇보다 그의 무한 생활력을 보고 매력이라 느꼈다고 말하면 사람들이 웃기도 한다. 세상 살아가면서 남에게 피해를 안 주는 한에서 현실적으로 유불리를 생각하면서 행동하는 것, 그것이 어때서. 그런데 남이 말하면 이기적이라고 흉보는 느낌이 들 것 같다. 말은 어렵다. 말의 뜻은 말하기에 따라 듣기에 따라 변하기도 한다.

말 때문에 느닷없이 가벼운 다툼도 있었다. '팔이 안으로 굽는다'는 말 때문이었다. 설 며칠 전이었다. 남편이 저녁에 늦는대서 게으름을 부리고 뭐 적당히 사 먹고 말지 싶어 편의점에 갔다가 세탁소 언니를 만났다. 웬일로 안쪽 한편의 옹색한 의자에 자리 잡고 앉아서 누구랑 둘이서 맥주를 마시고 있더니만, 핫바만 들고 나오려던 나를 불러 앉혔다. 웬 맥주, 추운데, 하면서도 나도 의자를 당겨 앉았다.

동네 사람이 아닌지, 처음 보는 아줌마는 이런 시절에 화장기가 좀 과했다. 그런데 그 빨간 입에서 터져 나오는 소리라는 것이 가관이었다. 팔이 안으로 굽지 그럼. 세상사 안 그래? 당연히 제 식구들 감싸게 되는 거지! 아무려나, 집값이 고공 행진이야. 세금 폭탄은 어쩌구……

먼 말이 그래? 허지만 집값 올라서는 그리 싫어하겄어. 가만 안거서 5억이 10억 돼서 나쁘달 사람 누구여? 집값은 올라라 올라라, 세금은 아깝다, 건 아닌겨. 세금 덕에 늘그막에 가용돈 걱정 줄잖여. 기초수급 받는 노인들 은근 많더만. 우리도 곧 노인이여! 세탁소는 이러다 저러다 느닷없이 지원금을 편들었다.

어느새 내가 끼어들고 있었다. 저기요, 팔이 안으로 굽는 거라니, 좀 어폐가 있소. 힘 가진 사람덜이 팔이 굽는 대로 즈그 편 부자덜만 감싸불면 된다요? 힘없는 가난뱅이덜은 으짜라고! 긍께 우덜은 부정식품이라도 묵어야제이. 여그 편의점에 부정식품 싼 놈으로 조까 없으까?

삼층, 왜 그래, 그만혀! 가난하도 안한 사람이 왜 흥분혀! 세탁소가 달랬다. 둘 다 놀라는 눈으로 나를 바라보았다. 알바 아줌마도 힐끗거렸다. 머쓱해진 나는 냉큼 일어났다.

한 블록도 안 되는 거리, 바깥바람이 찼다. 그나저나 내가 세탁소와 편먹으면서 나도 모르게 순 전라도 말이 튀어나온 것이 신기했다. 사람들은 말 때문에 나를 서울 출신으로 아는데, 웬일이었을까. 이제 서울 가면 순 전라도 아짐씨라 하게 생겼다.

보도의 돌멩이가 발끝에 걸렸다. 엄지발가락이 아팠다. 구르는 돌멩이 같은 인생, 밑바닥 인생이 최근의 화두였다. 극빈에다 못 배운 사람은 자유가 뭔지도 모르고 그런 게 필요한지 그조차 모른다고, 티브이에서 최고권력자가 뱉은 그런 비슷한 말 때문에 한 며칠 술렁였다. 어쩐지 불편했다. 고졸 간호조무사로 사회 첫발을 내딛던 시절, 못 배운 채 극빈했던 나는 자유를 알았을까. 24시간 돌봄 놀이방에 백 일도 안 된 아기를 맡기고 출근하던 가난한 엄마는 자유를 알았나. 중간에 야간이라도 대학을 다녔고 경차라도 내 차를 끌고 다니는 지금은 자유를 알까. 자유가 뭘까. 아리송했다. 가난한 자는 모르는 자유! 맞다, 이것이 명언이다. 밤중에 무지개 타령을 말자. 애꿎은 보도블록을 쿡쿡 찼다. 쓸쓸한 마음으로 집에 올라오니 빈 방이 유난히 텅 비어 있었다.

남편은 그리 늦지는 않았고, 오도카니 앉아 있는 나를 의아한 눈으로 보았다. 왜 저녁도 안 먹은 폼으로 그러고 있어, 좋아하는 티브이도 안 보고? 그리 묻는 남편이 그날따라 맹맹하게 느껴졌다. 내가 지금 자유에 대해서 생각하고 있는데 여보 당신은 자유가 무엇인지 아느냐고, 뜬금없이 대놓고 물을 수도 없었다.

우리는 둘이 함께 일했던 병원의 원장이 큰 병원으로 들어가는 통에 순간 실직을 맞았었다. 첫 직장에서 그리 쉽게 실직이라니, 엄청 충격이었다. 곧 다른 병원에 취직을 했지만, 남편은 투잡 대신 저녁으로 공무원 시험을 준비했다. 그리고 해냈다. 철밥통으로 정년과 연금이 보장되니까 그때부터 남편은 자유로울까. 직장마다 사다리가 있잖은가. 남편은 기껏 집에서 채널 독점이나 하면서 자유를 누리는지도 몰랐다. 퇴근할 때 내가 좋아하는 트로트 프로라도 보고 있으면 남편은 화들짝 채널을 바꾸곤 했다. 그런 델 왜 보냐고! 신문 방송이란 대중이 비판적 생각을 못 하도록 서커스를, 예능이다 트로트 같은 것들을 보여주는 거라고 했다. 입만 열면 '정치에, 공공의 일에 무관심하면 안 된다고, 더 악한 놈들한테 지배당한다고', 누구랬더라, 난 참 외국 사람들 이름에 약하다, 암튼 고대부터 내려온 불변의 진리라고 했다. 둘이 사는 집안에서도 내 자유는 구겨지기 십상이었다. 남편은 이런 내 기분을 모르는 거다. 내가 말을 하지 않으니까 모른다. 밖에서고 안에서고 구겨진 밤이었다.

오늘따라 세 시간이 좀 지루하다. 잠깐의 산책이 움직임의 전부였다. 흙길을 걷지는 않았지만, 아스팔트 기슭 연둣빛 기운들을 바라본 것이 그나마 다행이다. 새순이 꿈틀거리는 봄날들엔 일단 대문을 열어야 한다. 나야 정해진 시간이 되면 훌쩍 일어서서 나가면 끝이다. 몸조심하세여! 낼 봬요! 아님, 담주에 봬요! 그다음은 정적일 것이다. 집안에 활기라곤 없는 노년. 보도 듣도 않는 텔레비전이나 틀어져 있는 답답함을 어찌고 살까. 코로나도 일상이 되어가면서 무디어지고 있고, 무디어진 만큼 무서움이 덜해간다. 무서워져가는 것은 정치판 뉴스들이다.

요즘 참 어지럽네. 하늘 높은 거드럭거림에 업신여김에 이런저런 분노에. 하지만 이것은 내 생각인데요, 분노는 힘이 되지 못해요. 자조에 빠지게 되거든. 지금 머릿속에서 맴도는 시, 옛날 시인데, 눈이 컸던 김수영, 들어볼래요?

왜 나는 조그마한 일에만 분개하는가 / 저 왕궁 대신에 왕궁의 음탕 대신에 / 50원짜리 갈비가 기름덩어리만 나왔다고 분개하고 / 옹졸하게 분개하고 설렁탕집 돼지 같은 주인년한테 욕을 하고 / 옹졸하게 욕을 하고…….'

이 할머니는 심심하면(?) 시다. 눈 큰 옛 시인을 내가 어찌 알아. 근데 시가 뭐 이러나. 왕궁, 왕궁의 음탕함? 난데없이 왕궁? 나도 모르게 고개를 젓는다. 아까처럼 길 잃은 노인들 걱정이 백번 낫겠다. 할머니에게 들킬세라 속으로 주님의 기도를 왼다. '저희를 유혹에 빠지지 않게 하시고 악에서 구하소서. 아멘.'

하느님은 우리를 유혹과 악에서 지켜주실지 모르나, 뉴스에는 악의 세상이 도배된다. 단순한 불운으로 무너지는 건물 아래에, 아님 필연적인 일, 밥벌이를 하던 중에 느닷없이 펄펄 끓는 용액 속으로, 기계의 소용돌이 속으로. 뉴스를 바꿀 수 있는 기도가 있다면 좋겠다. '야훼여, 모르는 체 마소서. 나의 힘이여, 빨리 도와주소서.'

나의 소리 없는 기도를 모르는 할머니는 계속한다.
그렇게 억울하게 속절없이 사라진 자리에는 저절로 여물어 내린

토지에서와는 딴판으로 양분이 없어요. 울분만 쌓여 있을걸요.

울분만 쌓여 있는 땅이라고? 그럼 어떻게 새순이 나랴. 가슴이 덜커덩, 이내 의기소침해짐을 느낄밖에. 이건 내가 아니다. 어려움을 참고 노력하면 분명히 대가는 온다고 믿으며, 단순 평범한 삶을 살아가던 내가 왜 흔들리는지. 나는 현실에 뿌리내린 사람이라 생각했는데. 내일 지구의 종말이 온다 해도 한 그루 사과나무를 심으라는 가르침은…… 이제는 무용지물인가.

아냐, 울분보다는 분뇨, 그래 소똥이 쌓인 게 백 번 천 번 낫다. 올봄엔 우리 소똥 밭에 사과나무를 심자고 해야지. 웬 사과나무? 남편이 물으면, 아침마다 사과를 따 먹는 상상이 즐거워, 라고 말해야겠다. 산림조합에 사과나무 묘목이 나올까. 옥천 묘목시장까지 가야하려나.

드디어 태그 시간이다. 몸조심하세여! 담주에 봬요! — 주말 잘 지내요, 지 선샘!

아, 이 신선한 바깥 공기. 차로 바로 가지 않고 큰 나무 둥치에 기대어본다. 나무 아래는 달콤한 수액의 향기가 섞여 코끝이 촉촉해진다. 눈이 사르르 감기며 속눈썹 사이로 보이는 바깥세상은 온통 연두다. 노오란 연두가 따뜻하게 다가온다. 이 봄에 우리 농막에는 새 식구들이 늘 것이다. 사과나무 묘목은 두서너 그루 흙이 많이 붙은 분달이로 사다가 돋아놓을 테다. 덩달아 고목나무에서도 새순이 날 것이다. 죽은 나무에서는 어떤 순도 움틀 수 없다는 너무 확실한 사실을 잊자. 어떻게든 꿈틀거리는 나무들의 달콤함, 그래, 그 달콤함에 기대어 살아가는 거야. 누가 뭐래도 봄에는 새순이 움트는 것이다. 어느 순간 백목련은 우아한 자태로 시선을 모을 것이고, 개불알꽃들은 그 푸르스름 애닲게 짝은 몸으로 여럿이 여럿이 함께 마른 풀잎들 사이에서 흔들리고 있을 것이다.

페르소나

페르소나, 두 번째의 나에 대한 생각이 나를 사로잡은 것은 사과나무를 심던 날이었다. 시작은 단순 명쾌한 멋진 날이었다. 사과나무를 심겠다는 어린애 같은 결심이 실제 이루어지다니. 예상보다 잘된 일이었다. 예상보다? 그것은 내 생각이 늘 관철되지는 못하는 일상에 비추어 나오는 말이다.

사과나무 묘목은 가까이에도 있었다. 옥천까지 가자고 했으면 남편이 나섰을까. 모를 일이다. 200킬로가 안 된다지만 두 시간은 걸릴 것이고, 왕복이면 기름 값이다 통행료다 해서 10만 원은 족히 든다. 사과나무 묘목 값과 점심을 더하면 큰 지출이 될 터다. 자랄지 말지도 모를 사과나무 묘목을 사러 가자고? 왜, 뭣 하러? 그런 반응이었을지도 모른다. 나를 의심에 들게 하는 것은 언제나 나다. 아무튼 다행이었다. 남편은 웬일로 넉넉했다. 막상 다섯 그루씩이나 어린 사과나무 묘목을 사 들고 오는 기쁨은 컸다. 내일 지구가 멸망할지라도 나는 오늘 한 그루의 사과나무를 심겠다! 옛날의 이 격언을 말 그대로 실행하다니. 세상에 얼마나 좋은 말씀들이 많은가. 하지만 누가 그런 격언들을 실행하는가 말이다. 모범생도 아닌 평범한 내가.

내 사과나무에서 사과를 따 먹는 상상은…… 상상만으로도 떨린다. 유기농 어쩌고 뽐내지는 않을 것이다. 사람이 먹을 것을 가지고 유난 떠는 것을 남편은 제일 싫어한다. 먹을 것이 부족한 사람들이 '득시글거린다'는 이유에서다. 아니, 어린 시절의 고픔을 몸서리치는 것이라 짐작해본다. 형제자매가 많았던 시절, 넉넉지 못했던 살림에 대한 절망의 말을 내비치기도 했다. 자라서 독립을 해 나가서는 다들 밥 걱정은 안 하고 살게 된 것, 둘씩이나 공무원이 된 것에 자긍심을 가지고 있는 것이 느껴진다. 오죽하면 딸애에게도 공무원만을 강조했을까. 딸애를 예뻐하다가도 그 일로 해서 찡그린다. 지금도, 그러니까 맘대로 공무원 사위를 봤고, 딸애가 애 엄마가 된 후에도 가끔씩 투덜거린다. 둘 다 합격했음 좀 좋아…….

뭐 해? 사과나무 안 고를 거요? 남편이 웬일로 내 의견을 존중해 주었다. 우리가, 남편이 고른 것은 부사 품종이었다. 3년생 분달이로 다섯 그루, 25,000원씩인데 120,000원에 샀다. 분털이는 값은 좋아도 열 개씩 묶음으로 사야하고, 무엇보다 잘 심을 수 있을지 걱정이기도 했다. 분달이 묘목에는 흙이 두툼히 묶여 있었지만, 그래도 비닐로 잘 덮어서 뒷자리에 싣고 출발했다.

차에서 내리자마자 밭으로 향하던 나는 언덕배기 아래쪽으로 저만큼 미리 드문드문 파둔 구덩이들에 놀랐다. 남편은 일을 너무 완벽하게 해서 질리게 한다. 스스로 완벽함을 알아서, 농막의 일에 관한 일만이 아니라 어떤 일에서건 어떤 의견도 묻지도 듣지도 않는다. 내가 너무 싫어하는 배추 농사! 하지만 그것은 약과다. 언제 어떻게 집을 사는가, 심지어는 고향으로 내려오는 것도 난데없는 결정이었다. 그의 고향은 나에게는 아스라한 시골이었고, 결국 고향 가까운 이곳으로 왔다. 너무나도 갑자기. 그러고는 농막도 알아서 선택했다, 혼자서.

남편은 묘목들을 내려서 펌프가 있는 쪽으로 가져가더니 커다란 물통에 나누어 담고 있었다. 사과나무는 햇빛과 양분보다도 유독 물을 좋아한단다. 그러고서 창고로 향하더니 농약 포대를 가지고 나왔다. 고추 탄저병 때 썼던 톱신엠인가 그런 살균제다.

두 시간 정도 소독 겸 물통에 그대로 놔둘 거야. 점심을 먼저 먹자! 쉬기도 하고! 남편은 갑자기 농막 안으로 향했다.

아뿔싸, 냉장고에 뭐 없을 텐데! 나무 심고 나서 밥 먹으러 가는 것 아니었어? 방법이 없는 채로 바깥 샤워장에서 손을 씻고 따라 들어갔더니, 남편은 놀랍게도 삼겹살을 꺼내고 있었다. 언제 사다가 넣어두었을까. 혼자서도 너끈히 살 사람이다. 익어가는 삼겹살에 봄이 되면서 시들해졌던 김장김치가 그리 맛있을 줄이야. 어쩌다 먹는 순쌀밥 햇반도 스르르 녹았다.

배가 불러서 커피 잔을 들고 느릿느릿 밭으로 나갔다. 미리 파놓은 구덩이는 양동이를 묻었다가 파낸 만큼의 깊이였다. 남편은 깊이로도 조금 더, 넓이로도 더 넓게 파더니, 상토를 서너 삽 부어넣었다. 마사토 같은 것이다. 쉽지 않은 과정이구나 싶었다. 막상 묘목을 세우는 것은 절대로 혼자서는 안 되는 작업이었다. 남편이 삽질을 더 하려고 한 손을 놓으면 중심잡기가 쉽지 않았다. 지지대를 세워둘 걸! 어차피 박아야지, 뭐. 남편은 중얼거렸고, 내가 묘목을 힘껏 잡고 있는 동안 뿌리와 흙을 뭉쳐둔 끈을 조심스레 풀었다. 뭉툭한 접목 부분을 조심조심 땅 위로 한 뼘 길이 되게 올려놓고는 나머지 흙을 덮었다. 일단 성공이었다.

어라, 흉측한 접목 부분을 왜 완전히 묻지 않을까.

멍청하긴! 거기까지 다 묻으려면 처음부터 통째로 심었을 것이다. 그런데 이상하다. 저렇게 뿌리와 발목만 남은 나무 동강, 지금도 나무라고 해야 할까, 그 몸통은 어디로 갔을까. 어딘가에 버려져 말라 죽었을까.

인간 생체 이식술의 성공도 극에 달했지 싶었다. 과실수의 뿌리와 몸통을 잇는 데 성공한 인간들이 인간의 몸통 이식까지 내다보고 있는 것일까. 몸통 이식인가, 머리통 이식인가. 누구의 머리통과 다른 누구의, 아마 뇌사자의 몸통을 이식하는 생체 이식 프로젝트는 끔찍한 뉴스였는데, 다행히도, 다행인가, 아무튼 아직 성공하지는 못했다. 머리 따로 몸통 따로면, 대체 누구란 말일까. 심겨진 뿌리는 그냥 대목이란 이름으로 남고, 그것은 이름도 아니다. 몸통 부분 접수가 부사니까, 내 사과나무는 홍로도 양광도 아닌 부사 품종이다. 뿌리는 살아서 무엇을 하는가. 살아 있기는 하지만.

어느새 남편은 물을 가지러 갔다. 길게 길게 호스째 가져온 물줄기, 호스를 아예 흙 속에 묻다시피 하고 물을 틀었다. 아주 천천히 물이 스며들기를 기다리면서 다른 나무들로 옮겨 다니는 동안 물은 정말 천천히 스며들고 있었다. 그 틈에 양동이를 들고 저만치 갔던 남편이 흙을 수북이 퍼 담아 온다. 정작 땅 위로 북돋는 작업도 한참 걸렸다. 두툼히 올라온 흙을 신호로 그제야 마무리다.

언제부터 사과가 열릴까. 인터넷에는 이삼 년 안에 죽는 경우가 많다는 글들도 있었다. 뿌리가 잘 내린 뒤에, 잘린 가지에서 순이 나올 것이고, 어린 나뭇가지들을 잘라주어야 한단다. 순이 정말로 자라 나올까. 수형을 잡아줘야 한다는 말은 지금은 사치다. 일단 자라기만 해라! 이삼 년을 기다려 어느 해 이른봄이 되면, 그러니까 날이 풀리자마자 적과를 해야 한단다. 꽃눈적과도 있고 꽃적과도 있다니, 외국어 같은 말이다. 꽃눈이 가지에 생길 때부터, 아니면 꽃눈에서 생겨나는 꽃도 따버린단다. 애당초 버림받는 꽃눈들이 애석하다. 하지만 인간들도 하나만 낳아서 잘 기르자고 하는데, 뭘. 사람들이 참 비정한 동물이다. 여느 동물에 비해도 앞장서서 비정하다.

정말로 내가 사과나무를 심다니, 행복감을 느꼈다. 사실 남편은 돈을 쓰는 일에는 많이 민감하다. 근검절약도 좋은 말이지만, 빨래 줄이자고 하얀 옷도 입지 말자던 사람이다. 옛날 같으면 자린고비라 했을 것이다. 같이 살기는 어려운 사람 같다고, 친한 사람들은 아예 그렇게 말한다. 요구하는 것, 기대하는 것이 많고 높기 때문이다. 내가 거기에 충족될 리도 없지만, 나는 그냥 산다. 또 주변 사람들이 나더러 어떻게 참고 사느냐고 물으면, 나는 그냥 좋아서, 좋아하니까 산다고 말한다. 좋아한다, 뭘까. 정말 잘 모르게 되었다. 무엇이 나를 그에게로 이끌었을까. 한참을 멀리 온 이제 와서는, 글쎄, 그 느낌 그대로를 잘 모르게 되었다. 투잡이 아니라 쓰리잡을 마다 않던 젊은 남자에 대한 신뢰감, 그것은 변함이 없다. 나는 나를 지켜줄 수 있을 누군가를 원했던 것 같다. 아버지의 빈 공간 때문이었을까. 집이, 어머니만의 집이 믿음직스럽지 않았다는 말은 아니다. 청원군 남일면 은행리, 시골 태생이지만, 우리는 큰 어려움 없이 고등학교까지는 당연히 다녔으니까.

남편 저이는 왜 내게로 왔을까. 여리여리한 여자애들에게 모든 남자들의 시선이 집중되었던 그때, 새로 온 직원, 임상병리사 겸 원무과 직원이었던 그도 마찬가지였을 것이다. 마스카라 가루가 날리는 속눈썹에 새빨간 립스틱, 어리광 목소리만으로도 접수부 김 양은 사람들을 홀렸다. 삐삐 마른 손가락들에 그 요란한 손톱이라니! 쌀이나 씻을 수 있으려나, 그것은 여자들의 생각이었다. 남자들에게는 깨질세라 살포시 잡아주고 싶은 손이었겠다. 높다란 뾰쪽 슬리퍼는 어쩌고! 매 순간 넘어질까 불안하게 만들었고, 보듬어주고픈 남자들로 줄을 세웠다. 나이는 내가 더 어렸지만 덩치 큰 여자, 지금 생각하면 나는 매력이라고는 1도 없었다. 그냥 매사에 열심히, 되려던 간호사가 못 되었지만 병원은 내 직장이니까 즐겁게 일하려고 했다. 이상한 억지로 서울 생활을 시작한 이래, 집 떠난 외로움도 있었겠다.

아무튼 놀랍게도 우리는 어느덧 함께 어울렸고, 함께 어울리는 우리를 어머니는 그대로 놔두지 않았다. 서둘러 결혼 날을 받으셨다. 작은언니처럼 어느 순간 폭탄선언으로 결혼에서 도망칠까 걱정하셨을지도 모른다. 수녀님 작은언니는 남들 눈에는 자랑이겠지만, 어머니 맘속으로는 아픈 손가락이었겠다. 딸의 성스러운 삶을 이해하기에는 어머니의 삶은 너무 작았다. 문경군 산북면 석봉리 그중에서도 순 산골 석달마을에서 태어난 여자애, 해방 몇 년 어느 날, 스무 가구 남짓 옹기종기 모여 살던 곳의 비극, 그 끔찍했던 상실감을 안고 엄마와 평지로 평지로 도망치듯 멀리멀리 떠나와서 정착한 여자애 – 울 어머니의 삶은 단순 소박 그 이상도 이하도 아니었을 것이다. 무탈하게 자라서 어른 되어 시집가고, 부부가 함께 애들 낳아서 튼실하게 키워서 시집 장가 보내고, 떡두꺼비 같은 손주들을 안아보고 죽는 것, 그것이면 될 일이었다.

아부지도 안 계시넌데 느들 식이라도 빨리 혀야⋯⋯.

작은언니의 결혼 불발이 아버지가 안 계신 탓이었다고 생각하셨을까? 어머니의 걱정 때문에 우리의 결혼은 빨랐다. 좋은 일이었다.

　사과나무를 심다가 웬 결혼 이야기? 우물가에서 숭늉 찾기라던가. 나무를 심으면서 열매가 벌써 눈에 보였나 보다. 언젠가 열릴 탐스런 사과에도 벌레는 있을 것 아닌가. 우리의 결혼생활은 크게는 벌레에 먹히지 않고 잘 자란 사과다. 살짝 색 바랜 부분이나 반점들은 있겠지만 온전한 사과다, 맞다. 한 명이라서 조금은 아쉽지만 자식도 낳았고, 딸애가 자라서 결혼을 했고 아이도 낳았다. 딸의 딸, 외손녀다. 태명을 동백이라 하더니만 순백이라니. 순백이 할머니, 민지 엄마다. 만족스러운 일들이다. 우리가 옮겨 심은 이 사과나무들도 벌레를 아예 피하지는 못할 것이다. 다섯 그루 달랑, 그것도 아마추어 밭에서 자라다 보면, 탐스런 사과가 열리지는 않을 것이다. 벌레가 사과를 온통 다 먹는 일만 없으면 성공이겠지. 매사에 내가 너무 낙관적일까.

　자 자, 이만하면 되었겠제? 마늘님 비위 맞추기 힘드네. 사과나무는 당신 나무니까 알아서 잘 돌봐! 지지대까진 내가 세워줄 테니까. 아, 다른 작목들도 잘 좀 봐주고. 저 많은 작약꽃들, 곧 피어날 거구만.
　여보 당신은! 작약만인가! 내가 뭐 다 사랑하잖아. 배추만 빼고!
　이 마지막 배추 말은 속으로만 했다. 배추는 정말 싫다. 김장을 많이 해야 하니까. 하지만 좋아하는 것들이 더 많다. 작약은 꽃만 예쁜 것이 아니라 그 뿌리를 말리면 얼마나 좋은지. 마를 때의 향기며, 차

242　날마다 시작

를 끓일 때는 정말 기분이 좋다. 여름에 냉장고에서 꺼내 마시면 일품이다. 딸애가 결혼 후 곧바로 아이가 생기지 않았을 때에도 작약뿌리 차를 진하게 마시게 했다. 위에도 좋지만 특히 여성 건강에 좋다니까. 내가 따뜻한 점심을 함께 먹는 오후 수급자 어르신 집에도 가끔 이것저것 갖다 드린다. 작약뿌리는 물론, 뇌 건강에 좋다는 초석잠 같은 것은 처음 본다면서 진짜 좋아하셨다. 부지런한 남편 덕에 인기가 올라간다. 사랑하지 않을 수가! 앗, 말하려다 보니 낯간지러워서 갑자기 목에 뭔가 걸린다.

때마침 핸폰이 울었다. 왜 방정맞게 우는 소리로 들었을까. 폰에서는 정말로 우는 소리가 났다. 젓가락언니였다.

어쯔끄나. 어째야 쓰겄냐. 야들 코로나 포도시 지나가고 낭께 참말로 더 난리다. 전에 말했잖여, 사우가 신장 이식할라 근다고. 둘이 앞서고 뒤서고 서울 올라가부렀다. 첨에는 즈그 동생이 딱 맞응께 띠어준다등만, 멋 헌다고 각시헌티.

언니, 어쩌나, 나 지금 밖에요, 신랑이랑. 좀 있다가 내가 전화할게, 네?

우선 피했다. 머리가 지끈거렸다. 이제 마흔 살 된 애들이 신장 이식이란다. 일단 투석으로 좀 버텨볼 것이지. 나중에는 어쩌려고. 아니, 무슨 나중 생각. 젓가락언니는 지금 당장 딸애가 문제인 것을. 생체 신이식이라니! 쉽지 않은 일이다. 아무리 의학적으로는 신장 하나로 살아가는 일이 문제가 없다지만, 만일……

사람은 어쩌면 직업적으로 병원 근무를 하지 않는 것이 더 행복하리라. 초짜 간호조무사 시절은 아득히 깊게 남아 있다. 조무래기 월급쟁이로 반지하를 탈출하는 꿈을 키우는 일상은 힘들어도 뿌듯했지만, 병원의 인상은 금 나와라 뚝딱 도깨비방망이를 보는 느낌이었다. 물론 그 금에는 주인이 따로 있었고.

어떤 기억들은 어떤 뜻에서는 지우고 싶을 지경이었다. 90년대 초 산부인과는 탄생의 축복을 앞세운 한편, 뒤로는 지옥의 문턱이기도 했다. 그런 일들로 병원들은 건물을 높일 수 있었겠지만, 그 와중에 겪는 정신적 고통에 대한 보상은 없었다. 간호조무사 학원에서는 초음파 태아 감별이 법으로 금지되었다고 배웠는데, 병원 현장에서는 거의 무용지물이었다. 우리 병원장이 장로님 사위이고, 직원들에게 교회 다닐 것을 권장하는 것도 소용없는 일이었다. 태아의 생명권이냐, 낙태를 희망하는 여성의 권리냐. 창과 방패의 싸움은 늘 한쪽으로 기울었다. 성 감별을 확인하고 나서 낙태를 원하면 상황은 더 끔찍했다. 거기 깊은 안에다 미리 작은 막대를 둘씩 셋씩 박아두고 억지로 늘려서 문이 열리기를 며칠씩! 거의 완력으로 태아를 꺼냈다.

남안교? 우야노! 무조건 장손을 원하는 풍토에 죄의식 같은 단어는 설 자리가 없었다. 지금에 비해 의료 상식이 낮아서도 그랬겠지만, 태아도 생명체라는 의식이 아예 없었다. 수술대와 여러 도구들 사이에서 태아는 생명줄에서 끊겨 나왔다. 심하면 7개월이 넘은 경우도 있었다. 그런 때면 적출물들을 함께 받아내는 검은 비닐봉투 안에서 아기 울음소리가 들리면 어쩌나 나도 모르게 어금니를 꽉 물고 머리를 흔들었다. 다행히 울음소리는 없었다. 울지 않았으므로 생명이 아니었고, 부분부분 긁어낸 조각조각들과 마찬가지로 비닐봉지째로 냉동실에 넣어지면, 나중에 적출물 폐기 때 함께 버려졌다. 하루에도 몇 개씩 늘어나는 검은 봉지들은 그 숫자가, 아······.

이제 농막 주인의 아내가 되어 흙을 파다가 호미에 끊긴 지렁이나 벌레들에도 놀라지 않는 것이 당연하다. 혹독한 경험으로 훈련이 된 탓이다. 그러다 어느 순간에는 토악질이 나오려 할 때도 있다. 그때 참 소중하고 귀했던 돈을 벌려고 참았던 어지럼증이 오랜 세월 동안 어느 구석엔가 똬리를 틀고 있었나 싶었다.

돌이켜보면 벌써 그 무렵에 이상한 죄책감 같은 것에 눌리기도 했다. 성남의 끝자락, 그래도 수도권의 주공아파트에 입주한 뒤였다. 반지하를 떠나 온 우리에게 42제곱미터 공간은 넓기만 했고, 낙원이었다. 24시간 놀이방에 보내면서 키웠지만 민지가 어느 정도 자라는 동안 동생을 가져볼까 하는 생각도 있었다. 잘 키우려면 하나만! 그러는 완강한 남편을 졸라서 잠시 뜸을 들였는데, 1년이 다 되어가도 소식이 없었다. 그때 나는 그 무시무시한 살생을 거들었던 죄로 그사이 불임이 되었을까 하는 생각에 가슴이 뜨끔했다. 병원에서도 죄를 안 짓는 임상병리에 사무를 겸했던 남편이 부러웠다. 남편은 그사이 공무원으로 계급을 바꾼 뒤였지만 말이다. 계급? 맞다. 계급이다. 남편은 최소한 개인에게, 돈 많은 개인에게 종속될 필요는 없었다. 병원들은 주인 마음대로였다. 그때 우리 병원은 원장이 장로님 사위라서 일요일을 다 찾아서 쉬었지만, 일요일에 격주만 휴무인 곳도 있었다. 나는 우리 민지가 자라서 절대로 간호조무사 그런 것은 되지 말았으면 했다. 간호사도, 의사도 말고! 뭔가 생명과 직접은 관계없는, 너무도 적나라하지 않은 다른 고상한 일을 하게 되기를 바랐다.

어쨌거나 그 병원이 더 큰 병원과 합치려고 폐원하자 나는 직장을 옮겼고, 교회 출입은 줄게 되었다. 너무 세속적이고 이기적인 생각이었겠지만, 우리에게 십일조는 거의 상처였다. 물론 독실한 신앙을 갖지 못한 것이 십일조 때문만은 아니었다. 우선 게을렀다. 나중에 작은언니가 수녀님이 된 후에는 가족들 대부분이 가톨릭 신자가 되는 길을 걸었지만, 게으른 것은 여전하다. 주중에 죽어라 일을 하는 우리들이 주말에 따로 하느님을 만나러 가는 것은 쉬운 일이 아니다. 형체가 없으시다면 어디에서 어느 시간에건 만날 수 있지 않겠는가.

하느님 아버지, 오늘 저희가 심은 이 사과나무들 푸르게 자라도록 밤낮으로 함께 지켜주시고, 햇빛에 바람에 비를 내리시어 뿌리에 물을 주소서. 고개를 숙여 기도를 하다가 눈이 떠졌는지 내 발이 보였다. 운동화 속에 들어 있지만 예쁜 발, 내 생각에 내 발은 예쁘다. 안 예쁜 얼굴에 무거운 몸통을 힘들게 싣고 다니는 발. 그래도 여기 밭두렁까지 온 것은 발이 아니라, 애초에 사과나무를 심겠다는 생각이 한 일이었다. 내 머리로 생각한……. 순간 내 생각 속에는 젓가락언니가 있었다. 전화를…….

여보, 뭐 해요. 오늘 아주 사과나무에 빠졌네.
여전히 엉거주춤 앉아 있는 내게 남편이 큰 소리로 말했다.
아, 그냥. 이 생각 저 생각.
무슨 이 생각 저 생각! 말만 하면 내가 다 들어주잖아. 사람이 생각이 많음 못 써요. 할 일이 태산 같은데 무슨 생각!
생각을 하지 말란다. 남편은 내게 생각할 시간을 주지 않았다. 사과나무를 심었으면 되었지, 사과나무 생각을 하면 뭐 하느냐! 늘 그런 이유였다.

생각이 많은 게 사람이죠. 어차피 불안한 거지만.
그래, 생각이 많은 게 사람이야. 생각을 편드는 사람도 있었다. 언제가 오후 수급자 어르신네 보호자 할머니의 말이 눈앞으로 다가왔다. 눈을 껌뻑거리지도 않고 앞만 보고 말했었다. 말을 하지 않거나 말을 많이 하거나, 종잡을 수 없는 사람이다.
생각을 한다고 한다고 해봐야 다람쥐 쳇바퀴고. 지능이 모자라서

가 아니라, 사고방식, 인식의 문제거든요. 어차피 이러지도 저러지도 못하게 되는 것이니.

생각을 하란 말이야, 하지 말란 말이야. 어렵다. 가끔, 아니 늘 어렵게 말했다.

마음에 빗장을 걸어놓았으니, 생각이라고 해봐야 아집? 내 틀 안에 갇히는 거 당연하죠. 틀 안에서 생각하면 뭣 하나요. 어차피 고집이 발목을 잡는 것이고, 결국엔 ……

그럼 남편은 고집쟁이일까? 주장이 늘 너무도 확실하다. 어렵게 생각 말어, 내가 다 준비하고 분석하고 결론 낸 것이야, 라는 투로 나에게 말해놓고는 일을 진행하는 사람이니 말이다. 그렇게 딴 생각에 빠져도 이 할머니와의 대화는 상관없다. 나를 내버려두고 혼잣말을 하기 때문이다.

그런데 생각이 아예 둘 또는 셋인 사람도 있죠. 페르소나를 만들어서.

페르소나? 이건 또 무슨 소리인가.

원래의 인격으로 살 수 있는 시대가 아닌 거죠. 그렇게 살 수 있다면 행복하겠지만, 대부분 그렇지 못하니까 외적 인격인 페르소나를 만들어 그 얼굴로 사는 것이죠. 사람들 사이에서 필요한 좋은 관계를 만들려고 쓴 가면 같은 것, 변신한 또 다른 인격이죠. 집에서도, 그래요, 남편 역할 아내 역할도 페르소나로 버티는 거죠. 다만 페르소나가 원래의 인격에서 멀어지면……

멀어지면……, 그 뒷말이 너무나 기다려졌다.

너무 멀어지면 분열이랄까, 무너지는 거죠. 옛날에야 무자기(無自欺)를 삶의 철학으로도 여겼다니까 편했겠죠. 독처무자기(獨處無自欺), 홀로 있는 곳에서 자신을 속이지 마라. 불기자심(不欺自心), 자기 마음을 속이지 마라! 같은 말이죠. 언제 어디서나 마음을 속이지 말고 살아라! 실은 너무도 어려운 주문이죠. 지금 우리를 봐요! 도처에서 요구하는 인격으로 살아가야 하니까 여러 개의 페르소나가 필요하고, 상황 따라 얼굴들마다 그것들에 맞는 행동을 매번 생각해내야 하니까 생각도 힘들어요. 어떤 내가 나인가, 그 나에 맞추어서 그 생각을 지어내야 하고. 다른 사람들을 너무 의식하다 보면, 꾹꾹 참으면서 내보낸 얼굴이 가면으로 굳어지고 말 테니. 이 가면, 가짜 자아가 인격으로 굳어져…….

무자기? 자기가 없어? 그 대목에서 아리송했지만 그냥 듣고 있었다. 듣다 보니까 자기를 속이지 않는다는 말이랬다. 그런데 자기 자신을 속이고 시시때때로 다른 얼굴들을 만들어내느라 생각 자체가 힘들어진다고. 마치 거짓말하기가 힘들다는 말로도 들렸다. 아니, 쉽다는 말인가. 내가 제대로 알아들었나 헷갈렸다.

인격에 거짓 꾸밈이 들어있을 밖에. 마음을 열고 햇빛을 받아들여야 해. 너 자신을 폐쇄해서는 안 되는 거야. 필요하다면 거절도 하고.

아니, 거절할 수 있는 것이 출발이지. 마음에 거부감 있는 채로 무언가를 받아들여서는 안 돼. 다른 사람에게 인정받고, 칭찬 듣고, 다 무의미하지. 세상이 너 아닌 다른 너를 칭찬하면 뭐 해. 네가 너를 칭찬할 수 있어야지. 못났으면 못난 대로 너는 너다. 못난 너를 그대로 인정해 다독여줘. 안 되는 것을 세상을 향하여 얼굴 바꿔가면서 가면을 쓰고서 애쓸 필요는 없는 거다.

아니, 이 대목에서는 말투까지 바뀌니까 살짝 무서웠다. 그때의 장면, 그때의 생각이 그대로 떠올랐다. 그때의 의심까지 함께. 남의 말처럼 저렇게 태연하게 말하고 있는 할머니는 정체가 뭘까 하는 의심 말이다. 저 아리송한 혼잣말을 왜 할까. 단 하나의 얼굴로 살겠다는 다짐일까, 그것이 어렵다는 말일까. 남편에게 올인하는 모습은 마치 사람이 아닌 기계인데, 원래의 하나의 인격일까.

맨날 새 밥에 새 반찬 만들고, 시간도 식재료도 많이 드시겠어요, 내가 말하면, 환자잖아요, 또 둘이니까 가성비 괜찮아요, 라고 한다. 주간보호를 보내시면 보호자는 좀 쉴 수 있어요, 그래도 고개를 흔든다. 따로 말해야 알아들으니까 단체 생활 하루도 못 해요, 그뿐이다. 환자를 혼자 두면 안 됩니다, 신경과 의사가 그렇게 말했어요. 그랬다고 24시간을 지킨다. 외출은 내가 있는 동안에만 한다. 사는 일이 숙제인가, 단순한 초등학생들이 숙제니까 숙제하듯이.

한번은 내가 어르신한테 물었다. 할머니가 병원에 약 처방전 받으러 갔을 때였다.

사모님은 젊어서 뭘 하셨나요? 혹시 한문 선생님?

그 사람은 하기 싫음 안 해요. 사표 냈어요. 공부도 사표 냈지.

공부를 어떻게 사표 낼까 의아해하는데, 어르신이 계속했다.

논문 막바지에 지도교수 면전에다 뭘 다 던져버리고 나왔다고들
하더라. 본인은 암 말 안했어. 옆에 사람들이 술렁댔지. 에피소드로
넘기고 계속할 줄 알았었는데. 저 사람은 싫으면 안 해요, 암 것도 못
해. 결혼도 안 할걸, 아무 때고.

말이 참 애매했다. 결혼을 안 하다니, 무슨 말일까. 아하, 싫으면 결
혼 생활을 그만둘 것이라는 말인가 보다. 결혼을 했고, 또 지금 함께
살고 있는 것은 아내 편에서 싫어하지 않아서라고 믿는, 후훗, 근자감
인가. 그런데 무엇이든 싫으면 안 하는 그것이 가능할까. 학교 사표야
그렇다 치고, 다 쓴 논문을 포기하고 망쳤다니. 믿어지지 않지만 믿는
다. 헛소리를 하실 어르신이 아니니까. 어쨌거나 그 이후로 나는 사람
들에게 인격이 몇 개씩일까 하는 의심을 갖는 버릇이 생겼다.

맞다, 젓가락언니네 딸, 남편에게 신장을 주기로 한 마흔 살 여
자는 오직 진심이었을까. 거절을 안 했을까, 못 했을까. 아직 어린 아
이들의 엄마니까 살아야 할 의무. 만에 하나 죽어서 없는 엄마는 엄
마도 아닐 것. 신장 이식 가능성일랑 모른 척하고서 투석 환자의 아

내로 살아갈 얼굴. 남편 얼굴을 계속 보려면 신장을 떼어주고서야 가능하다고 생각했을 얼굴. 장기를 사랑과 바꾸려는 얼굴. 얼굴들.

남편이라면, 나라면 어땠을까. 나라면 남편에게 신장을 떼어줄 결심을 할 수 있었을까. 반대로 남편이라면 내게? 오, 하늘에 계신 우리 아버지…… 저희를 유혹에 빠지지 않게 하시고 악에서 구하소서, 아멘. 우리를 시험에 들지 않도록 A형과 B형으로 만나게 하셨도다! 인생에 가정은 없다! 가정이라면, 남편은 나에게…… 아니, 가정을 해서 괴로울 필요도, 가정을 해서 행복을 과장할 필요도 없다.

남편이 부르건 말건 핸드폰을 꺼내들고 일어났다. 위로가 될지 말지, 전화는 해야 될 것 같았다.

언니, 나예요, 삼층. 아까 밭에서 뭘 하고 있어. 언니, 어떻게 해요. 그런 결정은 본인에게 맡길 밖에요.

아니, 긍께, 첨에 지가 꼭 띠준다던 친동생도 물러나 부렀는디. 그집 아덜은 더 어링께 쉽잖겠제. 허기사 우선 투석함서 살믄 됭께, 째고 쨌잖여. 그람 될 일을 기연치 가시나가 나서등마는. 초등학생 중학생 놔두고 엄마가 되갖고, 그라다 지가 덜컥 죽기라도 허면 어짤라고. 얼굴 수술하다가 죽기도 허는디, 세상에나, 먼 교감샘씩 하는 여자가 쌍까풀 허다가도 갔잖여.

무슨 소리! 사실 신장 이식쯤은 옛날 맹장 수술 같은 정도래요. 요즘에는 1년이면 2,000건도 넘게 하는 수술이래요. 이식을 하면 받은 사람도 8, 90퍼는 다 건강하게 살고……

뭔 소용!

떼어준 사람도 신장 둘 다 갖고 사는 사람들이랑 비교해서 건강에 별반 차이 없대요. 사랑에 넘치는 정말 용감한 사람들인데 무슨 일 있을라구요.

사우 고놈이사 지가 아파서 긍께 어쩔! 해필 AB형이여 갖고, 누구 것이등가 다 맞다고 띠어간당께 도둑놈 따로 없제. 기연치 이식을 한 다고만 항께, 생때같은 내 자석이 먼 죄여!

언니, 진짜로 둘 중에서 더 튼튼한 신장을 남겨둔다니까요. 아마 복강경으로 할 거예요. 웬만한 수술은 배에 칼 안 댄다니까요. 일주일 안에 퇴원해요. 딸애가 원래 튼튼하다며, 이번에 온갖 정밀검사 다 했을 거고, 완전 건강하니까 결정 났을 거고, 맘 편하게 더 행복하게 살 거예요. 병원에서 일러준 대로 조심할 것 있음 조심하면 되죠. 아무 일 없어요.

그래도…….

언니, 내가 병원 근무 오래 해서 좀 알잖아요. 정말 우리나라 의료 실력 대단해. 미국에서도 신장 이식 하러 온다구요. 나 아는 사람 친척 언니, 벌써 몇 년 전인데 거꾸로 형부가 언니한테 준 거래요. 미국에선 형부 나이 많다고 수술 못 한댔는데, 서울 나와서 잘 하고 갔대요. 그 형부는 세스나라던가 뭐라던가 몇억짜리 경비행기를 타고 다니는 완전 멋쟁이라는데, 수술 후에도 조종이고 뭐고 끄떡도 없대요.

그래도⋯⋯.

뭐야, 언니. 왜 그래. 신장 하나로 살아도 비행기 조종도 한다니까요. 언니가 마음을 다잡아야지. 서울 병원서야 빨리 퇴원시킬 것이고, 집에 오면 못 쉬는데. 내려오면 한 2주 쉴 병원을 알아보든가, 바이탈 체크도 매일매일 하고⋯⋯.

그래, 한 2주, 바이탈⋯⋯ 그럴까. 언니는 그제야 말문을 열었다.

민지 엄마, 근디 정말 괜찮겄제? 신장 하나 갖고 살아도 암시랑 않다는 말 도저히 못 믿겄는디. 어떻게 똑같이 괜찮냐고. 하나로도 괜찮으면 하느님이 왜 둘씩 만드셨겄냐고. 둘이 필요항께 둘을 만드신 것 아녀?

급할 때 하나 선물해도 좋다고 둘 주신 것이지, 뭐. 언니가 맘 단단히 먹어요. 당분간은 딸애를 봐줘야잖아. 아버지가 딸 뭐라 하는 것도 이제 좀 말려요. 사는 게 매 순간 선택이잖아. 연애결혼 했겠지, 병들 때나 건강할 때나 어쩌고 맹세하고 결혼들 했잖아요. 신장 하나 주고 나면 대신 더 많은 것들을 받겠죠. 뭘 받으려고 준다는 말은 아니고. 딸애한테 자부심 같은 것 생기겠죠, 할 일을 다 했다고. 아니, 다른 사람이라면 못 할 일을 해냈다는 자부심! 몸은 손해 보고 맘은 이익 보는 것이야. 딸이 현명한 결정을 했어, 언니! 딸 그냥 안아주기만 해요.

언니는 그예 훌쩍거리다가 전화를 끊었다. 전화를 끊고 나서 생각하니 내가 너무 너스레를 떨었다 싶었다. 어떻게든 위로해주고 싶어

서. 참, 이식 수술하면 검사나 수술 비용 일부를 환급 받을 수 있는
데, 그런 걸 알까. 젓가락언니 그런 쪽으론 은근 바보던데…….

그보다 더 놀라운 것은 당장 수술하는 것을 반대했던 장인을 대하
는 사위의 꼬락서니다. 고생되더라도 몇 년만 투석을 하면서 기다리
라고, 애들이나 좀 더 키워놓고 하라고, 충분히 그런 말을 하고도 남
을 장인 생각은 1도 않고, 믿었던 처가에 대해 서운하다고 실망했다
고 마음의 문을 닫았다는 사위. 그게 가능한 일일까. 딸의 신장을 받
아 가면서, 그 부모에게 마음의 문을 닫아? 근데 좀 괘씸하네요. 사
위 진짜 밉네요, 닫았다는 마음의 문에다 못질해버리겠다고 하세요.
이 말은 차마 못 했다. 남의 사위지만 정말 괘씸하다. 무릎을 꿇고 이
해를, 용서를 구해도 모자랄 판에. 그 뻔뻔함은 자신의 인격만을 주
장하는 똑똑함일까. 뻔뻔하더라도 자기주장을 하는 사람이 이기는
걸까. 이 생각 저 생각하면 패자가 되나.

아니, 다른 사람 생각을 말자. 나는, 나 자신은 어떤가. 나라면
신장을 달라고 말할 수 있고, 신장을 받아낼 수 있었을까. 또 신장을
주겠다는 생각이나 했을까. 결정적인 순간에 내 생각이 있고, 생각을
말하고, 말한 대로 행동하는가. 사람들에게 친절하게 말을 걸고 그 나
름 사람들의 호감을 받고 살아간다고 치자. 그것들은 그냥 지나쳐가
는 것들이고, 정작 중요한 것은 직접 내 삶과 관련된 일이다. 우선 남

편과 단둘이 있을 때, 확실히 내 생각으로 의견을 내고 존중받는가. 나 혼자 있을 때, 그때 다른 사람들에게처럼 나에게도 친절한가. 마음이 느슨해지고 몸이 풀리는 것은 당연하다. 아무렇게나 어질러진 것도 내버려두고, 흐트러진 소파에 벌렁 눕는다. 안 예쁜 모양새면 어떤가. 예쁘려고 태어났나. 남편과 있을 때 긴장하는 나와 혼자 있을 때 펑퍼짐하게 풀어진 나, 어느 것이 나인가. 이 무슨 잡념인가.

지금도 남편을 좋아하죠, 좋아하니까 함께 살죠, 라고 말하는 너. 너는 진정 남편을 지금도 100퍼 좋아하고, 좋아하니까 함께 사는 것이냐. 은이 씨, 함께 살기 힘들고 살기 싫으면 그만 살아도 좋아! 남편은 그런 말을 한 적도 있다. 뭔가 콕 짚는 말을 장난쯤으로 흘려듣고 마는 너. 남편에게 네가 반드시 필요한 존재는 아니라는 그 말, 당신 없음 못 살아! 라고 말해도 시원찮을 때, 떠나고 싶음 떠나라? 깊이 따지면 무서우니까 지나쳐버리는 너. 늘 진지한 생각을 피하고, 대신 모두가 편한 방향으로 그렇게 모서리를 갈고 닦아온 얼굴. 둥근 얼굴.

산후 휴가 끝에 백일도 안 된 아기를 24시간 놀이방에 맡기고 출근했던 너, 물론 퇴근 때는 아기를 데려와서 보살폈고, 밤새 아기 케어를 잘 해주던 남편이 고맙기만 했어. 아기를 좀 더 오래 품어 키우고 젖도 먹이고 싶었던 너의 본능은 남편과의 인생 계획과 늘어나는 잔고로 덮였던 게야. 간호조무사 생활 30년쯤 되어갈 때 3층 건물 주인이 되었고, 이쯤이면 임대료로 생활하고 병원 그만두라던 남편의 말에 무한 감동했던 너. 너무 갑작스런 말이라서 놀랍기도 했지만, 좋기만 했지, 그만두라는데!

하지만 막상 퇴직했을 때 너는 쉬지 못했어. 편하게 실업수당을 받던 기간에도 맘은 켕겼지. 사지육신 멀쩡한데! 너는 곧장 알바를 시작했어. 가정을 일으키려고 애쓰는 남편을 거들어야지, 암! 착한 은이 콤플렉스! 남들처럼 좀 쉬고, 문화센터도 나가고, 다이어트 운동도 하러 다니고. 무엇보다 가끔 청주 가서 엄마랑 버섯탕 먹으러도 가고. 그런 느긋한 생활은 생각만으로도 죄로 갈 일이었어. 마침, 아주 마침, 야간으로 다녔던 사회복지과에서 따둔 요양보호사 자격증이 생각났어. 실업급여 기간 끝나자마자 그걸 들고 노인복지센터를 찾았지. 다시 주말에만 쉬는 직장인이 된 너. 너의 결정들은 언제나 너의 것이었는지. 무심코 남편의 희망들에 맞춘 것 아냐!

사실 나는 어떤 결정 앞에서건 늘 흔들린다. 다 된 학위논문을 던져버렸다는 사람, 신장을 떼어주는 사람, 그런 사람들이 있다니. 나는 결정 앞에만 서면 흔들렸다. 이건 경솔한 생각일 수도 있어. 오랫동안 고민을 한 다음에 결정해야 해. 고민을 하면서 두리번거린다. 나는 또한 의심에도 빠진다. 다른 사람을 의심하는 것이면 차라리 낫겠다. 나는 나 자신을 많이 의심한다. 자신이 없으니 아마도 주변 사람들이 원하는 얼굴로 사는가 보다. 착한, 좋은 사람이고자. 남편 앞에서는 남편이 원하는 얼굴……

    은아, 뭐 해! 불러도 모르네!

    내가 이런 고민에 빠져 있을 것이라고는 꿈에도 모를 남편이 아예 다가와서 나를 불렀다. 이름만으로 불렀다. 사과나무를 잘 심어주었으니 더 자신감에 찬 목소리로.

    대답을 하기 싫다. 무슨 일인가. 이상하게 아무 말도 하기 싫다. 내가 말을 하면 내 말일까. 내 생각일까. 나에게 생각이란 것이 있을까. 틀려도 내 멋대로 생각하고 행동하는 자유, 그것을 생각해보았을까. 갓 심은 사과나무 아래서 일어난 혼란, 갑작스러운 이 불편감의 정체는 무엇일까.

    뭉툭한 접목 부위가 계속 눈에 밟힌다. 발목에서 잘린 대목은 엊혀 살고 있는 접수를 온전히 제 몸으로 받아들일까. 엊혀사는 놈이 주인 행세일 텐데. 평생 한 뼘 남짓으로 햇살과 공기를 느끼며 토막으로서만 사는 삶, 죽어라 빨아들인 물이며 양분을 다 올려주는데도 아무도 눈길을 주지 않는 이름 없는 존재. 아뿔싸, 내 발목은 괜찮나. 두 손은 무사한가. 오른손으로 왼손을 잡으며 내 손 같은 느낌이 아닌 이것은 또 무엇일까.

시간

시간은 바람처럼 지나간다. 돌아오지도 않는다. 어느새 그런 어른들의 말에 공감하고 있는 나도 어른이 된 지 오래다. 법으로야 스무 살이면 어른이라지만, 결혼을 하고 애기 엄마라 불릴 때부터는 확실히 어른 취급을 받는다. 심지어 순백이의 할머니가 되었다. 이 시간까지 살면서 사람들이 살면서 겪는 일들을 비슷하게 겪었다.

코로나도 비껴가지 못했다. 남편이 먼저 직장에서 감염되어 왔고, 양성 판정을 받자마자 바로 농막으로 퇴근해서 혼자 지내겠다고 했다. 남편이 혼자서 일주일을 지낼 일은 걱정할 일이 1도 없다. 나더러 함께 살기 싫으면 언제든 떠나도 좋다고 말할 정도로, 혼자 사는 일에는 걱정 없는 남자다. 부지런하고 아는 것도 많다. 나는 아직 음성이었지만 조심하느라 복지센터에 알리고 일을 쉬었다.

그렇게 집안에서 혼자 뒹구는 것도 나쁘지 않을 것 같았다. 너무도 오랜만에, 생전 처음인 것처럼, 며칠을 그렇게 낮밤 없이 혼자 지냈다. 눈을 뜰 때도 혼자, 잠을 청할 때도 혼자였다. 조금 이상했다. 적막 같은 낯선 무엇이 방 안 가득했다. 낮엔 텔레비전 볼륨을 크게, 채널도 마음대로 돌렸다. 수다 떠는 모임들이 그립긴 했지만, 핸드폰은 무제한이다. 세탁소며 편의점이랑은 틈만 나면 떠들고, 젓가락언니랑도 딸네 문제가 일단 해결되어서 맘 놓고 수다를 떨었다. 언니는 여전히 징징거리는 목소리였지만, 신장 이식 후유증에 더해서 이런저런 의학 지식들을 다 전해주었다. 간호조무사 경력이 어딘가. 그래도 심심해서 살짝만 입었던 옷들이며 밀려놓았던 이불도 세탁기에 넣어 돌릴까 했다. 아냐, 말도 안 돼. 터질 만큼 모아야 돌리지. 그냥 아무것도 안 할래! 그러고서 뒹굴기로 했다.

　문제는 그 뒹구는 시간이었다. 덩그러니 시간만 있으니 어리둥절했다. 밤에는 적막감이 한없이 부풀었다. 느닷없이 사과나무 묘목이 벽보다 더 높이 다가왔다. 처음부터 이상하게 내가 꽂힌 그곳, 딱 발목만큼의 자리에 뭉툭한 접목 부분이 눈앞에서 흔들거렸다. 뿌리에서 발목까지 잘린 대목은 잊힌 채로, 그 윗동강 접수라는 우수 품종이 행세를 하며 살아간다는 사실은 충격이었다. 나는 어딘가 잘렸다가 접붙여진 곳이 없을까. 발과 몸통과 얼굴이 다 같이 하나일까. 발과 몸통은 그런대로 맞는 것 같은데, 내 얼굴이 문제였다. 늘 다른 사람들을 향하고 있었으니 말이다.
　다른 사람이라니. 왜 그들이 우선인데? 그런데 그들이 우선이었다. 내가 그들을 더 조심하고 살아왔으니까. 왜냐고? 왜 그랬냐고? 그래야 되는 줄 알았다. 어쨌거나 일찍이 그렇게 세뇌되었나 보다.

먼저 사람이 되어야지, 그 말은 좋은 사람이 되라는 말이었다. 우리 집, 우리 마을, 우리 학교에선 그렇게 가르쳤다. 착하게 맘먹고 살다 보면 언젠가는 보상이 따른단다. 괜찮은 믿음이었다. 시간이 흘러도 변치 않는 믿음이었다. 이렇게 단순한 믿음과 쾌활함을 무기로 물 흐르듯 살아온 내가 왜 갑자기 고민녀가 되나. 나는 처음 생각대로 좋은 사람이 되었나. 좋은 사람이라면 통째로? 내 몸통과 내 얼굴은 하나일까 서로 다를까 궁금해, 라고 하면, 그게 말이 돼? 남편에게 이런 기분을 흘린다면 당장의 반응이 그럴 것이다. 그게 말이 돼?

그래, 깜깜 밤중에 고개를 내저었다. 나는 그냥 나야. 평범하게 사는 나. 단순한 나. 시간을 넘나들며 나와 우리 가족, 남편, 딸, 손녀를 생각했다. 아차, 지난해 어머니를 여의었을 때의 시간이 코앞으로 다가왔다. 초상을 치르고 다시 일을 시작했던 첫날 오전 수급자 할머니는 유난히 쌩쌩했다. 방문요양 서비스가 없는 날에도 가까이 사는 딸이 둘이나 있어서 실은 큰 걱정 없이 지내신다. 이 집 엄마는 살아 계시는구나. 순간 눈물이 돌았다. 오후 어르신 집에서는 보호자 할머니가 이상한 말을 했다. 지 선생 이제 고아가 되었네요, 무조건적으로 지 선생 믿어줄 사람은 이제 없으니. 듣고 보니 너무도 옳은 말이었다. 부모가 다 떠나셨으니 고아다. 더 이상 기댈 데가 없구나. 현실적으로는 친정에 별로 기대지 않고 살아왔지만, 무조건적으로 나를 믿어줄 사람이 세상에 없다는 사실을 확실히 알았기에 그날 밤에는 한없이 울었다. 어머니 잘 보내드리고 와서 새삼스레 왜 우느냐고, 남편은 달래려다 말았다. 그냥 슬쩍 피해버렸다.

어쩌나, 고아가 되었네요!

그 시간이 도망가지 않고 계속 머물러 있었다. 남편이란 서로 피를 나눈 관계가 아니다. 그것은 확실하다. 지금도 두근거리게 좋다가도 더럭 겁이 난다. 주변에 보면 이혼한 사람들이 생각보다 많다. 그들을 보면 남편과 아내 사이란 찰떡일망정 용접까지는 아닌 걸 새삼 느끼게 된다. 자녀라는 끈이 있는데도, 그래서 완전히 끊어질 것 같지 않은 인연인데도, 마음은 끊어지면 그만인 것 같아 보였다. 시간이 범인일까. 보이지도 않고 형체도 없는 마음이라는 것이, 자를 수도 없어 보이는 그것이 어느 순간 가장 예리하게 잘린다.

잘리고 쪼개진 마음을 되새김질하다 보니 주변의 이해하기 힘든 여러 사정들이 한꺼번에 떠올랐다. 이혼은 말할 것도 없고, 세상에, 이혼을 했다가 합친 집도 있다. 시간은 그중에서도 도저히 말이 안 되는 경우에 멎었다. 남편이 갓 퇴직한 직장 상사의 모친상에 다녀와서는 이상한 표정을 하고 앉아 있었다.

썰렁했어, 밑도 끝도 없이 그렇게 말하는 남편은 침울해 보이기까지 했다. 쉽사리 감성팔이를 하는 적이 없는 남편인지라 조금 의아했다. 상사의 모친상이라면 젊어 요절한 상가도 아닐 텐데 웬 유난일까. 그런데 그럴 만했다. 그 모친이 요양병원에 계신 지 한 달도 채 안 돼서 돌아가셨다 했다. 웬일로 밤중에 멀리 계단에 넘어진 채, 한참 만에야 병원으로 옮겨져서. 남편은 요양병원 이야기가 나오면 일단 침울해한다. 남의 이야기가 아니니까. 내 마음도 그건 그렇다. 요양보호사로 일을 하는 내가 시부모님을 돌보지는 못하니까.

우리 노인복지센터의 동료 직원들도 대부분 친정이며 시댁 부모님들이 계신다. 부모님이 방문요양 서비스를 받게 되는 일도 허다하다. 그렇더라도 부모님을 모시고 살면서 방문요양 서비스를 스스로 하는 경우는 드물다. 따로 사는 부모님을 일반 수급자들에게 하듯이 방문요양 서비스로 맡는 경우는 더러 있다. 하지만 내가 아는 한에서는 친정 부모뿐이다. 시부모님 관련해서 돈 받기가 어색해서일까. 그건 아니다. 급여야 복지센터로부터 받는 것이니 무슨 상관인가. 아무튼 시부모님을 방문요양으로 돌보는 동료는 못 보았다. 세상이 다 그래! 이것이 변명이 될까.

남 말을 해서 뭣 하나. 나는 그럼 왜 못 하는가. 웬만하면 좋은 사람이라는 평판에 약한 나는 왜. 처음 그 시간으로 돌아가보더라도 답은 마찬가지다. 일단 어머님 상태가 심했다. 변명이 아니다. 뇌졸중 후유증이 심해서 음식을 콧줄에 의존하는 형편인데 누가 선뜻 집에서 맡을까 말이다.

나야 물론 콧줄 급식에 능숙하다. 옛날에는 간호조무사가 일반 주사도 다 놓았다. 그러니까 위관 뚜껑을 열어 주사기를 연결하거나 미리 공기를 주입하여 새는 소리 등을 점검하는 일 정도는 식은 죽 먹기다. 하지만 레빈 튜브를 최소한 3주나 4주마다 교체하려면 그때마다 진짜 병원에 모셔가야 한다. 그때마다 자잘한 소동이 날 수도 있다. 만일 배에다 경피위루술을 받으면 콧줄 대신 뱃줄을 달게 되고, 교체 시기도 1년 정도니까 시간을 벌 수는 있다. 하지만 경피위루술이라는 시술은 대형 병원에 가서 해야……. 이유를 들려면 한정 없다. 더구나 간호조무사 경력 중 후반 10여 년은 건강관리과에서 지내다 보니, 치료 중인 환자를 실제로 간호하는 일과는 거리가 멀어졌다. 건강검진 보조를 주로 하다 보면 점점 사무직이나 비슷해졌는데, 뭘.

냉장고에 가서 찬물을 들이켰다. 찬물 마시고 맘 돌릴 일은 아니다. 이제 와서 집으로 모셔와 돌보는 일은 불가능하다. 결국 집에 종일 붙어 있어야 하는 것을 어떻게. 어머님을 모셔 온다는 말은 아버님까지 모셔야 한다는 말인데 어떻게. 사는 지역이 다르니 우리가 이사를 들어갈 수도, 맞벌이를 그만둘 수도 없는 걸 어떻게. 막상 모시겠다고 살림을 통째로 바꾸고 나섰다가 무한 책임을 질 수도 없잖아. 모두들 마음 불편한 대로 현실을 그냥 견딘다. 어머님은 몇 년을, 놀랍게도 몇 년 동안을 침대에 누워만 계신다. 그러는 사이 아버님도 함께 같은 요양병원에 가 계신다. 아들 5형제 누구 하나 부모님을 모셔가진 못한다. 나이 드신 부모란 살짝 금이 간 생계란과 같다는 생각을 한다. 옮기려고 만지면 깨져버릴 것 같아서 망설이며 그냥 두고 보기만 하는. 또 온전한 계란으로 돌아갈 수도 없는. 조만간 깨지고 말.

다시 그 시간이다. 남편이 문상 다녀와서 쓸쓸해하던 날, 남편은 밑도 끝도 없이 상사에게 욕을 해댔다. 남자 새끼도 아냐! 친하게 지냈던 형 같은 사이라면 한 대 칠 뻔했어. 세상에나, 욕이 나올 만도 했다. 집안 속사정 같은 것은 다들 모르고 지냈었는데, 누군가 슬쩍 수군거리더란다. 사모님이 사모님이 아녀, 라고. 상복을 입고 단출한 장내를 장악하고 있는 사모님이 사모님이 아니라면, 고인의 다른 며느리란 말일까.

그러니까 그 선배랑 같이 살고 있는 지금 사모님은 나타나지 않았다는 거야, 못 왔겠지. 더구나 아직 현직에 있는 직원이라잖나. 그게 그러니까 직장 내에서 눈이 맞아 여자 집으로 옮겨 산 것이 십수 년, 몇 년 정도가 아니라 십수 년이라잖나. 몸만 옮겨갔다는 게, 말이 돼? 요번에 돌아가신 어머니를 본집에 냅두고 나왔다지 뭔가. 바람나서 나오면서 어머니랑 각시를 한 집에 두고 나오다니! 그게 말이 돼?

남편의 십팔번이 오랜만에 연속으로 터져서 우선 픽 웃음이 났다. 바람피운 남편이 아예 나가서 새 여자랑 합쳐서 그 집 애들이랑 살고, 아내더러 자기 애들과 살라 했다니. 그것도 웃겼다. 웃을 일이 아닌데 웃겼다. 웃는다고 핀잔 들을까 봐 삼키려던 웃음이 목에 걸렸다.

잠깐만, 바람나서 집 나가면서 자기 어머니를 그냥 내버려두고 나갔다고? 얼른 아무 말이나 했다. 아니, 그러니까 바람나서 나간 남편의 어머니를 모시고 살라고? 그게 살아질 일이야? 스물네 시간 남편이 원망스러울 일인데, 그 어머니랑 한 집에? 허구한 날 어떤 얼굴로! 어머니도 제 명에 못 사셨겠다!

글쎄, 구십 다 되셨다던데. 속이 문드러져도 생명과는 무관한 것인지. 설마 에미가 살아 있는데 지가 곧 돌아오겠지, 그런 심정일 수도 있나. 바람기도 삼 년이면 꺾인다는 말이 있더만, 것도 아니네. 십 년도 훌쩍 넘었다니. 장례식장에 애들 다 있더만. 다 큰 딸들도 보이고 아들도 있더라고. 애들한테 무슨 본이 되겠어! 그러고 보니 이상하게 애들 결혼한다는 청첩은 못 들었던 것 같네. 애들이 결혼 같은 걸 하고 싶겠나. 직장에서는 멀쩡한 사람이었는데, 부부가 부부가 아니라니, 참. 초상집이 냉랭하더만.

내가 별 대꾸를 하지 않자, 남편도 입을 다물었다. 어차피 남의 이야기이고. 핑계 없는 무덤 없다고, 속내야 있겠지. 그 순간 장례식장에서 사모님이라 불리는 사람, 고인의 며느리의 얼굴이 다가왔다. 본 적이 없는 얼굴이지만 얼굴은 있었다. 내 상상력 부족인가, 평범한 얼굴이 떠올랐다. 찢어진 마음과는 다른 좋은 얼굴로, 어머님! 계속 그렇게 부르면서 살았을까. 밥상에 마주 앉아서 시어머니의 얼굴을 보는 얼굴은 어떤 얼굴이었을까.

그 시간들을 견디면서, 마찬가지로 호적에만 남았다는 시어머니라는 여자에 대한 연민을 나누었을까. 어머님 또한 시골 본가에는 새 색시 때 잠시 살았을 뿐이랬으니. 직장 따라 도시로 나와 살던 몇 해도 되지 않아, 본가에 새 여자를 데리고 들어가 눌러앉은 남편. 누가 아내일까. 호적에 버젓이 살아 있는 아내, 나 몰라라 본가에서 살 부딪고 살고 있는 아내. 흑역사의 시간. 반면교사라는 말도 있던데, 실제로는 콩 심은 데 콩 나는가 보다. 시어미 생과부도 모자라 며느리 생과부까지. 아파트 평수가 넓어봤자 그게 그거지, 어떻게 이 구석 저 구석으로 피해 다니면서 살았을까. 며느리 마음으로는 마지막 몇 달을 못 견디고 요양병원에 모셨던 것이 후회스럽겠지. 누구나 그러지. 다 먹은 밥 조심!

임종은 코로나 시대의 병원 상황으로 아무도 못 했을 터. 이런 분에게는 하느님이 천국을 예비하셨겠지. 누구도 원망하지 않고 조용히 살아간 사람. 속 좋은 사람. 모르지, 그 세월 내내 아들을 원망했을지도. 아니, 이런 아들을 낳아두고 일찍 도망가버린 남편을 죽어라 더 원망했을지.

사실 그 요양병원은 내가 아는 언니가 팀장으로 있는 곳이었다. 계단에서 넘어진 후유증으로 며칠 못 가서 돌아가신 환자 때문에 병원이 좀 힘들었다는 말을 나중에 들었다. 입원 사나흘부터 시도 때도 없이 고함을 질러대서 보호자랑 상의해 수면제 처방도 했었는데. 어떻게 밤중에 복도 끝 계단까지 나가서 넘어졌는지. 알다가도 모를 일이랬다. 그런데 그 환자가 바로 그 환자였다니! 내색 않고 모르는 척했지만 좀 놀랐다. 시간이 흐르다 보면 세상은 좁다.

요양병원은 코로나 첫해에 환자들이 여럿 감염되어 사망까지 나오는 바람에 운영이 어려워지기도 했더란다. 병원 내 의료진들 사이도 감염이 퍼졌었고. 하지만 시간이 지나면서 상황도 바뀌고, 이제는 다시 입원이 늘어 넘쳐서 직원들을 계속 뽑아야 한단다. 나한테도 맨날 병원으로 들어오라는 소리를 한다. 하지만 나는 그냥 알바가 좋다. 말은 쉽게 알바라고 하지만, 이 일은 알바가 아닌 정식 직장이다. 4대 보험이 되는 일자리다. 그런데도 꼬박 여덟 시간 근무가 아닌 알바 개념이라서, 그 또한 내게 알맞다. 에이, 혼자서 자유를 누리는 시간에 기껏 일터 생각이라니! 시간은 시간의 꼬리를 먹는가 하면 다시 내어놓는다. 지루한 시간이었다.

올 것은 반드시 온다. 그것 또한 어김없는 시간의 작용이다. 자가진단 키트에서 양성반응이 떴다. 피씨알 검사를 받았고, 보건소에 등록되었고, 복지센터에도 다시 알렸다. 목소리가 엉뚱하게 변해서 핸드폰 수다도 끊어야 했다. 목이 긁힌 듯 아팠고, 기침을 하면 멈추지 않았다. 그것 말고는 그리 심하지는 않았다. 열도 별로 없었다. 본격적으로 코로나 약 처방 대상은 아닌가 보았다. 미각 장애, 설사나 두통이 있을 수도 있다는 팍스로비드나, 역시 설사나 오심 그리고 어지러움이 동반될 수 있다는 라게브리오 같은 본격 치료제를 미리 먹을 필요는 없는 것이다. 또 건강에는 자신 있는 편이다.

나도 따라 걸리고 나니까 남편은 맘 편하게 집으로 왔다. 환자 같지 않은 얼굴이었다. 둘이서 집 안에 24시간 격리, 그것은 생각 외로 그리 편한 것은 아니었다. 반가울 줄 알았는데 왜 그럴까. 평소에 야근이나 빈 저녁이면 썰렁하니 심심했고, 남편이 보고 싶지 않았나. 바로 엊그제만 해도 적막감으로 헛것도 보였고. 그런데 나갈 수 없이 갇혀 있어야 한다는 생각, 붙어 있어야 한다는 생각이 불편감을 주는 것 같았다. 24시간 동안 또 얼굴 하나를 만들어야 했다. 뭐라더라, 페르소나! 얼굴이 여러 개인 나, 나는 좋은 사람이 될 수 있다. 좋은 사람이다.

어떤 상황에서도 시간은 어김없이 제 갈 길을 간다. 그렇게 법적인 격리 기간이 끝났지만, 근무는 우선 반쪽만 시작했다. 오전 수급자 할머니는 원래도 씩씩하시고 또 자녀들도 곧 바로 와달라고 해서 곧바로 나갔다. 하지만 오후 어르신 집에서는 일주일을 더 쉬자고 했다. 여러 가지로 고위험군이니까. 그렇게 조각난 일상들이 완전히 다시 제자리로 돌아오는 데는 거의 3주가 걸렸다.

고생 많았어요, 지 선샘!

오후 보호자 할머니의 인사였다.

고생이라뇨! 그냥 놀았어요, 별로 많이 아프지도 않았고요. 3주나 쉬어서 죄송해요!

3주, 그러네요. 3주면 병아리가 알 깨고 나오는 시간이니. 어때요, 알 품은 동안 잘 자랐나요?

자라다뇨? 지은이가 지은이죠. 그간 어르신은 좀 어떠셨나요?

이 양반, 심심해했어요. 점심 동무도 없고 산책 동무도 없으니까. 산책은 이런저런 핑계로 안 나갈 때가 더 많았어요. 그런데 좀 놀라운 일, 말이 좀 늘었어요. 친구들 이야기도 하고, 떠나버린 친구들은 이제 못 만난다는 것도 알고, 더러는 혼동해도 꽤 많이 기억해요. 뉴스에도 좀 집중하고.

다행이시네요. 집에서 빈둥거리고 있으니까 어르신 생각이 나더라고요. 웃을까 말까 그런 표정도 떠오르고.

지 선샘, 좋은 사람이에요. 우리 노인들 생각을 다 하고. 나 좀 봐! 우선 밥부터 먹읍시다. 어서 모시고 와요!

어르신은 언제나처럼 거실에 있었다. 들어오면서 바로 인사를 했지만, 그뿐. 식탁에 가자고 해야 식탁에 오신다. 앗, 어묵볶음이었다. 동그란 어묵을 어슷 썰고 생표고와 간단한 야채를 넣어 볶았다. 케첩 뿌리면 더 좋아한다고 했죠? 그렇게 묻는 것을 보면, 어묵 좋아하는 나를 위한 반찬일 테다.

어르신이 식사 후면 낮잠을 청하는 습관은 3주가 지났다고 달라졌을 리가 없다. 그사이 할머니랑 커피타임이다. 주전자에 들어 있는 아메리카노를 함께 따라 마시려다가 부러 믹스커피를 털어 부었다. 말을 하진 않았지만, 할머니가 믹스커피를 마시는 것을 본 적이 없다. 그러니 나만을 위한 배려가 맞다. 작은 일이지만 기분 좋은 일이다.

계란도 사야 하고……. 할머니는 시장에 가련다고 장바구니를 들고 일어서 나갔다. 어르신 머리맡 쪽 의자에 가서 앉아 잠이 들었나 살펴보았다. 잠이 들었다 해도 금방, 스르르 자는 잠이니 내 기척을 느끼시면 곧 깨어나실 것이다.

소파 옆으로 에어컨이 눈에 들어왔다. 여긴 우리 집에 비하면 더 넓은데도 에어컨은 하나뿐이다. 노인들은 더위를 덜 타는지, 이 집은 여름에도 에어컨을 켜는 일이 별로 없다. 우리 집에는 에어컨 문제가 생겼다. 요새 젊은 사람들은 에어컨이 필수인 것 같다. 우리도, 그러니까 주인집도 거실 에어컨 하나로 사는데, 전월세로 내놓은 앞집, 그러니까 3층 한쪽을 보러 왔던 젊은 부부가 안방에 에어컨이 없다고 투덜거리다 그냥 갔다. 바로 며칠 전의 일이었다.

저기 안방에 에어컨 들여놔야 하나? 내가 구시렁거렸지만 남편은 들은 체 만 체였다. 전기세는 자기들이 낼 것이니까. 그렇게 말해도 모르는 체. 그렇게 에어컨이 필요하면 제 집 사서 온 데 방방마다 에어컨 놓고 살지 뭣 하러 셋집을 보러 다녀? 그렇게 생각할 것이다. 더위를 못 견디면 그럴 수도 있는 거죠, 만일 내가 그렇게 말하면 내가 자기 속마음을 들은 것 같아서 무안해할 것이다. 내가 남편과 맞비교를 하자면 여러 면에서 훨씬 미련한 편인 것을 안다. 하지만 세월이라는 시간은 내가 남편의 속마음도 웬만큼은 들을 수 있게 해주었다. 아차, 이 무슨 자뻑! 열 길 물속은 알아도 한 길 사람 속은 모르는 것이다아! 결국 남편의 속마음도 모르는 것인데.

할머니는 계란만 사 들고 곧 돌아왔다. 어르신의 낮잠은 길어지고 나는 다시 계란을 따라 식탁으로 갔다.

우린 부러 큰 계란을 사는데요. 유난히 작은 꼬마 계란을 보면서 내가 말했다.

크건 작건 계란 고르는 건 완전 맘대로네. 좋은 세상이야.

좋은 세상까진 모르겠고요, 보호자님 좋은 분이세요. 저 오랜만에 온다고 어묵 해주시고! 점심 너무 많이 먹었어요. 다이어트 해야 하는데.

다이어트는 무슨. 사람이 통통해야 보기 좋죠, 성격 넉넉해 보이고. 허벅지 근육이 건강 바로미터라고 맨날 선전에…….

아, 근육. 그건 그렇다더라고요. 저는 근육은 좀 돼요. 남편이 운동 억수로 좋아하다 보니까. 전엔 둘이서 탁구도 치고 그랬어요. 건물 지하실에 탁구대랑 운동기구 많아요. 그런데 보호자님은 병원이랑 시장 말고는 아예 나가는 일이 없으니, 언제 걷고 언제 근육량을 늘

리죠? 저 왔을 때라도 나가셔서 아파트라도…….

비육지탄(髀肉之嘆)이라고, 모르죠? 젊은이들이라서.

비육?

넓적다리에 살이 붙는 것을 탄식한다는 말이죠. 사람이 일없이 무위도식하면서 살만 찐다는 한탄. 세상이 변해서, 요새는 죽어라 운동을 해서 살은 빼고 근육을 키운다죠. 운동이나 무위도식이나.

그러니까 찌라고요, 찌지 말라고요? 참, 어르신은 생각보다 잘 드시는 편인데 살은 좀.

노인들은 살 안 찌나 봐요. 좋다는 음식은 나름 해주려는데도 역부족.

무슨 말씀, 충분히 좋은 음식들인데요. 진짜 좋은 사람이세요!

순진한 우리 지 선샘! 세상에 좋은 사람이 있다고 생각해요?

갑작스런 질문에 말문이 막혔다. 좋은 사람 그런 건 없다는 말일까. 설마.

좋은 사람 궁금해요? 어떤 사람이 좋은 사람일지. 〈좋은 사람〉 영화도 있던데요. 최근 영화.

어머, 영화관에도 가세요? 실로 궁금해서 물었다. 어느 틈에 갈까. 완전 붙박이면서.

꼭 보고 싶은 건 보러 가죠. 〈ㅇㅇ의 시간〉은 개봉되자 예약부터 했는걸요.

것도 봤어요? 어느 틈에요?

그야, 노쇼!

맙소사. 말문이 막혔다. 더러 영화관에도 간다고? 이 꽉 막힌 시간을 살면서? 아니, 못 갈 수도 있으면서 표를 예약부터 했다고? 참, 안 읽을 책도 샀댔지? 이해가 안 되네. 대체 우리는, 나는, 영화관에 가본 것이 언제인가. 노인들보다 못한 삶이네. 이미 노년에 접어들고서도 맨날 노후 대책 걱정이나 하면서.

〈좋은 사람〉 그게 무슨 영화제에 나왔던 작품인데, 제목 땜에 궁금했어요. 기다려도 넷플리스에는 안 뜨고, 그냥 유튜브 영화로 봤는데…….

뭐야, 유튜브 영화라니, 넷플 뭐? 이 할머니는 별 걸 다 한다 싶었다.

고등학교 선생님이요, 학생들에게 관심을 가지고 다가가는 좋은 사람, 좋은 선생님이고 싶었지만, 그게 잘 안 되는 보통 사람 이야기더군요. 진정이랍시고 '좋은 사람이 되기 위해서는 잘못을 인정하고 고백할 줄 아는 용기가 필요하다', 뭐 그런 피상적인 말을 학생들에게 하죠. 본인 스스로 그렇게 사는지는 관객의 눈으로는 의문이고요. 알코올 문제로 이혼했고…….

거기도 이혼…….

학생 지도가 꼬여버린 날 하필 아내가 키우는 딸아이를 잠시 맡았는데, 맙소사, 딸애가 불행한 사고를 당하는 결말이니, 살면서 이것저것 안 되는 이야기들투성이더라고요. 부모에게서 버려진 학생을 교사로서 믿어주지도 못했고, 불행한 결혼생활은 상대를 탓하고, 딸

아이의 사고도 남 탓을 하고. 사람들은 다 비슷해. 따로 좋은 사람이 없다는 결론. 그럴 줄 알았어요. 아, 주인공은 적어도 좋은 사람이 되고자 생각은 하는 사람이지만.

이혼 말이 나올 때부터 알았다. 제목은 〈좋은 사람〉이었고, 결말은 세상에 좋은 사람은 없다는 말이었다. 영화 이야기를 들었으니 뭐라고 대꾸는 해야 했다.

좋은 사람 되기가 생각만큼 쉽진 않겠지요.

지 선샘은 좋은 사람이라니까요. 일단 남의 일들 성근지게 봐주기도 하고, 남편도 사랑하고.

거야.

하지만 진짜 좋은 사람이려면 다른 사람들만이 아니라 자신을 돕는 일을 해야죠. 의기소침하거나 불행감에 빠지지 않으려고 노력해야죠. 부정적인 생각에 빠지면, 바깥세상을 향한 긍정적인 힘이 날리 없으니까요. 나는 그런 긍정 에너지가 부족해서 좋은 사람 틀렸어요. 우선 행복하지 않거든요. 할 수 있는 일들을 하지 않았다는 후회감이 젤 크죠.

후회라면.

우리 때는 자기 자신이 되라! 그런 가르침은 없었어요.

사람이 되라고, 그건 다른가요?

다르죠! 사람 중에서도 너 자신이 되라고! 그랬어야죠. 너는 수많은 모래알 중 하나일지라도 다른 모래알들이 너는 아니다. 너 모래알 하나. 세상에 하나뿐인 고유한 모래알. 다른 모래알들이 멋있어 보여도 힘세 보여도 그 다른 모래알이 될 수가 없단다. 너는 그냥 너 모래알이야. 너 모래알을 사랑해. 너 모래알을 존중해. 너 모래알을 너만큼 사랑하고 존중해줄 다른 모래알은 없어.

모래알이 모래알이⋯⋯.

그러니까 자신이 진정 원하는 무엇인가를 위해 돌진하면 욕먹기 일쑤였어요. 무조건 희생하기, 우선 집에서부터 다른 형제들에게 희생하기를 덕목으로 배웠으니, 자기를 주장하는 것 자체가 나쁜 일로 생각되었죠. 겹치면 등록금도 먼저 포기해야 좋은 사람이고, 많이 버릴수록 좋은 사람. 옛날에는 밥부터도 포기했고.

하긴 옛날 배경의 드라마 보면, 자기 밥 안 먹고 남동생에게 먹이는 누나⋯⋯.

문제는 배가 고프고서는 자존감이 안 생긴다 그거죠. 그렇다고 지금 잘사는 세상엔 배고픔이 없냐, 그건 아냐. 또 다른 배고픔이 사람을 죽도록 괴롭히죠. 절대로 채울 수 없는 배고픔, 상대적 박탈감이요. 공허감이라고 할지.

공허감, 무슨 말일까. 듣고만 있을밖에.

있어도 있어도 없는 느낌 말이에요. 일테면 명품 백에 꽂혔다! 아끼고 아끼며 적금까지 들어가면서 그 하나를 위해서 몇 년을 살았다는 처녀, 그런 뉴스도 있더만요. 하필 그것을 편취당했다나, 뭐 그런.

그 문제가 아니라, 그 하나를 그 백을 마침내 가졌다 치고, 그다음에 고픔이 그칠까 그게 문제죠. 다른 사람들 보면서 다른 또 하나에 꽂히고…….

뭐야, 나도 딸애가 결혼할 때 명품 백을 선물 받았다. 원체 명품을 모르니까 실은 그 상표도 잘 모르지만, 어디 결혼식장이나 부부 모임 때는 꼭 들고 나갔다. 일단 명품이니 알아들 봐주겠지, 뭐 그 정도였다. 딸애도 최근에 명품 백을 샀다고 기뻐했다. 시동생 상견례를 앞두고 면을 세우고 싶었겠지. 결혼 때랑 그다음은 기간제 그만둘 때 실업급여를 받았으니 아예 제 수입이 없는 건 아니니까. 무엇보다 윗동서인데 그럼! 그런 일들에 신이 났다. 남들 하는 만큼 하고 사는 게 어때서!

혼잣말은 계속되었다.

그렇게 반복적으로 무엇인가를 향한 욕심이 부글거리는 동안은 늘 고픈 것. 치맥을 삼겹을 킹크랩을 배불리 먹더라도, 식탐을 놓지 않는 한 늘 고파요. 식탐은 단테의『신곡』지옥편에 보면 음욕보다 더 아래 지옥에 가는 죄라고요.

식탐이 죄라고요? 지옥편이라면…….

내 말은 거기서 끊겼다. 알아야 면장을 하지. 희한하다. 노래도 아니고 무슨 신곡, 요즘 세상에 시시콜콜 이름도 모를 책을 읽는 사람이 어딨냐. 나도 그래도 야간이지만 대졸인데 저 할머니는 뭐라 쳐도 할머닌데, 참. 〈알쓸신잡〉에나 내보낼 사람이다. 난 그런 프로도 정신없어서 잘 안 보지만.

거기엔 지하 9층으로 지옥들이 있는데, 식탐은 지하 3층, 탐욕은 지하 4층 그래요. 암튼 나는 죄다 뭐다 그런 건 잘 모르고, 죄보다도 공허감이 문제예요. 좋은사람콤플렉스에 걸린 우리들, 다른 사람들한테는 미소를 띠고서도 속으로 공허감은 여전하죠. 남과 비교하고, 부족감에 그 불행을 남 탓하고 원망하고 분노하고. 그런 느낌으로 자신을 미워하는데 어떻게 좋은 사람이 되나. 좋은 사람 코스프레죠.

코스프레, 좋은 사람 가면이란 말인가 싶었다. 아니다, 가면은 페르소나라 했었지. 흉내라는 말인가. 난 특별히 부족감도 불행감 같은 것도 없고, 그저 좋은 사람이고 싶은데 뭐가 문제인가. 아리송하다. 모르는 채로 수긍이 갔다. 이 할머니 말은 설득당하기 쉽다.

진정으로 욕심을 줄이면, 엷어지면 좀 좋아. 탐욕은 헛것이고 허망임을 느껴야 줄겠죠. 좋은 사람이 되려는 것도 욕심이라면 욕심이에요. 우린 좋은 사람이 되려고 태어난 것이 아니니까. 그냥 태어났고, 그냥 사는 거예요. 편한 마음으로. 쉽게 말하면 그래요.

어렵게 말하면요?

무위진인(無位眞人) 그런 말도 있죠. 지위의 상하나 귀천 없이, 궁극적인 경지를 깨달아 어떤 것에도 얽매이지 않는 절대 자유인 같은 것. 좋은 사람 되라는 가르침에서도 자유로운.

정말 어려운 말이네요. 암튼 사람 사이 어떻게 차별이, 아니 차이가 없나요. 세상에 이웃이 넘치고 사람 천지인데. 사람들 속에서 돋보이진 못해도 무시당하면서 살아선 안 되죠. 좋은 사람이다, 사람이 좋다는 말 정도는 듣고 살아야죠.

입으로는 대꾸를 하면서도 말들에 체한 것마냥 속이 부글거렸다. 나더러 좋은 사람이라던 이 할머니는 사람이 꼭 좋은 사람일 필요는 없다고 말하고 있었다. 어떻게 된 거야. 좋은 사람일 필요가 없다니! 좀 갖춰서 살면서 남들에게 친절하며 좋은 사람이라는 평판 속에서 살아가는 것, 바로 그거! 좋은 사람 되라는 것 말고 무슨 가르침이 더 좋을 수 있어!

사람이 좋다 – 그게 진정 좋은 건 아녜요. 나쁘지 않은 거짓 같은 것. 가끔은 까칠하게, 맘 가는대로.

네? 까칠하게 살라구요?

아, 젊은이는 그대로 쭈욱 좋은 사람 해요! 난 좀 맘 가는 대로 살겠다는 거죠. 다른 눈들의 기준으로 살아온 시간들이 아깝다는 말. 우리 지 선샘이 나중에 나중에나 이해할 수 있을지 모르겠네. 암튼 까칠한 것이 어때서. 다른 사람들 불편할 일 아니면 맘대로 까칠하게. 까칠한 진실, 이미 까칠한 시간에 접어들었어요.

까칠한 진실이라니. 좋은 사람 포기하고? 아니, 까칠한 좋은 사람. 그게 말이 돼? 속으로 남편 흉내를 내봤다.

여전히 참아야 할 때도 있겠죠. 옛말에, 종이 어질기를 기대해선 아니 되고 주인이 어진 것이 가상타 했대요, 울 아부지 말씀!

엥? 이 정도에 이르면 도망쳐야 할 때였다.

어머나, 왜 이리 오래 주무시나? 어르신 열을 좀 재볼까······.

어르신, 어르시인! 그동안, 저 안 오는 동안 낮잠만 주무셨어요? 슬슬 일어나 보셔요. 오늘은 오래 쉬다가 첫날이니 요 앞에까지만 조금만 나가보시게요.

······.

말은 없으신데 손이 꼬물거렸다. 들릴 정도가 되도록 목소리를 높였다.

우선 자몽 좀 까드릴까요? 자몽 좋아하시잖아요. 잠도 달아날 거고. 잠은 밤에 주무세요.

팔목을 살짝 잡아 흔들 때서야 눈을 뜨셨다. 다섯 손가락을 다 움직여 일으켜달라는 신호를 보내셨다. 따뜻한 등을 일으켜드리니 곧장 일어나셨다. 턱을 드시는 것은 물을 달라는 신호다. 차가버섯 끓인 물이다. 반 컵을 드셨다. 사기그릇이나 유리그릇을 쓰는 이 집에서 어르신 물컵은 등산용 스테인리스다. 떨어뜨려도 깨지지 말라고. 평소 출입이 많았던 시절에 등산배낭에 달고 다니셨다는 그런 컵이 여럿이다. 종이컵 안 쓰고 스테인리스 컵을 쓰려는 그런 주의가 무슨 소용, 인지기능 문제는 위생 관리와는 무관하다. 암튼 쉽고 어렵고, 가볍고 무겁고, 집안일은 온전히 할머니 몫인 것 같았다. 인지기능에 약간의 문제가 생긴 이 어르신의 사는 일은 그게…… 종일 습관처럼 텔레비전을 켜놓고 듣는 둥 마는 둥. 신문 잡지도 보는 둥 마는 둥. 서재에 잠시 가서도 늘 닫힌 노트북은 지나치고 창밖을 내다보거나, 얇고 두꺼운 책들을 만지작거리거나. 가끔은 들고 나와서 읽기도 한다. 책갈피들에 뭔가 꽂혀 있기도 하고, 그렇게 거실 탁자에 책들이 쌓인다. 또 무엇이 있을까. 아, 산책!

나 가 보 시 게 요.

…….

날 씨 가 참 좋 아 요.

두 눈을 끔벅이면 그렇다는 신호이다. 그런데 신호 대신 입을 여셨다.

지 선생, 어디 갔었나?

아, 그게요. 예.

예가 무슨 답인가. 어르신은 채근하는 눈을 크게 뜨셨다.

산 책, 산책 하시면서 이야기하시게요.

그렇게 산책 준비에 들어갔다. 안방으로, 화장실로, 침대에 앉아서 옷매무새 갖추기, 아직은 얇은 바람막이를 하나 더 걸치고, 모자를 챙겨 쓰면 그다음에 마스크 챙기기. 다른 사람들이 잘 하지 않는 습관, 흰 장갑을 집어 들었다. 코로나 전부터도 외출 때는 면장갑을 꼈더란다. 산책이나 병원 출입이 아니라, 일반 외출 때에도. 노인 치고 위생 관념이 높다. 티브이에서 손 씻는 6단계가 자주 나오니까 그 6단계를 꼬박 지키면서 손을 씻는다. 병원이라도 다녀왔을 때는 욕실로 직행, 샤워다. 갈아입을 옷들이야 누군가 챙겨 내놓겠지, 하는 심사다. 가만 보면 두 분 다 세밀하다. 두 사람이 다 세밀하면 피곤할 텐데. 이 두 분이 젊어서도 서로 피곤했을까. 무슨 망상? 뭣 때문에 내가 이분들에 관해서 관심을 갖나. 퇴근 태그를 찍고, 몸조심하셔요! 하고 인사를 하고 문을 나서면, 필연적으로 다시 만날 관계는 아니다. 물론 당분간, 특히 내일이야 다시 만나겠지만, 상황은 언제라도 달라질 것이다. 산책하면서 장갑 위로 잡는 손의 결속력은 이 시간만 유효하다는 말이다.

그렇게 잎 무성해진 나무들을 올려다보면서 느린 산책을 했다. 산책을 도왔다. 오른손에 힘을 주시려고 내 왼손에 기대는 힘을 기꺼이 받으며 걸었다.

저 그동안 코로나 걸렸어요. 그래서 못 왔어요. 죄송해요.

…….

못 들으셨나, 크게 말했는데. 나더러 어디 갔었냐고 묻던 생각에서는 벌써 멀어졌나 보다. 코로나란 단어를 일부러 되풀이할 필요는 없다. 5분 전의 생각이 지속되지 않는다고 큰일은 나지 않을 것이다. 이런 경우 그 시간은 옛날이나 같다.

내가 다른 생각으로 해찰하는 것을 느꼈는지, 어르신이 담장 쪽으로 심어진 찔레꽃 앞에서 멈추셨다. 한창 어우러져 꽃을 피우고 있는 찔레꽃은 찔레꽃이다. 누군가 찔레한테 장미를 접목하지 않아서, 찔레는 찔레로 사는 것이다. 장미 얼굴을 갖지 않음 어때! 찔레는 찔레일 때 온전하고 행복한 거야. 이 어르신을 만난 이삼 년의 시간 동안에 담벼락 아래 찔레는 상당히 넓게 퍼졌다. 향기는 외려 저쪽 담장 끝 치자나무에서 건너왔다. 멀리서는 보이지도 않는 자잘한 꽃잎에서 무슨 향기가 저리 뿜어 나올까. 향기로 사는 치자꽃은 향기로 목소리를 냈다. 나도 답했다.

어르신, 저기 저쪽 치자꽃 보러 가실래요? 오라고 부르는데요.

둘이서 손을 잡고 걸었다. 부녀 같아 보일 게다.

노인과 데이트하게 해서 미안해요, 어르신이 농담을 하셨다. 데이트? 그래, 이 시간의 데이트에 충실하자. 이 어르신의 시간에 진심으로 함께 하자.

퇴근이다. 갑자기 주말이 기다려진다. 농막에 가면 애처로운 사과나무도, 흐드러져 있을 작약들도 만나겠지. 무엇보다 높게 자란 모감주나무 아래를 남편과 손을 잡고 걸어야겠다. 그 시간에 가서는 내가 오른손으로 남편의 맨살 왼손을 잡고서. 아니다. 그건 아니다. 그에게 내 손이 필요한 시간인가 알아보고 싶다. 알아야 한다. 내 시간의 의미를 알아야겠다.

이별

이별은 생각할 틈 없이 생각보다 가까이 있는 그런 무엇인가 보다. 그런데 실은 어려운 무엇이었다. 살면서 여러 번 겪었던 이별들 어느 하나 어렵지 않은 것이 없었다. 자잘한 이별들도 그 순간에는 아팠다. 어린 시절 친구와의 이별 같은 것들 말이다. 우리 동네에서는 떠나가는 친구들이 별로 없었지만, 간혹 선생님 아버지를 따라서 공무원 아버지를 따라서 전학을 가던 친구들과 헤어질 때는 왠지 모를 부러움을 합쳐서 슬프게 울면서 이별했다. 그런데, 그러고는 끝이었다.

오히려 너무 큰 이별의 순간에는 아무런 느낌도 없이 그것을 맞기도 했다. 그리고는 오래 앓는다. 오랜 병석의 아버지, 교복을 입은 여자아이는 그 큰 이별을 말 그대로 멋모르고 맞았다. 그 후의 어둡고 우울했던 나날들이 오히려 더 기억에 남았고, 막상 이별의 시간은 그냥 집안 행사들 중의 하나인 것처럼 지나갔다.

아버지의 부재는 나중에야 천천히 실감으로 다가왔다. 난생처음 뭔가 알 수 없는 것들을 꿈꾸던 시절에 아버지가 없었다. 그러니까 이별보다 이별 후가 더 아팠다. 대학 진학이 아니라 무엇인가 돌파구를 찾기 위해 절친의 언니 하나 믿고서 서울행을 감행했던 시절, 냉골은 매서웠다. 연탄 값조차 없는 것은 아니었지만, 시간이 없었다. 불을 피울 시간이 없었다. 늦은 밤에 불을 피웠다면 언제 방이 따뜻해질 것이며, 이른 새벽에 나갈 때서야 펄펄 타는 연탄불은 아까워서 어쩌나 말이다. 이래저래 냉골에서 눈을 꼭 감고 잠을 청하면서 고향의 어머니 곁을 생각했고, 그러다가 그 곁에 누워 계셨던 아버지 또는 하늘의 아버지를 그렸다. 아버지는 아득히 멀었다.

당연히 내 결혼식에 아버지가 없었다. 불쌍한 신부, 결혼식장에서 부모님을 다 누리지 못하는 불행한 신부였다. 아버지, 울 아버지는 웨딩드레스를 입은 나를 볼 수 없었다. 아버지가 서럽도록 그리웠다.

결혼 이후로는 사는 일이란 것이 끝없는 이별의 연속임을 잠시 동안 잊었던 것 같다. 이별이니 그런 감성적인 말들을 사치라 느낄 만큼 앞만 보고 달려온 삶이었다. 반지하에서 탈출하는 목표, 수도권에 집을 갖는 일, 아들딸 구별 말고 하나만 낳아 잘 기르기, 가능하면 빨리 건물주가 되기, 노후 준비, 노후 준비…….

반지하방은 둘이라서 덜 추웠다. 그래도 추웠다. 근무시간 때문에 잠시 혼자일 때는 사뭇 추웠다. 서울 첫겨울의 냉골을 생각하면서 참았다. 그때는 간호조무사 학원 다녀오고 알바까지 하고 들어오면 연탄불을 피울 재간이 시간이 없었다. 딸아이를 낳았고, 셋이 되어서 더 따뜻했고, 반지하방을 으샤으샤 어거지로 탈출했고, 수도권에 집을 가졌다. 분홍빛 내 인생에 이별 같은 것은 아득했다.

이별을 어머니와 관련해서는 생각해본 적이 없었다. 어머니란 멀리 있어도 늘 그 자리에 있는 존재였다. 그 자리의 어머니는 마을 모두와 가깝게 지내시고, 아무튼 동네 친구들 누구랑도 잘 어울리시니까. 특별한 노인병이 없어도 소재지 병원에도 성당에도 잘 다니시니까 몸과 마음이 건강하신 편이었다. 그런데 그렇게 갑작스레 이별이 왔었다. 엊그제 같다.

고아가 되었네요! 초상을 치르고 곧 다시 일을 나갔을 때 들었던 말이었다. 고아가 되었어요, 무조건적으로 지 선샘 믿어줄 사람은 이제 없으니. 오후 수급자 어르신의 보호자였다. 요양보호사인 내가 일상에서 만나는 사람들은 수급자가 대부분이지만 드물게 그들의 보호자도 있다. 간호조무사 30년 마치고 시작한 이 일도 벌써 6년째다.

고아가 되었네요! 처음엔 놀라웠지만 옳은 말이었다. 그 말과 그 시간이 도망가지 않고 계속 머물러 있었다. 고아가 되었음을 깨닫고 나서는 오래오래 울었다. 갑작스럽게 완전한 혼자가 되었다는 그 느낌은 오랜만에 경험한 것이었다. 혼자다. 혼자다. 그때는 똑같이 내 피로 연결되어 있을 딸애 생각도 나지 않았다. 고개를 들어보니 남편은 어딘가 밖에 있는 것 같았다. 남편은 옆이지만 밖에 있다는 사실을 처음으로 느꼈다. 사람은 어차피 홀로 와서 홀로 간다는 그런 말도 있지만, 새삼스럽다. 나는 혼자였다. 나는 혼자다.

혼자 있을 용기만 낸다면 남편에게 의존하지 않게 될까, 처음으로 생각해보았다. 오랫동안 의존하고 살아온 것이 분명했으니까. 재테크도 척이고, 부지런하고 집안일도 잘 해주는 성실한 남편, 별로 나무랄 데 없는 남편을 의지해온 것은 당연했다. 남편은 심하다 할 정도로 절약하며 산다. 그 나름대로 충분히 단단한 내가 다 불편할 정도다. 절약 정신에 절어 있으니까 바람도 피우지 않을 것이다. 피우지 못할 것이다. 바람에는 돈이 먼저 축이 날 것이니까. 그 점에서는 남편을 믿는다. 이상한 믿음이다.

믿는 도끼에 발등 찍힌다는 말도 몰러? 바람이라는 것이 나고 싶어 나고 안 나고 싶어 안 난다냐? 편의점이 늘상 하는 말이기는 하다.

그려, 누구라도 바람피우자고 작정해서 바람이 나는 것은 아닝께. 다시는 그럴 일 없다고 맹세해놓고도 또 그 짓을 벌리고 그라제. 집집마다 생각보다 심각혀. 세탁소는 세태를 많이 의심하는 투다. 요새 가만 보면 남정네들만 그라는 것도 아니더만. 너만 사람이냐, 나도 사람이다, 그 식이더만. 집안 아짐뻘인디, 긍께 나이도 솔찮혀, 아 대놓고 맞바람을 피워붕께 복잡해져불대.

됐네요. 넘의 집 야그 그만들 하쇼. 내가 부러 여기 사투리로 말을 끊는다. 그렇지 않으면 끝도 갓도 없이 바람 이야기에 열을 올리곤 한다. 사람 사는 모양새가 연속극보다 더하다는 것이 두 사람이 일치하는 대목이다. 그에 비하면 젓가락언니는 정의파에 가깝다. 사람을 그로코롬 못 믿으면 갈라서야제, 먼 짓들이냐. 그렇게 일갈하고 만다.

아줌마들이 모이면 일단 처음에는 요즘 뭐 해 먹어 하면서 먹거리 타령으로 시작하다가 마지막 관심사는 남녀상열지사다. 여자들이 더 외로움을 타서 그런가. 나는 어떤가. 저 밑바닥 속내로는 나도 외로울까. 외롭지 않을 사람이 있을까.

언젠가 보호자 할머니랑 그런 이야기를 나눈 적이 있었다. 어머니 일주기에 다녀와서였다.

사람이 용기가 있음 외롭지 않다고 그러셨죠. 용기가 있다는 말은 뭘까요?

내가 먼저 말을 꺼내다니. 이런 실없는 말을 나눌 사람이 내 주변에 없었나 싶었다. 의외로 할머니는 깜짝 놀라는 투였다.

아이쿠, 지 선샘, 외로움 타는 거요? 어른이 왜 다시 소녀가 되어 갈까.

어른은 뭐.

그니까 그게요, 용기라기보다, 참어른은 외로움 안 타죠. 혼자라는 느낌에 외로움을 타거나 고독감에 젖는다면 덜 어른이야, 바꿀 수 없

는 것을 원하니까요. 고독은 존재하는 것들의 숙명 같은 것. 솔리튀
드라고, 또 원래대로 말해볼까요? 도망갈 텐데?

도망…….

아차, 이 할머니가 영어다 뭐다 어렵게 말하기 시작하면 내가 도망
친다는 것을 완전히 간파했구나. 할 수 없이 아니라는 표정을 짓고
말았다.

프랑스 말이라서 어려워 보일 뿐, 고독이라는 단어, 특히 군중 속
의 고독을 말한답니다. 아무리 많은 사람들과 함께 있어도, 친구들
속에서도, 형제자매들 사이에서도 인간은 외롭다. 어차피 혼자인데
혼자인 것을 받아들이지 못하면 방법이 없죠, 외로움 탈밖에. 그게
놀랍게도, 아까 그 솔리튀드라는 단어에는 해방감 같은 뜻도 함께라
네요. 누구나 외로움을 싫어한다지만 은근히 혼자만의 무엇인가를
탐하는 그런 속내도 있다는 거예요. 고독감이자 해방감 같은 것.

설마요. 근데 정말 어려운 말이네요.

세상의 말 다 알려고 하지 않아도 된답니다. 그런가 보다, 라고 생
각하면 그리 된답니다. 그런가보다, 라고 살면 된답니다. *살다 보면
살아~진다……*. 좋아하는 가사예요, 뮤지컬 〈서편제〉에서. *그저 살
다 보면 살아~진다.*

…….

엉뚱한 이야기를 하게 되네요. 내가 뭐 많은 어려운 단어들을 아는
것도 아니고. 몇 개 더 안다고 달라질 것도 없고, 그저 고독하다고 느

끼면 고독감, 해방되었구나 느끼면 해방감, 그런 거죠! 나, 이 할매는 어때 보이나?

그거야, 스물네 시간 동반자랑 함께 있으니까 외로울 틈이…….

동반자? 지 선샘이 어느새 우리 집 양반 말투를 쓰네. 그래요, 동반자, 동반자랑 거의 스물네 시간 붙어 있네, 못 말리는 바퀴벌레 한 쌍! 그런데 혹시 내 얼굴 고독해 보이지 않나? 좀 멋있게! 저이가 근래에 동반자라는 말을 좋아하지만, 마찬가지로 고독감을 느끼는 순간들이 많을걸요. 그런 거랍니다. 내가 그걸 느껴요, 고독하겠구나! 우선 말들을 다 못 알아듣잖아요. 얼마나 외로워요. 내가 말했었나, 눈을 못 보면 사물들과 단절된답니다, 그런데 말소리를 못 들으면 사람들과 단절된다고. 그 유명한 헬렌 켈러의 말이래요.

헬렌 켈러, 알아요. 듣지도 못하고 볼 수도 없고, 아, 말도 못 했다는 사람. 그런 말을 어떻게 했다죠? 글로 썼나?

호킹 박사 알죠? 젊어서부터 루게릭병을 앓던 물리학자, 그 사람도 마지막 순간까지 그 나름의 말을 했다죠. 표정을 말로 변환시켜주는 무슨 기계를 사용하면서 자기 말은 미국 영어라고 했다죠. 영국 사람이지만 미국산 기계로 말하니까. 그런 유머라니. 뭐, 헬렌 켈러 시대에도 그 나름의 표현 방식이 있었겠지요. 표현보다는 생각이 중요하죠. 생각이, 느낌이 있으면 사람이에요.

생각이, 느낌이…….

봐요, 지 선샘, 외로움 탈 때는 반대로 말하면 행복한 시간일 수도 있어요. 고민이 너무 크면 외로움이고 뭐고. 하다못해 전에 오전 집에서 속상한 날 부글부글 화났다고 했었잖아요. 결국 그만둔 집, 쓰레기 봉투로. 그럴 땐 외로울 틈 없었죠? 그냥 맘 편히 살아요. 공을 봐요! 공 속에 공기방울들이 팽팽할 때 공이 톡톡 튀겠죠. 공기방울들이 외로움 타면 공이 흐물거리겠죠. 그냥 팡팡 튀고 살아요!

팡팡 튀고…….

그런데 올여름은 팡팡 튀기에는 더운 날들의 연속이었다. 정말로 지구가 점점 더워진대나? 영국 같으면 우리나라보다 북쪽에 있을 것인데 40도를 넘었다거나, 잘못 들었나 싶은 뉴스들도 많았다. 봄에도 동해바다 쪽 산불은 200시간도 넘게 타올랐고, 진화는 왜 그리 어려운지. 무서운 뉴스들, 아프가니스탄에서는 강진으로 100명이 아니라 거의 1,000명이 매몰되었다 했다. 천재는 어쩔 수 없다지만 인재도 만만치 않았다. 테러도 무차별 총격도, 이른봄에 시작된 러시아-우크라이나 전쟁은 심각해지고 있었다. 남의 나라들에서도 전쟁은 전쟁이었다. 세상이 이별 천지였다.

가을 들어서 또다시 눈앞에서 이별을 맞았다. 당연한 그러나 급작스러운 이별이었다. 몇 년을, 놀랍게도 몇 년 동안을 침대에 누운 채 콧줄 급식으로 연명하시던 시어머님과 이별을 했다. 그 긴 시간을 생각해보면 오히려 평안을 찾으신 것이겠지만, 이별은 이별이었다. 평소에는 냉철하다 못해 냉랭해 보였던 남편이랑 그 형제들이었는데, 정작 어머님 돌아가셨을 때 아들들은 말 그대로 대성통곡이었다. 그 통곡을 잊지 못하겠다. 어른 남자들이 그렇게 울 줄이야. 어머니의 옛날, 고생고생만 하셨던 옛날을 울고 또 울어댔다. 어떤 장면들을 추억하다가 울고 또 울고, 심지어 좋아하셨다는 노랫가락을 부르다가 또 울었다.

이번 이별은 실은 서러움보다는 걱정을 송두리째 안고 왔다. 혼자 남은 아버님을 어떻게. 그동안 아버님은 엉거주춤, 크게 아프신 곳은 없었지만 어머님이 계신 요양병원에 함께 계셨다. 이제 집으로 오셔도, 실은 오셔야 되겠지만 어떻게. 누가 아버님을 돌보는가. 어느 아들도 손을 들고 나서지 못했다. 홀시아버님 모시기란 어딘지 껄끄럽겠다 싶을 며느리들의 입장, 그 속마음을 서로 눈치 보면서. 이런저런 망설임으로 아버님은 그냥 요양병원에 남아 계셨다.

눈치 보기에 어색해할 시간도 그리 오래가지 않았다. 수년간 콧줄 끼운 어머님 옆에 들락거리며 하루 종일을 보내셨던 아버님은 할 일이 없어져서인지 곧바로 사그라지듯 숨을 거두셨다. 낮이면 혼자 이 방 저 방을 배회하시다가 한 달도 채 안 된 어느 날 아침 깨어나지 않으셨다는 통보였다. 그 한 달도 안 될 시간을 왜 모셔오지 못했을까. 내 마음이 이럴 때 남편은 어떨까.

예상치 못했던 아버님의 장례식장은 의외로 조용했다. 눈물들이 다시 고일 시간이 짧아서였을까. 반쯤 돌아가신 상태로 연명 치료를 하시던 어머님이 돌아가셨을 때 흘린 눈물은 무엇이었을까. 오랜 시간 눈물을 준비해두었던 것일까. 세월 따라 그냥 계속 쌓였었나. 세월 따라 쌓이는 것이 주름만이 아니라 눈물도 있었구나 싶다. 그 생각 때문에 나는 더 울었다. 평소의 나는 눈물이나 쌓아둘 사람은 아니었는데. 눈물 쌓일 틈이 없었을 줄 알았는데. 세상엔 예외가 없고 나도 사람이니 나에게도 눈물이 쌓였나 보다.

눈물의 맛을 생각해보기로 했다. 아니 그전에 눈물이 쌓였을 순간들을 기억해보기로 했다. 아직 교복을 입은 여학생일 뿐인데, 아직 어른도 아닌데, 벌써 아버지가 없다는 사실부터 시작되었을까. 아버지의 부재는 사실은 난데없는 청천벽력은 아니었다. 오랜 병중에 무심코 예감했던, 올 것이 왔다는 느낌이었나. 그때는 울 만큼만 울고 그쳤다. 생사의 의미를 분별하기에는 어리기도 했다. 또 아버지들은 대강 먼저 떠나셨고 동네에도 비슷한 집들이 많았다. 집들은 비슷한 상태로 그냥 집이었다.

설움은 집 없는 설움에서 시작되었다. 냉골에서 울면서. 울면서 아버지 생각을 더 했다. 아버지가 계셨더라면 친척집 신세를 지지 않아도 되었을까. 그래서 튼튼한 집을 지어줄 것 같은 '선 선샘'이 좋았을 것이다. 얼마나 믿음직했던가. 새벽시장에 가서 두 시간이나 알바를 하고 출근하는 남자. 저녁이면 앞 건물 다른 병원에서 야간을 뛰는 남자. 예쁘지도 않은 내가 그런 남자의 아내가 되었다. 학교 때 새침 얌전한 애들보다는 털털한 애들이 남편 복도 많다고 하더니!

비교할 일은 아니지만 내가 점심을 함께 먹는 오후 수급자 어르신 집 사람들은 피곤과다. 매끼 반찬을 새 그릇에 조금씩 담아낸다. 김치 따로 생채 따로다. 물김치에 더러 파김치랑 서너 가지는 거든, 새로 만든 기본 찬이야 새 접시에 담아낸다지만, 어떻게 모든 것을 매번 새 접시에다. 이 무슨 바보 짓! 그런데 시간이 흐르니까 세뇌되었나. 이런 일을 일없이 하고 있는 할머니가 답답해 보이던 것에서 정갈해 보이는 쪽으로 바뀌려고 한다. 먹고사는 일에 정성을 보이는 것이, 사는 일이 목적인 것 같아 보였다. 내 의심은 여전했다. 헌데 다른 목적은 없는 것일까.

저, 그런데, 특별히 하시는 일은 없는 거죠? 보호자님 말씀요.
나, 내가 하는 일요? 날마다 살잖아요.
아이참, 이렇게 사는 일은 누구나 하는 일이죠. 이게 뭔가 하는 일은 아니잖아요.
사는 일은 일이 아니다. 찬성 못 하겠는데요. 인생은 사는 것이 목적이요. 날마다 자~알 사는 것이.

아니 뭐, 젊을 땐 뭔가 이루려는 것들이 있잖아요.

그러니까 사 자 붙은 직업, 건물주 그런 거요?

아니, 뭐~래도, 뭐든지요.

건물주가 되기 위해서 무엇인가를 한다, 늙어서 의사 판검사 사위를 보려고 무엇인가를 한다. 그건 옆길인데요. 또 어렵게 말할까 싶다, 도망가라고!

언제 도망을……

갈 거면서.

아뇨. 그럼 판사, 아니 요새 제일 잘 나가는 검사 사위가 옆길이면 옆길 아닌 것이 뭔데요?

그걸 알면 내가 이러고 사나요. 다만 뭔가 되려고, 뭔가 가지려고만 한다면 그건 옆길이다. 또 어려운 단어로는, 자신에게 던지는 가언적 명령이다, 그런 말이죠. 판검사가 되기 위해서는 고시를 봐야 해, 그러니 좋은 대학에 가야 해, 그러니 일단 죽어라 공부하는 거야! 이런 명령은 모두 수단에 매달리는 것, 그러니까 가언적이고. 반대로 정언적 명령이라면 뭔가 조건 없는 명령, 절대적으로 원하는 행동을 향할 때를 말하죠. 내가 어떤 의지로 뭔가를 행하려고 할 때면 그 원칙을 세울 것 아녜요? 그때 그 원칙에 따른 행동이 나의 이익과 처지를 남의 이익과 처지에 비해서 특권적인가를 먼저 살펴야 하고. 특권을 피하는 것이 우선…….

아이쿠 머리야. 확실히 잘못 걸렸다. 가언 정언이 뭐야. 한국말이
야? 특권을 부러 피하라고? 포기하라고? 모두가 특권을 쟁취하기 위
해서 달리고, 특권을 행사할 수 있는 사람이 되기 위해서 성공하려는
것인데! ─ 이 말은 하지 않았다. 이 노인과 이야기하다 보면 어디서
부턴가는 뒤틀려버린다. 이 미친 말, 내가 볼 때는 미친 말이다, 누가
이런 말을. 일단은 무조건 성공하기, 누구라도 성공을 해야 기본적
으로 먹고살기 편한 세상인 것을.

　그게, 보편적 인권을 존중하자면 우선 특권을 피해야, 피하려고 해
야만.
　보편…….
　보편적 인권을 존중하는 것이 정의니까요. 모든 개인의 자유와 권
리를 존중하는 정의로운 사회가……. 그만둡시다. 학교도 아니고.
다만, 자유가 거의 폭력이 되어 있는 세상이다 보니, 진정 자유인이
어디…….
　나는 벌써부터 어느 부분에서도 귀를 기울이지 않았고 대꾸도 하
지 않았다. 듣고 있지 않으니 대꾸도 못 할밖에. 내 몸은 거기 그냥 있
었지만 맘은 이미 도망쳤다. 도망친 것을 알았는지 다시 혼잣말이다.
　미안! 내가 공부를 하다 말아서, 그래서인지, 뭔가 생각에 꽂히면
그만……. 그런데 참, 밤새 샤워 꼭지가…….

자유가 폭력이라니, 뭐야!

다행히도 보호자 할머니는 전혀 엉뚱한 말로 현실로 돌아와서 화장실로 향한다. 나도 따라 들어간다. 샤워기 꼭지가 정말로 끊어져 있다. 플라스틱도 아닌 쇠붙이 종류인데! 어떻게 해서 그리 되었는가는 모른단다. 한밤중에 화장실 안에서 소리가 들리더란다. 급히 문을 열고 보니 어르신이 부러진 샤워기를 들고 서 있더란다. 출입문 방향을 잊었나…….

꼭지 사 올게요. 철물점에 있겠지요. 어쩜 다행이었어요. 락스물 담가서 가끔 소독을 하는데 요즘 깜빡했거든요.

네, 다녀오세요. 말로는 인사를 했다. 샤워 꼭지를 소독해? 조금은 병적이야, 많이, 라고 생각하면서.

지금은 낮잠치고는 곤히 잠들어 있는 어르신이 밤이면 시공간 적응에 힘들어하는 일이 잦아졌단다. 깜깜한 허공에다 대고 보이지 않는, 어르신에게는 보이는 상대에게 말을 하거나, 그때 그 시절 사람들을 찾는 일 같은 것, 일상생활이 어려운 현상들이 하나둘 나타나고 있었다.

이별은 늘 가까이 있다더니, 몇 년간 안정적인 방문요양 돌봄을 해오던 관계가 끝날 조짐이 보이기 시작한다. 오후 말이다. 언제라도 수급자 어르신이 먼저 무너질 것이라 생각하고 있었는데, 뭔가 조금 다르다. 보호자 할머니가 이겨내지 못하는 상황이 벌어진다. 언제부터인가 이 할머니는 빈방에 잠깐 쉬러 가는 일이 잦아지더니만, 요사이는 아예 잠이 들어버리는지 내가 퇴근하는 시간이 되어도 조용할 때가 있다. 환자를 인계하지 않고 퇴근한다는 것은 찝찝한 일이다. 어르신을 덩그러니 거실에 남겨두고 퇴근하면, 혼자서 안방, 화장실, 부엌 냉장고 쪽으로는 왔다 갔다 할 것이다. 물, 음료수, 더러 아이스바 정도는 곧잘 꺼내 드시겠지. 냉장고 특히 냉동실 문을 잘 닫아야 할 텐데. 아직까지는 그런 사고가 난 적은 없다. 그건 사실 사고 축에도 들지 않는다. 인지장애를 겪는 환자들에게 큰 사고란 넘어진 채로 일어나지 못하거나 혹은 가스레인지를 켜거나 하는 일이다. 이 어르신은 평생 라면도 못 끓일 만큼 부엌일엔 꽝이라니 그쪽은 염려 없다.

그냥 퇴근해? 늦게 퇴근한다는 것은 내 사전에는 없는 일이다. 원칙대로다. 할머니가 낮잠에 든 첫날은 시간에 맞춰 태그를 찍고 대문을 나섰다. 차에 키를 꽂다가 흠칫 놀랐다. 어르신이 내 뒤를 따라 나와버리는 상상, 그것은 끔찍했다. 사고가 나기 전에 자는 사람을 깨우는 것이 맞다. 다시 들어가서 깨웠다. 이 할머니가 핸드폰으로 날아오는 안전문자에, 특히 배회하는 사람들을 찾는 문자에 과민반응인 이유가 있겠지. 어르신이 어떤 날엔 일찍 일어나서 대문 밖에 와 있는 신문을 들여놓기도 한단다. 어쩜 혼자서 나갈 수도 있겠다고, 할머니가 놀라곤 한다.

하루는 할머니가 쉬고 있는 방 쪽에서 전화 목소리가 컸다.

어쩌라고! 잘 못 듣는 사람을 누가 일일이 돌봐줄 거냐고! 나도 함께? 난 아직 그러고 살 단계는 아니라고!

주변 사람들이 밤새 잠을 제대로 못 잘 지경인 할머니를 보다 못해서 어르신을 요양병원에 입원시키자 권한다는 것을 알고 있었다. 어르신을 함께 돌볼 수 있는 젊은 사람들이 살고 있는 수도권으로 모시라는 권유들 — 그들 중에는 의사들이 가장 적극적인 것 같았다.

듣기 싫은 소리도 자주 들으면 설득이 되는지, 하루는 할머니가 실버타운 이야기를 했다.

재가요양서비스 수급자는 실버타운 들어가 살기 어렵겠지요?

글쎄요. 저는 그 부분은 아는 것이 없어서요. 아무래도 수급자는 요양병원이나 요양원엘 가셔야죠. 모르긴 해도 실버타운엔 어르신 돌봐줄 서비스는 없을걸요.

재가요양서비스 되는 곳도 있나 봐요, 수도권에는.

그래요? 실버타운이란 게 보통 호텔 비슷한 곳인가 했네요. 공동으로 식사 제공해주고, 공동 프로그램도 있고. 그런데 이 살림 정리가 괜찮으시겠어요?

정리, 글쎄, 정리라면 결혼 때 더 큰 정리를 하고서 출발하지 않았을까요? 어떤 다른 누군가랑 삶을 합치는 일, 그것이 더 대단한 결정이었겠죠. 이제는 이사, 좀 특별한 이사 정도.

하긴 그렇군요. 결혼하실 때 그런 생각을 하셨어요? 난 그저 두 사람이 방을 합쳐야 몸과 맘이 편해서, 말 그대로 아무 생각 없이 무턱

대고 씩씩한 출발이었어요.

　씩씩한 출발선을 돌이켜본다. 아득하다. 분명한 것은 반지하 탈출, 그리고 1차 목표는 내 집 그리고 건물주가 되는 것이었다. 하수도가 막혔어요, 2층 학원이나 어디서 불평이 들어와도 그리 싫지는 않다. 내가 월세를 내는 것이 아니라 받는 입장이니까. 그렇다고 세상의 지탄을 받는 건물주는 절대로 아니다. 대학의 최고위과정이나 다녀서 인맥을 쌓고 세상을 주물럭거리는 그런 건물주들, 먹물들이 죽어라 공부해서 판검사 되어도 결국 그 밑으로 들어간다는 어마무시한 건물주들은 우리랑은 완전 다르다. 성실하게 벌고 절약 또 절약해서 이만큼 이룬 것, 그게 어때서.
　물론 오후 할머니 같은 사람은 건물주라면 무조건 부정적으로 보는지도 모르겠다. 한번은 이 집에 자매들이 모였는데, 갑작스레 이 할머니를 놀리는 소리가 들려왔다. 누군가가 크게 부동산 재테크에 성공하여 떼돈을 벌면 그것은 누군가가 가져가야 할 돈을 빼앗은 것이나 마찬가지라고 할 사람이라는 것이었다. 대한민국의 돈이 총 100억이고 인구는 100명이라면 똑같이 1억씩 갖는 것이 가장 바람직하다고 말할 사람이라고. 그러자 이 노인이 말했다. 뭐야, 완전 공산주의자 취급이네! 나 절대 아녀! 그냥 여남은 사람이 90을 독점해버려서 나머지 사람들이 허덕인다면 그런 게 문제라는 말이지. 온통 허덕이는 사람들 사이에서 혼자 행복할 순 없지 않느냐고. 이론적으로는 모든 사람들이 밥 못 먹을 정도로 불행하지는 않아야 비로소 누군가 행복이라는 단어를 실감할 수 있는 것이라고.

이론적으로. 뭐야, 형제자매들 사이 대화에서도 이론이구나. 아무튼 간에 누구나 더 잘되고 싶은 것은 본능이다. 특혜도 피하고 재산도 굳이 집착 말라는 개똥철학이 어디 통하는 세상인가 말이다. 나는 세상 따라 사는 현재형이다. 맞벌이가 대세니까 맞벌이 하고, 절약해서 건물주 되는 것이 모두의 꿈이니까 건물주가 되었다. 재롱둥이 깔깔거리는 손녀만 봐도 기쁘다. 폰에서만 봐도 행복하다. 이 아이도 곧 건물주 되는 꿈을 갖겠지. 농막에 가서도 힘들기보다는 뿌듯함이 크다. 땀 흘리고 나서 따끈한 국밥 한 그릇씩 사 먹으면 행복하다.

지금 그 이야기가 아니다. 이 어르신네가 실버타운에 갈지도 모르는 상황이다. 딱히 내가 상관할 일은 아니다. 상황이 정리되는 대로 따르면 된다. 가만, 이것도 일종의 이별인가. 방문요양 서비스란 인연은 늘 바뀌는 것이다. 다만 대부분의 수급자들이 오전 방문을 원하기 때문에, 이 오후 수급자가 실버타운에 들어가게 되면 내가 오후 시간 일을 찾기에는 다소 시간이 걸릴지 모르겠다. 그럼 오후를 잠시 쉬어도 좋고.

며칠을 그렇게 보냈는데, 분위기가 반전되었다. 실버타운에 대한 관심 말이다.

끔찍한 뉴스도 있었네요.

네?

실버타운 사건 말이에요. 팔십 대 후반이면 꽤 노인들인데, 그때까지도 부부싸움을 하다니. 그러니까 부부싸움 끝에 할머니가 목을 맸다고. 옆에서들 처량했을까 무상했을까.

말로만 실버타운 이야기를 했었는지, 할머니는 부정적인 소식들만 찾아보고 있었나 보다.

자살한 노인 이야기가 또 있어요. 어머니가 돌아가시면 보통 다 그렇다지만, 혼자서는 식사며 일상이 불편해진 아버지를 자녀들이 어떻게 해, 남들 하듯이 실버타운에 모시기로 했겠제. 기본 의식주를 다 챙겨주는 데니까. 근데 입주 겨우 일주일 후, 노인이 아침식사에 나오지 않아 담당이 방에 가보니 가버렸다네요. 약을, 세상에나, 들어올 때 미리 준비했었는지. 바로 옆방에서 그런 일들이 일어나면 얼마나 무서워. 절망할밖에.

할머니는 아직 경험하지도 않은 일들에 자기 일처럼 미리 놀라고 있었다. 그러고는 어느 날부터 냉장고 문에 '문닫기'라는 글자가, 식탁 옆에는 '불끄기'라는 예쁘게 쓴 글자들이 붙었다. 다시 이대로 지금처럼 지내기로 한 모양이다. 그러니까 유예된 이별. 언젠가 다시 검토될 이별이다. 이별 연습이 필요한가 보다.

그러면서도 이 노인이 어느 날부턴가는 정리에 시간을 쓰는 것 같았다. 책들도 묶어서 내놓고, 자잘한 상자들, 그 속의 자잘한 물건들을 치우신다. 계속해서 실버타운 생각을 하는지도 모른다.

저, 그런데요, 어르신 같은 수급자는 실버타운에 노탱큐라던데요. 돌봄 필요한 수급자는 꼭 요양병원 또는 요양원에.

왜 이런 말을 꺼냈을까. 내심 이분들과의 이별이 내키지 않나. 그냥 방문요양 서비스의 끝, 그 이상의 의미라도 있단 말인가.

알고 있어요. 다들 열심히 알아보았다 하네. 다행히도 실버타운 단지 안에 케어홈이라는 곳이 함께 있대요. 맘 정하지는 않았고, 어차피 이제는 살림을 정리할 때라서. 울 엄마한테서 받은 장롱들, 자질구레한 선물들, 시어머님이 시집 올 때 – 상상이 안 된다! – 당신 친정어머니가 넣어주셨다는 참기름 병, 백 년도 넘었겠네. 다른 자잘한 선물들, 이 마른 표주박 두 개. 전혀 뜻밖이었죠. 돌아가시기 좀 전이었어요. 평소에, 아가, 살면서 자식들한테도 한 자락 깔아라. 그래야 쓴다아. 그러시던 어른이 꼬마 표주박이라니.

그럼 이것은요? 이 낡은 책들은요.

거실 안쪽 시커먼 서가에 낡은 종이묶음 같은 것들이 쌓여 있었는데, 평소에는 눈에 잘 뜨이지 않았다. 말간 비닐로 한 번 그 위에 예쁜 레이스천으로 덮어서 늘 그렇게 있었다. 무엇보다 그것들을 누군가 만져보는 흔적도 없었다. 오늘은 가만히 먼지라도 털어볼까 싶었다. 가만 들여다보니, 맙소사, 손으로 묶은 책들이었다. 스무 권쯤 되어 보였다.

어머나, 오래된 족보인가 봐요. 이런 건 누군가에게 물려줘얄 텐데요.

저이한테 한번 물어봐요! 잘 기억하고 있는지, 이야기 들어보세요. 말을 좀 시켜봐요.

어르신, 저 책들이 족보라면서요?

그러지, 지파의 세보야.

그럼 옛날에 실제로 살았던 조상 분들의 이름이 쓰여 있겠네요. 우와, 몇 년이나 된 것이에요?

거기 젤 위 것 열어보면 언제 적인가 적혀 있을 건데.

펼쳐봐도 돼나요? 하나 빼올까요?

그래요, 오랜만이니 나도 보게.

낡고 낡은 책들을 만지려니 부서질 것 같았다. 가만히 제1권이라고 한자로 적힌 책을 어르신 옆으로 가져다드렸다. 거기 따로 끼워진 작은 쪽지에 쓰인 한자를 어르신이 '헌종 15년'이라고 읽었다. 헌종이라고? 조선 왕이면 100년도 넘은, 200년 다 된 것? 게다가 전체가 필사본이라니. 필사본이라면 골동품 아닌가. 진품명품에 나가도 되겠네.

그럼 여기, 역사책에 나오는 사람 이름도 있을 수 있겠네요. 내 고향 은행리에 있는 지여해 장군의 충신각 생각을 하면서 물었다.

응, 그럼. 알 만한 이름도 있소. 부귀영화를 누리진 못했지만. 그래서 쇠락한 집안이 된 것이고.

쇠락 — 이별과 이별과 이별을 거쳐 내려온 그런 것. 몰락 비슷한 뜻이겠지.

흔치 않은 단어들을 쓰는 것은 이 집 어르신도 할머니도 나이 탓일 수도 있겠다. 살았던 시대가 나랑은 사뭇 다르니까. 아니, 기껏 부모님 세대인데도 달랐다. 하긴 누구나 부모랑은 쉬운 이야기만 한다. 또 이 어르신의 직업이 선생님이었다잖아. 그런데 직업과 사람은 좀 무관해 보인다. 별로 해온 일이 없다는 보호자 할머니는 어렵고 무거운 단어의 도사다. 그런가 하면 밥밖에 모른다.

그런데 우선 식사가 문제예요. 사는 일은 먹는 일인데.

할머니는 다시 밥 타령에 가 있었다. 케어홈의 밥을 어르신이 잘 먹을지. 잘 먹지 않으면 매끼 누가 챙겨서 먹게 하는지, 그것이 문제란다. 그래서 나는 이 할머니가 실버타운과 케어홈에 함께 입주하는 일에 표를 던지지 않는다. 이렇게 준비만 하다가 말 것이다. 그래도 또 모른다. 주변 사람들에게 설득당해서가 아니라, 보호자가 먼저 쓰러져서 함께 케어홈에 갈 수도 있는 것이니까.

유예된 이별이다. 그렇다고 시간이 예정되었다는 뜻은 아니다. 언제 어떻게 이 사람들과의 이별이 올까. 정확하게는 요양보호사인 내가 수급자 어르신하고 이별하는 날 말이다.

물론 최악의 경우는 갑작스러운 최종 이별이다. 모든 만남은 이별로 끝난다, 라는 말 정도는 이해한다. 울 엄마가 돌아가셨을 때 이 할머니가 말해준 문장이 있다. '천 년을 함께 있어도 한 번의 이별은 있다.' 이 문장도 내가 외운다. 이 말을 했다는 원조 철학자의 이름 같은 것이 무슨 소용인가. 어쩌면 이 할머니는 자신을 위해서 이 구절을 외우고 있는지도 모른다는 생각을 한다.

이 노인에게서 들은 여러 개념들을 실은 내가 잘 모른다. 그런 걸 개념이라고 말해준 것도 이분이었다. 그런 걸 외울 까닭이 없다. 그러나 분위기는 어렴풋이 이해한다. 행복 중독의 사회 – 그런 말을 들으면, 나처럼, 우리처럼, 성공 일변도의 행복 추구를 중독이라 말해버리니 머쓱해진다. 그러다 다음 순간에는 그 좋은 쌀밥을 줄여야 건강한 몸매를 갖는다는 생각과 비슷한가, 그렇게 따라가기도 한다. 좋은 것도 넘치면 병이라는 말, 과유불급과 통하는구나. 몸의 건강을 위해서 쌀밥도 고기도 포기해야 하듯, 성공과 행복도 조금 포기해도 되나. 맘이 건강해지려면.

그렇게 저렇게 세상에는 이해되지 않는 다른 방식도 있다는 것 정도는 알게 되었다. 별 가진 것도 없이 평온한 이 노인들을 보면서 덩달아 나도 편해지곤 한다. 조금 아파도 평온한 나날, 큰 욕심 없이 느긋한 생활을 보면서, 어떤 이별도 그렇게 무심하게 맞을 수 있을 것 같은 느낌이다, 어떤 이별도.

생존반응

나이 들며 신경이 멀어지는 것은
즐거운 일
고통은 삐걱거리는 마루처럼
디딜 때만 소리를 낸다.
황동규, 「지붕에 오르기」 중에서

생존반응이에요. 나 아직 살아 있다는.

네? 살아 있다는 생존반응, 생활반응이요? 어딘가로 실종되셨더 랬어요?

웃겼다. 희미한 봉숭아 꽃물이 들어 있는 손톱을 내보이며 할머니 가 말했다. 미친! 아차, 이런 표현까지는 심하지만, 오후 수급자 방문 요양 서비스가 3년이 넘어가면서 이 보호자와의 대화가 부담스러울 때가 많았다. 그중에서도 몇 달이 지나도 불쑥 튀어나오는 머리 아픈 말들은 기가 막힌다. 성공 일변도 가치관은 남의 것이요, 그러니 가 언적 명령임을 깨달아야 한다느니, 자신의 의지로 원칙을 세우고서는 그에 따른 행동을 남의 이익과 비교해서 특권적인가 살피고 피하라느니…… 도대체 21세기 사람도 아닌 것 같은 말을 한다거나.

그렇다 해도 이번에는 진짜로 웃겼다. 웃기면서도 어리둥절하게 만드는 것은 마찬가지였다. 아니, 생존반응이라는 말은 실종된 사람들을 찾는 기호가 아닌가 말이다. 이를테면 실종된 사람이거나 반대로 용의자가 되어 숨은 사람이거나 할 때, 그럴 때 뉴스에서 생존반응을 떠들어댄다. 수배된 사람들은 생존반응을 철저히 숨기며 숨는다. 핸드폰은 들키게 되는 1순위니까 절대로 안 쓰고, 신용카드며 교통카드들도 당연히 안 쓰고 아예 친척이나 친구들에게서 빌려서 쓴다. 수사팀들도 그런 기본을 모를 리 없고, 지인들의 신용카드가 카드 주인과는 먼 엉뚱한 곳에서 사용되는가를 포착한단다. 지능과 지능의 대결이다.

지능을 말하자니 속이 상한다. 시내에 3층 건물과 시골에 농막을 가진 우리의 피땀 흘린 이 작은 성공은 자세히 알고 보면 지능이 모자란 결과였다. 지능은 피땀과는 절대로 다른 차원의 문제다. 지능이 있었다면 이보다 훨씬 쉽게 훨씬 대단한 부를 누렸으리라. 그런데 진짜 문제는 지능도 아무것도 아니라는 것이다. 많은 지능범들도 결국 잡힌다. 단 하나 이유는 카르텔이 없기 때문이란다. 카르텔이라는 어려운 단어를 설명 듣기에는 평소 어려운 단어를 좋아하는 오후 할머니로도 소용이 안 된다. 이 할머니, 오후 수급자 어르신의 보호자, 아무튼 이 노인의 설명 없이 내가 느끼는 카르텔은 그냥 범죄 집단 같은 말이다. 옛날에는 예컨대 막걸리 공장들이 담합해서 막걸리 값을 올린다거나 그런 것들을 어른들한테서 들었다. 그러니까 범죄까지는 아니고. 아니, 그것도 소비자 입장에서 보면 범죄인가.

아무튼 요즘 말하는 카르텔은 억 소리 나는 큰돈과 관련되어 있다. 그것도 수천억이다. 그냥 범죄 집단이다. 누군가 땅을 산다. 어떻게 모은 무슨 돈, 그런 것은 상관없다. 국회의원이나 시장, 군수 또는 판검사 같은 유력 인사들을 막역한 지인으로 삼는다. 사업은 완벽해진다, 뭐, 그런. 온갖 국책 사업들이 저절로 알아서 그 땅으로 향한다.

자유가 최고라는 시대에는 그 자유를 최고로 누리는 사람의 지능이 최고의 지능이다. 지능이 없으면 자유도 없다. 아니, 가난하면 자유 자체를 모른다 했던가. 아니, 뭐야! 그러니까 지능이 모자라면 자유를 모르게 되고, 자유를 모른다는 것은 가난하다는 말이다. 지능이 모자라서 가난하고, 가난해서 자유를 모르고. 그 말이 그 말이네. 진리네. 권력자가 하는 말은 진리다. 작은 행복이 무시당하는 느낌에 자존감까지 떨어지는 시간을 보낸다. 그저 죽어라 벌고 아끼며 저축하면서 살아온 나는 거대한 케일 밭에서 케일 잎 귀퉁이를 갉아먹는 벌레인가, 겨우.

생존반응이 왜 지능으로 갔을꼬. 안 좋은 것은 더 잘 닮는다더니, 나도 어느새 이 집 노인처럼 왔다 갔다인가. 다시, 생존반응 말이다.

작년이었다. 남편이 〈알쓸범잡〉인가 그런 프로그램을 보고 있었다. 생존반응이 없는 실종자는 사망자다, 생존반응으로 범인도 잡아낸다. 그 정도는 나도 아는데, 그보다 더한 나쁜 놈들도 그걸로 잡았다는 것이다. 누군가를 죽여놓고, 죽은 사람의 생존반응을 조작해서 혼란을 주는 것, 그런 이야기쯤 들은 것도 같았다. 죽은 사람의 생존반응을 꾸미려고 그 누님한텐가 문자도 보내고, 겁대가리 없이 그 집에 찾아가서 실종자가 돈 떼먹고 도망갔다고 외려 호통을 치고, 나중에는 돈까지 받아 챙겼다는…… 정도가 심했다. 더 지독한 것도 있었다. 누군가를 죽이고 생존반응을 조작해서 살려놓고는 또 다른 살인을 저지른다. 그리고는 처음 피해자를 범인으로 꾸미는 작전이다. 우와, 조작된 생존반응으로 살아 있는 죽은 자가 범인으로 지목되다니, 무서웠다. 그래도 우리나라 경찰들 대단하다. 죽은 자의 생존반응에 진료 기록도 신용카드 사용 흔적도 없다는 점을 의심했단다. 또 핸드폰 반응이 문자뿐인 것, 더구나 죽은 자와 산 자의 기지국이 늘 일치한다는 것으로 잡았단다. 브라보!

화살이 바뀐다. 평소의 나의 생존반응은? 현실밖에 모르는 내게 갑자기 쓸데없는 상상력이 발동되었나. 내 생존반응은 어디에서 잡힐까? 실종되거나 잠적할 이유는 없지만, 만에 하나 누구라도 행방이 묘연해지면 추적이 필요하다.

그런데 내 생존반응이라면 너무나도 뻔하다. 산속 자연인이 아니니까 뭔가 소비를 해야 하고, 소비를 해서 흔적을 남긴다. 현금입출금기, 체크카드, 통장 입출금 내역, 진료 기록도 다 들킨다. 내 카드는 하나뿐, 외출도 많지 않다. 병원에도, 심지어 미장원에도 거의 가지 않는다. 이 곱슬머리의 장점은 시간도 돈도 꽤 절약이 되는 보물이라는 데 있다. 비가 오는 날 더 곱슬거려서 신경을 쓰면, 웬걸, 사람들은 더 예쁘다고 난리다. 사람들은 자신에게 없는 것들을 좋아한다.

아, 다시 생존반응! 우리는 오전 오후 출퇴근 태그를 찍으니 비밀이란 없다. 주말에는 남편 차를 타고 농막에 가고, 혹시 국밥을 사 먹더라도 남편 카드니까 난 괜찮을까. 어쩌다가 딸네를 만나더라도 모두가 움직일 땐……, 아차, 내 핸드폰이 문제다. 핸드폰을 들고 다니는 한, 내 프라이버시는 없다. 현대인은 무대 위에서 사는 것이란다. 무대 위에서 발가벗고 사는 거죠, 이렇게 말한 것도 이 노인이었다. 이런저런 모임에 가더라도, 동네 친구들을 동네에서 만나더라도 발가벗기는 마찬가지란다.

동네 친구라면 편의점 그리고 거기서 거의 매일 만나는 지인들이다. 세탁소랑 젓가락언니랑 어쩌다 보니 수다 4총사가 된 것인데, 유통기한 임박 식품을 기다렸다는 듯이 먹는 재미도 쏠쏠하다. 돈이 없으면 부정식품도 먹으라는 말이 생각보다 현실적인 말씀이다. 부정식품이라 그러면은 없는 사람들은 그 아래 것도 선택할 수 있게, 더

싸게 먹을 수 있게 해줘야 된다 이거야. 이거 먹는다고 당장 어떻게 되는 것도 아니고. 이 단속은 별로 가벌성이 높지도 않고 안 하는 게 맞습니다요.

헐. 맞는 말씀. 우린 임박 식품으로 탈 난 적이 없습니다요! 가벌성 ─ 이 말은 참 어렵지만, 단속과 수사 시간만 아까울 뿐 하나 마나 한 처벌이 된다는 말인지. 죄와 벌이 합당한 세상인가 뭐, 세탁소도 시큰둥이다.

그건 그렇고, 요즘에는 젓가락언니의 표정이 밝아져서 다행이다. 작년에 딸이 제 신랑한테 신장 하나를 떼어주겠다 했을 때의 넋 나갔던 얼굴은 어느새 사라졌다. 천성이 낙천적이기도 하다. 신장 띠주고도 겉보기로는 어지간하당께. 의술이 좋은 거인지, 이봐 삼층아, 우리보담은 잘 알 것 아녀. 겉만 괘안은가, 속도 괘안컸제? 꼴도 보기 싫던 사운가 뭔가도 워쩌, 즈그들이 오강께로 봐 줘사제. 젓가락 언니는 영락없는 천사표다, 천사표!

사실 오늘 생존반응 어쩌고…… 라고 말하는 이 노인의 생존반응은 우습도록 뻔할 것이다. 정기적으로 또는 갑자기 가게 되는 병원들 기록과 식품 구매 흔적들이 전부이겠지. 재래시장에 나가서는 현금 거래니 잘 몰라도, 아파트 슈퍼에서는 카드도 쓸 것이다. 무슨 살

것이 그리 많은지, 확실히 답답한 노인이다. 한 달은, 아니 두어 달도 시장에 가지 않아도 될 만큼 이것저것 꽉 들어찬 냉장고를 보면 말이다. 하긴 날마다 찬을 바꾸고 또 조금씩 자잘한 재료들을 죄다 넣으려니 이것저것들이 필요하겠지. 이렇게 단순한 생존반응을 드러내 놓고 사는 사람이 갑자기 웬 특별한 생존반응? 기껏 봉숭아꽃 물든 손톱을 보여주면서?

봉숭아꽃 물 들이셨다고요? 들지도 않았네요, 뭐!

아, 그게, 언제부턴가 꽃물이 잘 안 들어요. 손톱이 늙어서 그런가 봐. 어려서는 하룻밤에 빨갛게 들었죠. 젊어서는 두어 번이면 충분했던 것을, 작년에는 네 번이나 들였어요.

작년에도 들이셨나요? 생각 안 나는데.

지 선생이 내 손톱 볼 여가가 어딨어요. 내가 수급잔가 뭐. 또 밥 나오는 것도 아니잖여.

히히, 제 점심밥은 그 손에서 나오는데요.

지 선생이 시시콜콜 작은 것들에 관심 없는 것, 그것이 건강하고 예쁜 거랍니다. 나야 이 봉숭아 꽃물을 울 할머니 땜에 습관이 돼서 들이는 것이고.

할머니요?

예. 울 할머니는 여름 밤 봉숭아꽃이 만발할 때면 여자라고 생긴 족속은 나이 불문 모두 불러 앉혀놓고 꽃물 잔치를 했어요. 평상에

빙 둘러앉고도 모자라니, 마루 끝에 앉아서 차례를 기다렸다가 이름을 부르면 가서 손을 맡겼죠. 물론 마지막에는 당신의 손톱에까지.

노인일 때 말이죠?

그때는 아직 지금의 나처럼 노인도 아니셨지. 노인도 저승길 밝으라고 꽃물을 들이는 거랬어요. 정말 노인이 되어서는 새끼손가락 하나라도 내밀며 묶으라 하셨대요.

그런데 그게 무슨, 그게 왜 생존반응이…….

봉숭아꽃 물들인 손톱을 생존반응이라고 내민 것은 살짝 눈물이 나는 이야기였다. 얼마 전, 실은 이른 봄부터 수급자 어르신이 상태가 여러 면에서 더 나빠지는 듯했다. 불쑥 병원 진료도 가야 했고, 이상하게 불안 불안했다. 낮밤 구분도 문제이고, 불안정한 움직임이 더 문제였다. 어느 순간 발동이 걸리면 쉬지 않고, 정말 한참을 쉬지 않고, 말없이 뭔가를 향해 걷는 동작은 좀 기이했다. 운동 강박일까. 가끔 넘어질 듯하면서도 멈출 수 없는 듯했고, 계속 붙잡고 따라 다니는 일은 무리였다. 내가 있는 낮에도 그러는데, 밤에는 오죽할까. 그런데 비교적 안정된 식사 시간은 참 신기한 노릇이었다. 음식 섭취라는 가장 중요한 문제에서 탈이 없으니, 지난해 나왔던 실버타운 입주 문제는 아예 조용해진 상태였다.

여름에 들면서 사정은 더욱 나빠지고. 할머니는 눈이 퀭하게 변해 가고 말이 줄었다. 내가 있는 동안에는 빈방에 가서 드러눕는 일이 전부요, 시장 나가는 일도 줄었다. 휴지라거나 공산품은 물론 멸치며 건대추 같은 식재료까지도 택배로 오고 있었다. 나중에는 해파리나 새우도 택배였다. 냉동새우는 솜 같다고 꼭 생물을 사고는 하더니만!

우린 어젯밤 둘 다 죽었어요!

그것이 이 할머니가 어느 날 나에게 쏟아낸 말이었다.

우린 죽어버렸어요. 소통이 완전히 끊어진 순간이었어요. 내가 큰 소리로 그렇게 말해버렸어요. 이 사람 듣지 못하는 줄 알면서, 얼굴에다 대고. 꼭 그렇게 말하고 싶었어요. 우린 둘 다 죽어버렸어요.

그렇게 말하는 할머니의 눈은 거의 감겨 있었다. 원래도 물고기 눈인데, 퉁퉁 부은 실눈이었다. 이를 어째, 많이 힘드셨구나!

그렇게 6월이 되어 있었다. 날은 유난히 더웠다. 사람들은 지쳐갔다. 어찌될꼬! 실버타운 준비는 완전 올 스톱인 것이, 살림을 정리하고 도시를 옮기고 생활 양식을 바꾸는 궁리를 내기엔 이 할머니부터 기진맥진해 보였다. 어느 주말에는 더더욱 힘들었던지 월요일엔 결국 어르신이 입원을 하게 되었다. 내과 병동에 입원해서 검사도 하고 영양 관리도 하고, 무엇보다 저녁에 제대로 잠을 잘 수 있게 해달라는 바람이라고 했다. 이태 전에도 감기인 줄 알고 갔다가 폐렴 진단이 나와서 입원 치료했었던 병원이었다. 내가 출근한 오후에야 함께 병원으로 출발했는데, 입원 과정은 더뎠다. 나는 퇴근 태그 찍을 시간에 맞춰서 수급자 집으로 돌아와야 해서, 휠체어를 밀 기운 한 톨도 남아 보이지 않는 할머니를 그냥 두고 병원을 나섰다. 마실 물을 준비하지 않았다는 생각에 병원 편의점에 내려가서 생수 몇 병을 사다 드리고 온 것이 내가 할 수 있는 일의 전부였다. 방이 배정되기 전이라서 짐만 늘었겠다.

내가 병원을 나설 때까지도 온다던 간병인은 도착하지 않고 있었다. 간병은 아무리 오후 늦게 시작해도 어차피 하루 일당이라고 하던데 빨리 좀 오지, 중얼거리며 걸음을 옮겼다. 그런데 그 계산법은 좀 심했다. 퇴원하는 날엔 오전에 퇴원해도 하루치란다. 이런 이야기를 할머니랑 나누면, 나더러 이만 일에는 신경 끄라고, 어디에나 합리적이지 않은 일들은 널려 있다고, 세상은 부조리의 천국이라고 했다. 부조리도 잘 쓰는 말들 중의 하나다.

오후 수급자 어르신이 입원해 있는 동안, 갑자기 시간이 널널해졌다. 딸애한테 내려가서 꼬맹이를 보며 며칠 쉬고도 싶었지만, 그것은 또 오전 수급자 돌봄 때문에 불가능했다. 뒹굴고 노는 오후 시간도 나쁘지 않았다. 그래도 사흘째가 되니까 심심했다. 눈치도 보였다. 비가 계속계속 내렸으면 모를까, 맑은 날이 되니까 이 더위에도 불구하고 농막에 가봐야 한다는 생각이었다. 주인은 확실히 남편이고 남편 마음대로 작물들을 심어놓았지만, 내가 할 수 있는 일, 해야 할 일은 많았다. 숨어서 나를 기다리는 일거리들, 나는 농막 일이 정직하게 말하자면 싫다. 그렇지만 땅이라고 하는 것은 수천수만 평이 아니더라도 대박이 날 수 있는 고리가 된다. 남편은 단순히 꼼꼼한 것 이상으로 부동산 문제에도 그 나름 전략가다. 에이, 밭에서는 무조건 풀들이 나를 괴롭힌다. 그러나 이상하게도 붉어가는 고추를 보면 나도 모르게 애정이 스멀거린다. 올해 처음으로 심어놓은 케일 잎을 뜯으면 빨갛게 익기 시작한 고추랑 어울려서 기가 막히게 예쁘다.

금요일이 되었다. 어르신이 퇴원을 한다고 연락이 왔다. 빠르네. 지난번 폐렴 입원 때는 3주나 걸렸었는데. 다음 주부터는 다시 어르신을 집에서 돌보는 일정이 짜인 것이다. 케일을 몇 장 따 가야지. 처음에 초석잠을 가져갔을 때에도 얼마나 놀라던가. 얼마나 좋아하던가.

잠깐의 휴지를 거쳐서 보게 될 것이니, 병원에서 뭔가 나아졌을까 하는 것은 당연한 기대다. 중간에 병원으로 내가 안부를 물었을 때는 수혈 중이라 했다. 수혈을? 이상했다. 작년 10월엔가 어르신이 건강검진을 받았었다. 오전에 검진이라서 내가 함께 가지는 못했지만, 받아본 결과지에서 헤모글로빈 수치 같은 것에 전혀 문제는 없었다. 반년 좀 지났다고 빈혈이라니. 식사량과 특히 좋아하는 고단백 위주의 음식들을 생각할 때 빈혈은 좀 이상했다. 할머니가 빈혈이라면 또 모를까. 고기 종류를, 아니면 장어 같은 거라도 함께 좀 드시자고 말하면, 할머니는 웃으면서 자기는 토끼삼시랑이랬다. 어려서부터 토끼 삼신이 점지해서 보낸 아이라고 놀림을 받았더란다. 소음인들이 대개 비위가 약하고 소화를 잘 못 해 그러는 것이라고도 했다. 사상의학에서, 그러니까 사람들 체질을 크게 네 부류로 나누는 것인데, 그런 사람들도 더러 있다는 것이다. 어르신은 소양인이라서 식단이 달라도 한참 반대란다. 보리밥에 녹두나 팥이 좋은 사람과 백미나 참쌀이 이로운 사람의 조합이란다. 돼지고기가 좋은 사람과 해로운 사람, 심지어 감자나 고구마로 끼니를 해서는 안 되는 사람과 좋아하는 사람 — 듣다가 머리가 아팠다. 나는 도통 좋고 나쁜 것이 없다. 충청도 사람인 내가 전라도로 남편 따라 내려와서도 못 먹는 것이 없다. 홍어를, 심지어 홍어애도 먹는 것을 보면 다들 놀란다. 그런 나는 무슨 과일까 궁금하던 차, 아마도 한국인들 반쯤 된다는 태음인일 거란다. 덜 까다롭고, 어쩌면 덜 심각하고. 좋은 게 좋은, 비판보다는 수용에 능한.

그러다가도 이 할머니의 장기가 나온다. 음식이 다른 곳으로 튄다. 입맛 말고 귀맛 말이에요, 우리는 실은 뉴스도 골라서 듣는 거예요. 소리들 중에서 솔깃한 쪽만 낚아채서.

엥? 그럼 이 노인이 귀맛에 맞는 뉴스만 듣는다는 말인가. 나이에 비해서 하는 말들이 뭐랄까 한참 진보, 어느 때는 이해가 안 되는 바보 쪽이다. 나는 대충 남편에 묻어간다. 남편은 절대 싫어하는 채널들이 있다. 그런 데서 느낌은 오지만, 직장 생활 때문일까, 워낙 신중한 남편의 속내는 뭘까. 남편을 궁금해야 할 일이 생겼다. 아니, 무슨 헛소리인가. 지금은 뉴스가 아니라 어르신이 문제였다.

월요일에 만나본 어르신은 눈이 퀭했다. 수혈도 하고 다른 링거도 맞으셨다는데 몸무게부터 빠졌다. 할머니 말은, 병원에 입원해서 이런저런 검사도 하고, 우선은 밤에 편하게 잠을 좀 재워주면 좋겠다는 희망이라고 했었다. 웬걸, 밤이면 거의 소동을 부렸다는데 믿기지 않았다. 하지만 상처까지 나 있었다. 간병인이 말리는데도 침대에서 억지로 내려오려고 하다가 여기저기 긁힌 것이란다. 길이가 심각했다. 밤이라 해도 기어코 직접 걸어서 화장실에 가려는 사람을 간병인 입장에서는 부축하기 힘드니까 말리곤 했나 보다. 억지로 힘을 쓰다가 아무 데나 바닥에 앉아버리고…… 세상에 그런 간병인이 있나 싶었다. 잠을 제대로 잘 것이면 24시간 간병을 어떻게 하나. 아니, 나래도 24시간 간병하려면…… 실은 24시간 간병 제도가 억지다. 하루이틀 아니고 어떻게 24시간 근무제가 있나.

어르신은 어쩌면 동반자 짝꿍 할머니가 보이지 않아서 불안했을지도 모른다. 분명히, 잘 자고 와요, 라고 인사를 잘 했다는데 왜. 아무튼 바이탈이 되니까 서둘러서 퇴원을 해야 했단다. 그럼 이 지쳐 있는 할머니는 다시 어쩌라고? 내가 마치 눈치를 봐야 하는 형국이 되었다. 몸은 수급자 어르신 곁에, 눈은 보호자 할머니한테 고정된 하루를 보냈다. 세 시간은 금방 지났다. 퇴근 태그를 찍고도 할머니에게로 눈이 갔다. 그래도 대문을 열었다. 닫았다.

다음 날 점심 식탁, 내 걱정은 기우였나 보다. 난데없는 초록색 전이 나왔다. 숱한 전들을 봤지만 처음이었다. 맙소사! 아침에 내가 가져다준 케일을 갈면서 녹즙을 계속 먹었던 시절 생각이 났단다. 녹즙을 짜내고 나면 큰 찌꺼기들이 푸석하게 남았었는데, 이제 케일을 갈아놓고 보니 고운 입자들을 그냥 버리기가 아까워서 점심때 간단히 먹자고 부친 것이란다. 자색 양파가 많이 들어 있어서 색도 곱고 부드러웠다. 홍고추와 대파 흰 부분도 예쁜 고명이 되어 있었다. 나도 케일과 감자를 갈아서 크게 부침개를 만들어야겠다는 생각을 했다. 실제로 해 먹어보았다. 집에서 부엌에 들어가는 시간이 나도 좀 늘었다. 좋은 징조일까, 이 할머니에게 옮아서 자칫 힘이 드는 상황 쪽으로 가는 것일까. 여기는 난데없는 해파리냉채가 나오질 않나, 이렇게 부엌이 다시 생기를 찾아갔다. 신기했다. 어르신도 곧바로 입원 전과 비슷한 정도를 회복한 듯했다. 산책일랑은 전혀 못 들은 체하면서도 여전히 식사를 즐기는 편이었다. 할머니가 오리무중이었다.

괜찮으세요? 퇴원하신 뒤에 밤엔 좀 주무세요?

병원이 명약도 아니고, 노환에 신선초가 있겠어요. 다만 견디는 거죠. *나이 들며 신경이 멀어지는 것은 즐거운 일*, 이래요. 그런 시구가 생각났어요. *고통은 삐걱거리는 마루처럼 디딜 때만 소리를 낸다*. 그러니 마루가 삐걱거리지 않도록 밟지 않으면 되겠지요. 내가 밟지 않으면 고통이 달려오지는 않을 거예요. 원래 고통이란 놈은 불청객이라고 하지만. 신경을 멀리 두면 여러 감정들도, 그러니까 고통도 멀리에……

인내인가, 자학인가. 아프면 아프다고 화나면 화난다고 꽥 소리를 지르는 사람이 건강한 법인데. 그러던 어느 날 느닷없는 봉숭아꽃 물들인 손톱을 보이며 생존반응이라고 주장한 것이다.

어제 생물 오징어를 사 가지고 들어오다가 따 왔어요. 슈퍼 앞 자동차들 세워진 뒤쪽으로 봉숭아꽃들이 삐죽이 보이는 거예요. 저이 입원 동안 내가 시간이 좀 있을 때에도 보이지 않았었는데, 반가웠죠. 그래, 나도 살자. 생존을 느끼자. 세 끼 밥 짓고, 네 끼, 아니 이제는 취침 전까지 다섯 끼 약 챙기고, 옷 챙기고, 이부자리 챙기고…… 그런 숙제 말고, 그냥 하고 싶은 것, 아무도 관심 없는, 나에게만 중요한 것 그런 것을 하자. 내 손톱에 봉숭아꽃 물을 들이자. 어떤 의무도 없는 무엇. 이것이 내가 살아 있다는 증거죠. 내가 살아 있다고요!

생존반응!

어안이 벙벙해졌다. 대꾸할 말이 없었다.

지 선샘, 내 말 우스운가 봐요. 이 사람 입원해 있는 동안 나팔꽃들 다 치운 것 알죠? 베란다 보았죠? 장미들도 올여름 진작에 다 베어 버렸잖아요. 하긴 지 선샘 장점은 그런 것에 무관심한 거다. 맞아요, 사람은 무심해야 건강해요. 늦은 봄에 50년도 넘은 넝쿨장미를 자를 때에도, 최근에 이 사람의 귀중품이 된 백장미를 통째로 자를 때에도 그저 운 나쁘게 그물이 생겼구나, 그런 정도였어요. 응애라고, 이름 도 이상하더군요, 아이들 울음소리도 아니고, 분무기로 물을 뿌려보 면 고운 거미줄처럼 나타나는 응애의 존재. 대체 어디에서 묻어 왔을 까. 베란다를 완전히 망쳤어요. 잘라냈는데도 게서 다시 새 가지가 나오면 또다시 응애가 피어나는. 나중에는 장미 가지들을 아예 싹둑 잘라버렸죠, 너무나 짧아서 다시 잎이 날까 의심이 들면서도. 그런 데도 근처에서 자라 올라오기 시작한 나팔꽃 줄기들은 안전할 줄 알 았죠. 아니었어요. 줄기들은 뻗어 나가는데 잎들은 점점 시들고, 어 느 순간, 이상하게도 왼쪽감기도 잊은 거예요.

잠깐만요. 왼쪽감기…… 왼쪽으로 감아 올라가는 거예요?

맞아요. 왼쪽으로, 그러니까 하늘에서 보면 왼쪽감기죠. 그걸 잊고 허공에 너풀대는 거예요. 그때서야 깜짝 놀랐죠. 덩굴식물이 감아 오르기를 잊는다? 이건 본능을 잊은 거구나. 맙소사! 그러니 단 한 송이의 꽃봉오리도…….

그래서 둘이 다 죽었다고 생각했고, 입원으로 갈라선 다음에 처음 한 일이 나팔꽃 줄기들을 다 걷어내는 일이었단다. 우리 둘도 죽었고 너희들도 미리 죽었었구나. 초록색 포장끈으로 안방이며 서재 창문 앞으로 쳐놓았던 보조 줄들도 다 걷어냈다고. 포장끈 1미터도 안 남기고 죄다, 너절한 반쯤 마른 잎들과 함께 검은 비닐봉지에 구겨 넣었다고. 사람도 벼랑 끝인데 나팔꽃쯤이야.

결과적으로 어르신은 정강이에 상처가 난 채로 돌아왔다. 병원에서는 왜 그리 힘들어했을까. 낯설어서였을까. 돌아온 어르신은 너무도 평온했다. 할머니는 어쩌면 자포자기일까 아님 억지로 적응하는 몸짓일까. 모르겠다. 그냥 무심한 표정이다. 그러더니 봉숭아 꽃잎을 따서 돌아왔다. 정말 돌아온 것일까.

그게, 지 선샘, 나팔꽃 줄기를 다 걷어내고 포기했다 했죠. 그런데 소철에 기대어 올라가는 가녀린 줄기를 내가 잊었었나 봐요. 유난히 잎들도 작고 아무래도 큰 나팔꽃씨들 사이에 섞인, 어떻게 섞였을까, 못난이 재래종이었나 봐요. 며칠 전, 올해 처음 돋아난 소철 잎들이 생각나서 물을 주러 나갔다가 본 거예요. 창백한 연푸른 보라, 엄지 손톱만큼도 크지 않은 이 작은 얼굴이 몇십 년 묵은 소철 둥치를 배경으로 피어 있지 뭐야. 진분홍 큰 꽃, 진보라 큰 꽃이 피어났을 줄기들이 모두 응애에 먹혀서 사라져버린 뒤에. 어디 틈새에서, 소철 그늘에서요. 그러니까 나팔꽃들이 죄다 죽어버린 것이 아니었어요.

내가 다 쓸어서 쓰레기 봉지에 구겨 넣어 죽였는데도. 죽었는데 살아 있네! 우리도 나도 죽었는데 살아 있나 보네. 어쩌면 꼭 필요한 숙제만을 할 것이 아니라 아무짝에도 필요 없는 아무도 돌아보지 않는 쓸데없는 뭔가를 해야 살 것 같았어. 그것이 진짜 사는 것! 남을 위한 것뿐 아니라 심지어 자신을 위한 것도 아닌 것, 아무 쓸모 없는 짓, 그것이 하고 싶었어. 나 여기 이렇게 내 멋대로 살아 있다고. 그러니 생존 증명……

나는 팔을 내밀어 말을 끊었다. 처음으로 거의 엄마 또래 노인을 안아주고 싶었다. 제대로 다 안지는 못했지만 어깨를 지나 살짝 등에 손을 대었다. 한 팔만으로도 응원을 보냈다. 응원은 생각보다 쉬웠다. 아니, 평소 무심하기 그지없는 나로서는 무척 어려운 동작이었다. 노인은 눈을 들지 않았다. 몸이 미동하는 것을 느꼈을 뿐이다. 이것이 교감이구나, 생각했다.

손톱을 포함해서 손가락 끝 전체에 붉은 물이 든 채 초록색 케일전을 부쳐서 내오는 노인의 손은 유난히 심줄 투성이다. 그런데 곱다는 생각을 한다. 내 남은 평생 봉숭아 꽃물 같은 허튼 짓을 따라할 일은 1도 없겠지만, 누군가는 봉숭아 꽃물 때문에 산다는 것을 알게 되었다. 그것이면 되었다. 나는 어쩌면 다른 사람들의 비밀을 더 잘 알게 될 것 같다. 그럴 것 같다.

일들은 예상대로 나아가지 않는다. 어르신이 안정되면서 봉숭아 꽃물로 생기가 돌던 집에 119가 오는 일이 생겼다. 점심시간, 보통 때처럼 숭늉과 누룽지까지를 식탁에 올려둔 할머니가 잠시 자리를 떴다. 늘 그렇듯이 베란다로 나갈 일이었다. 그렇게 숨을 돌리고 와서야 점심 자리에 앉곤 한다. 그런데 베란다가 아니라 소파로 방향을 틀더니 그대로 털썩! 그것이 끝이었다. 움직이지를 않는다.

놀란 나는 어르신을 식탁에 혼자 내버려두고 소파로 달린다. 숨을 쉬는 것 같기는 한데 의식이 없다. 119를 부른다. 이를 어쩌나. 119가 오면 누군가 따라가야 하는데 어르신을 혼자 두고 갈 수도 없고. 할머니의 전화기를 든다. 연락처에 몇 개의 별표 번호들이 뜬다. 통화를 한다. 먼 데 사는 자식들이란…….

어쨌거나 나로서는 최선의 선택이었다. 급하면 혼자서라도 119에 실어 보낼 생각이었다. 내 책임은 어르신이니까. 그래도 만일을 몰라서 우리 복지센터에도 전화를 했다. 여기 담당 사회복지사 정 선생이라도 와주면 둘이서 나누어 볼 수 있으니까. 다행히도 할머니는 곧 의식이 돌아왔다. 119가 도착했을 때는 또박또박 말도 했다. 평상시보다는 한참 느린 속도라 좀 이상했지만, 애써 자기가 의식이 있고 병원에 가지 않아도 된다는 설명을 했다. 말의 속도가 왜 이러지…… 내 불안감에도 구급대원들은 혈압이나 맥박이 정상에 가깝다고, 의사소통에서도 괜찮을 거라고 하고 돌아갔다.

그러는 동안 점심 식탁은? 얼마나 다행인지, 다행일까, 어르신은 거실의 소동에도 식사를 계속했다. 그럴 수 있다는 것, 신기하기도 했다. 상황을 잘 모르는 것, 어쩜 그것이 병이기도 했다. 식사를 마친 뒤 가만 앉아 있던 어르신을 소파로 모셔다 드렸다. 뒤쪽으로 향하고 있어서 거실의 소음들을 못 들으셨을까. 낯선 사람들이 여럿 와서 이러쿵저러쿵 했던 일을 정말 모르시는 걸까. 어렴풋이 알고도 그냥 저러시는 걸까. 미지수다.

조용하다 못해 아예 말이 없었지만 나름 의사소통은 되고 있던 어르신이, 그러니까 무심하던 어르신이 최근 퇴원한 이래로는 더 밝아졌다. 병원에서의 불편감을 기억하시는지, 집에 와서는 오히려 미소를 짓는다. 말은 가끔 헛나간다.

지 선생, 나 ○○○ 행복합니다. 내 아내도 행복합니다.

행복이라니. 누가 묻지도 않았는데 행복하다신다. 기가 막힌다. 병중에 행복을 느낄 수 있을까.

○○!

아들 이름을 부른다. 아내를 부르는 신호다.

우리 여행 가요, 시원해지면. 그리스, 내가 가고 싶다고 그랬었죠.

할머니는 깜짝 놀라서 말한다. 그리스, 거기 갔었잖아요 함께. 파르테논이며 제우스 신전, 하드리아누스 도서관, 그 폐허들 너무 좋아하고서는. 델포이 안개는 또. 하긴 거기엔 내가 빠졌더랬죠. 아, 에게해 바닷물에…… 부러 맨발로 발을 담그고서는.

어르신은 눈만 크게 뜬다. 그랬나, 언제.

카사블랑카까지도 갔었는데요, 언덕 위의 하얀 집들.

그랬나. 이번에는 그럼 메소포타미아로…….

거기가 어디야. 무슨 소리인지. 그런 여행지가 어딨다고. 두 사람은 여기 있는데 여기를 떠나 있는 듯했다. 이 어르신을 처음 만난 것이 언제 적이었더라. 2019년 겨울, 12월 6일이었지 아마, 그때 벌써 미세먼지를 조심하느라 마스크와 면장갑을 끼고, 너끈히 산책을 하던 분이었다.

이듬해 초 코로나라는 역병이 온 나라를 삼켰다. 그사이 내 인생에서 변화라면 이별이 제일 심각했다. 직접 코로나로 숨진 가까운 사람은 없었다지만 숱한 죽음들, 영원한 이별들을 맞았다. 그 중에서도 내 어머니, 남편의 어머니 그리고 아버지. 그것들은 어쩌면 고아가 되면서 진짜 어른이 되는 과정이었다.

물론 요양보호사로서 만났다가 병원 또는 요양원으로 가시면서 헤어진 수급자 어르신들의 뒷소식도 듣곤 했다. 어르신, 그것이 요양보호사인 우리가 장기요양 수급자들을 부르는 호칭이다. 수급자 할머니들은 할머니라고 부르는 것을 제일 싫어한다. 그러면서 우리를 선생님이라고 하지 않고 기어코 아줌마라 불러댄다. 어이, 이렇게 부르기도 한다. 수급자 어르신들은 대부분 할머니들이었고, 왜 할아버지들은 적을까 했는데, 가만 보니 할아버지들은 대개는 요양병원이나 요양원에 맡겨져 있다. 그 고약한 담배 냄새 할아버지는 어찌 되었을까. 고엽제 피해자라고 했었다. 우리 요양보호사들 누구도 일주일 이상을 견디지 못해서 센터 측에서도 손을 들고 포기했던 경우였다. 내가 돌보았던 수급자 할머니들은, 지금의 오전 할머니도 그렇지만, 방문요양 서비스 세 시간의 도움으로 버틴다. 그것도 이상하긴 하다. 나머지 21시간은 혼자서도 괜찮다는 말인가. 암튼 더 어려워지면 할머니들도 요양원으로 보내진다. 잠정 이별, 그리고 영원한 이별. 생존반응이 사라지는 것이다.

보세요, 봉숭아 꽃물 그런 건 생존반응이 아니었어요! 119가 다녀갔을 때 그때 확실하게 생존반응이 잡힌 거죠! 다음 날 병원 가서 온갖 검사하면서 잡힌 거고요, 법적으로 확실하게. 근데 하필 119로 생존반응을 찍히다니요! 정말 좀 조심하세요. 어르신 밥은, 밥상은 좀 대충 준비하셔도 되고요. 점심은 제가 출근해서 차리면 늦나요? 혼자 계실 때 또 쓰러지면 어쩌시려고요? 가족들하고 의견들······.

내가 수급자가 아닌 보호자 할머니의 건강에 참견하는 것은 월권이라면 월권이다. 그날 실신 이후 내과며 신경과 여러 검사들에서 괜찮다는 결과를 전해 들었는데도 나도 모르게 잔소리가 나왔다.

혼자라뇨! 놀리지 말아요. 우리 여기 둘이 살고 있잖아요. 법적인 생존반응 그런 건 모르고요. 암튼 신경과에서 뇌가 나이보다 훨씬 젊다고 하니까 안심이네, 뭐. 시타프렉스정 처방해준 것은 먹지 않고 버티려고요. 무슨 약인지 알죠? 툭하면 우울증이래. 실은 그때 깨어나서…… 이렇게 어질러놓고 갑자기 죽을 수도 있겠구나 생각했어요. 좀 무서웠어. 그래도 밥은, 그게요, 저이가 언제 곧 못 먹게 될지, 내가 언제 못 차리게 될지, 신경이 더 쓰이죠. 낭떠러지니까 더, 할 수 있을 때 해야죠. 그럴밖에.

세 사람이 숨 쉬고 있는 공간이다. 너무 조용하다.
봉숭아 꽃물 손톱을 하고서 할머니가 말한다. 그런데, 오늘은 좀 어떠세요? 무슨 말 좀 해보세요.
어르신이 말한다. 할 말이 있어야 하지요.
어떻게 할 말이 없어요! 왜 할 말이 없어요!
그냥. 삶이 좋아서요.
삶이 좋아서 ─ 라고 말하는 것, 병중에도 그리 말하려고 하는 것, 이것이 어르신 나름의 생존반응일까. 미소를 머금은 초월적 생존반응.
세 번째 사람, 나는 침묵한다.

이별이라는 단어가 다시 내 머릿속을 맴돈다. 여기 어르신과도 이별이 가까움을 느낀다. 하긴 모를 일이다. 삶의 모든 순간이 그렇다. 정 같은 것이 쪼끔 들었다고 해도, 젖꼭지 같은 이 집 초인종을 만지지 못한다 해도 달라질 것은 없을 것이다. 비밀인데, 소리가 나지 않은 채 달려 있는 그것을 나는 늘 만지고 다닌다.

아차, 초인종 젖꼭지 말고 다른 무엇은 없었나. 뭔지 모를 인간적 분위기 같은 것, 우선 출근하자마자 기다리는 갓 지은 점심밥이다. 누가 나에게 이만한 따뜻한 밥을 차려준 적이 있었던가. 엄마의, 어머니의 밥은 익숙했지만, 오랜 병석의 아버지 그리고 여러 형제들 사이에서 밥은 그냥 밥이었다. 밥이 정성인 적은 없었다.

그러고 보니 근년 들어 나는 자존감이 상승되는 기분 좋은 시간들을 보낸다. 이상한 점이기도 한데, 수급자 어르신이 불평은커녕 워낙 말이 없다 보니 오히려 보호자 할머니하고 많은 대화를 나눈다. 언젠가 들었던 가언인가 정언인가 하는 그런 어려운 말은 제발 사양하고 싶지만, 아무튼 듣는 동안에는 뭔가 심오해진 기분이 된다. 예쁜 쓰레기 사서 버리고 헌옷 수출하는 그게 수출이냐고도, 아침에 일 나가서 해도 지기 전에 영안실로 향하는 인생은 막아야 한다는 둥, 때로는 사회비판적인 예사롭지 않은 대화를 나누기도 한다.

그런 때면 내가 3층 건물 때문에 부과되는 건보료 폭탄을 줄이려고 4대 보험이 되는 이 하찮은 직장에 다니는 꼼수를 들킨 것 같아 머쓱해지기도 한다. 하긴 전직 대통령도 누구도 다들 그리하는데, 법대로 하는 일이 무에 대수랴. 다만 나도 모르게 최저생계비나 생활임금 같은, 평소에 뉴스에서 흘려듣던 단어들을 유념하게 된다. '이

웃에 대한 사랑이 없는 정의는 생떼'라는 말, 가톨릭대 교수 누구라 말해줬는데, 외국 이름들 말고 한국 이름도 잘 잊는다. 암튼 모르는 이웃들과의 유대감, 공감? 뉴스도 귀맛대로 듣는다는 이 노인에게서 공감 능력 같은 것이 전염되었을까? 들리는 대로가 아니라 생각을 곁들이는 순간이 많아짐을 느낀다. 먼지, 먼지쯤으로 취급되는 사람들도 이웃이다. 사회적 이웃들이 — 역시 이 노인에게서 들은 단어다. — 어딘가에 실제로 존재한다고 느끼는 순간은 마법의 작용이다.

물론 이런 장면들을 이 집을 떠나면 금시에 잊고는 원래의 행복한 세상에 빠지는 것이 내 장기이다. 집안 내력일까. 심각한 고민은 먼 데 이야기다. 톡톡 튀던 작은언니가 놀랍게도 수녀님이 된 이래, 앞서거니 뒤서거니 영세를 받은 식구들 중에도 탁월한 신자는 없다. 세례성사 이후 언젠가, 어쩌면 곧바로 다음 순간에 하느님을 거의 잊었는지도 모른다. 뭔가 급박한 순간에만 신부님의 기도들을 떠올린다. 찬송가도 읊는다. 하지만 아무래도 하느님은 저기 저 멀리에 계신다, 저어기……. 아차! '내가 오늘 너희에게 명령하는 이 계명은 너희에게 힘든 것도 아니고 멀리 있는 것도 아니다.'(신명 30,11) 말씀은 이리도 가까이 있는데, 듣고 싶은 것만 골라서 듣는 귀맛대로 귀가 문제다.

아무렴 여기 오늘을 사는 내 이름은 지은이, 요양보호사다. 평일 아침이면 근무를 위해 보무도 당당하게 집을 나선다. 보무당당, 그러고는 엄지척, 이것이 남편의 아침 멘트다. 참, 보무가 뭘까, 생각해본 적이 없네. 알 게 뭐야. 나는 그저 당당하게 우리 집 3층 계단을 내려간다. 근무래야 종일은 아니고, 오후 4시면 해방이다. 그러고는 대체로 자유로운 저녁시간을 산다. 이만하면 나도 행복하다. 왜 사느냐, 무엇하러? 그렇게 머리 아픈 물음들은 나와는 어울리지 않는다.

그러니까 오늘도 편한 마음으로 유예된 이별의 시간을 산다. 고통도 부르지 않고 멀리에 매어둔다는 노인도 있는데, 언젠가의 이별쯤이야 말 그대로 언젠가로 미루어두면 될 일이다. 좋아, 생존반응 이상 없음! 은아, 날마다 시작이다.   *

날마다 시작

서용좌
장편소설

푸른사상 소설선